dtv
premium

Sabine Friedrich

IMMERWAHR

Roman

Deutscher Taschenbuch Verlag

Von Sabine Friedrich
sind im Deutschen Taschenbuch Verlag erschienen:
Familiensilber (20990)
Puppenhaus (20936)

FSC
Mix
Produktgruppe aus vorbildlich bewirtschafteten Wäldern und anderen kontrollierten Herkünften

Zert.-Nr. GFA-COC-1298
www.fsc.org
© 1996 Forest Stewardship Council

Der Inhalt dieses Buches wurde auf einem nach den Richtlinien des Forest Stewardship Council zertifizierten Papier der Papierfabrik Munkedal gedruckt.

Originalausgabe
Oktober 2007

www.dtv.de
Dieses Werk wurde vermittelt durch die
Literarische Agentur Thomas Schlück GmbH, 30827 Garbsen.
Umschlagkonzept: Balk & Brumshagen
Umschlaggestaltung: Stephanie Weischer unter Verwendung eines Gemäldes
von Carl Holsoe (Christie's Images Ltd.)
Satz: Fotosatz Reinhard Amann, Aichstetten
Gesetzt aus der Goudy Old Style 10,35/13,82
Druck und Bindung: Kösel, Krugzell
Gedruckt auf säurefreiem, chlorfrei gebleichtem Papier
Printed in Germany · ISBN 978-3-423-24610-1

Für meine Tochter

Einen gepackten Reisewagen und einen Dolch
sollte ein jeder haben;
dass, wenn er sich fühlt, er gleich abreisen kann.
Rahel Varnhagen, Tagebucheintrag vom 24.3.1800

Vaterland oder Tod!
Che Guevara, Brief an Carlos Quijano, März 1965

Sie ist nicht allein. Natürlich ist sie nicht allein: Hermann spielt unten im Garten mit einem Reifen, die Bediensteten bereiten alles für den Empfang vor, Clara steht am Fenster, in ihrem Zimmer.

Ihrem eigenen Zimmer? Jawohl. Eigenes Zimmer, eigenes Briefpapier. Zwei Kämpfe, die sie gewonnen hat. Pyrrhus-Siege, natürlich. Gibt es überhaupt andere? Siege verlängern nur die Zeit der Selbsttäuschung. Es ist Samstag, der 1. Mai 1915. Ein ruhiger Frühlingstag, dunstig und windlos. Durch das geöffnete Fenster klingt das Geklapper von Tellern und Gläsern herauf. Die Stimme des Mädchens,

Schenk mir doch ein kleines bisschen Liebe, Liebe! Schenk mir doch –

Ein Aufschrei. Geklirr,

Jott nee! Edmund! Ick sage dir doch –

Clara rührt sich nicht. Dr. phil. Clara Haber, geborene Immerwahr: Was steht sie denn hier noch immer herum? Weiß sie nicht, was sie zu tun hat? Will sie nicht wenigstens nachsehen, was unten für eine Katastrophe passiert ist?

Was diesmal wieder zu Bruch gegangen ist: die kristallene Obstschale womöglich oder die Meißener Vase aus Biskuitporzellan, Clara regt sich nicht. Der Himmel über Berlin ist opak, bläulichweiß wie die dünne Kriegsmilch.

Ihr Wolken, wandert ohne Rast,
Deckt nur den Himmel zu.
Mein Lieb, ich halte dich umfasst,

Clara sollte wirklich hinuntergehen. Sie sollte sich ihren Pflichten stellen: den Empfang organisieren, überprüfen, ob Martha das Silber poliert hat, ob die Hummermayonnaise vom Delikatessengeschäft Kempinski abgeholt und im Weinkeller kalt gestellt worden ist. Hummermayonnaise, im Frühling 1915?

Das Brot ist rationiert, das Pferdefutter auch. Die Autobusse haben den Betrieb eingestellt. Seit März darf die Wäsche nicht mehr gestärkt werden: Stärke ist Nahrung. Die Bevölkerung ist gehalten, sparsam mit Seife umzugehen, wegen der dafür nötigen Fette: Aber Fritz Haber empfängt heute Abend, mit Hummermayonnaise.

Professor Dr. Fritz Haber. Geheimer Regierungsrat Haber, Direktor des Berliner Kaiser-Wilhelm-Instituts für physikalische Chemie und Elektrochemie, Beirat des Kriegsministeriums und nun auch noch Hauptmann der preußischen Armee, sein Institut liegt gleich gegenüber der Dienstvilla, am anderen Ende des Gartens.

Clara kann es von ihrem Fenster aus sehen. Die hässlichen Baracken, die sich in seinen Schatten ducken wie Diebe, sind erst in den letzten Monaten entstanden. Was in ihnen geschieht, ist geheim. Alles dort drüben ist geheim: die Forschungsarbeit, die Identität der Herren, die von Zeit zu Zeit in stahlgrauen Automobilen den Faradayweg heraufkommen, eilig und diskret durch den Hintereingang im Inneren verschwinden, Fritz hält sich fast nur noch im Institut auf.

Wenn er überhaupt in Berlin ist. Seit Kriegsausbruch ist er meistens an der Front. Auch jetzt ist er gerade erst wieder aus dem Westen zurückgekehrt. Seitdem hat er nahezu ununterbrochen gearbeitet, vom Morgengrauen bis in die Nacht hinein, der Krieg kennt keine Pause.

Der Krieg kennt kein Wochenende, keinen Feierabend, keinen Dienstschluss, Fritz kommt nicht einmal mehr zum

Mittagessen nach Hause. Clara trägt ihm deshalb immer ein Tablett ins Labor, mit Milch, einem Schinkenbrot, nicht dass er sie darum gebeten hätte. Sie verrichtet diesen Dienst freiwillig. Sie tut es aus Liebe, aus Sorge um seine Gesundheit, aus hausfraulichem Pflichtgefühl, auch wenn das Essen oft genug unberührt bleibt, weil Fritz lieber mit den wissenschaftlichen Mitarbeitern im Kasino des Instituts speist oder die Mahlzeit ganz ausfallen lässt, meist muss sie erst nach ihrem Mann suchen.

Sie muss jemanden fragen, wo Professor Haber zu finden ist. Und wenn sie ihn dann gefunden hat, verstellt ihr ein Assistent den Weg. Nimmt ihr das Tablett ab, schickt Clara wieder fort, vorgestern war es Kerschbaum, der ihr entgegengetreten ist.

Fritz' technischer Adjutant. Clara hat ihn gebeten, dafür zu sorgen, dass Fritz wenigstens etwas isst. Kerschbaum hat es versprochen. Er hat das Tablett ergriffen, hat Clara so herzlich gedankt, als wäre das Essen für ihn, er stand schon im Begriff, die Tür wieder zu schließen, als von drinnen Fritz' Stimme herausklang.

Was wollen – Grundgütiger. Kann das Weib mich nicht in Ruhe lassen,

Clara sah Kerschbaums erschrockenes Gesicht. Sie empfand Mitleid: wie unangenehm dies für ihn sein musste. Sie wandte sich rasch ab. Zog die Tür hinter sich zu, verließ das Gebäude. Ging durch den Garten zur Villa zurück, ihr war ein bisschen schwindlig. Der Boden unter ihr fühlte sich ein wenig schwankend an, instabil wie die federnde Pflanzendecke über einem Sumpf, sie musste einen Moment stehenbleiben.

Am Wegrand faulten Reste von Willstätters Dahlien. Auf der trostlosen Ebene nach Süden zu delirierten die Windmühlen, ihre Flügel immer rund, immer rund, immer rund.

Die Villa lag eingequetscht zwischen Himmel und Erde, Claras Herz führte einen holprigen Tanz auf. Dann fing sie sich wieder.

Ging weiter auf das Haus zu. Ballte die Fäuste in den Manteltaschen: So leicht sollte es ihm nicht werden, am nächsten Tag belud sie wieder ein Tablett. Ließ ihn aber diesmal nicht mit Brot und Milch davonkommen. Fügte noch selbstgebackenen Kuchen hinzu, selbstgemachten Obstsalat, eigens für ihn bereitete Schlagsahne,

Ihr Wolken, wandert ohne Rast,
Deckt nur den Himmel zu.
Mein Lieb, ich halte dich umfasst,

Drüben bei den Baracken haben jetzt die Laborhunde angefangen zu bellen. Greif unten im Garten antwortet ihnen, voll beglückter Empörung: der deutsche Schäferhund, den Fritz angeschafft hat, weil es hier draußen in Dahlem so einsam ist. Clara an ihrem Fenster sieht zum Institut hinüber. Das Bellen von drüben klingt tatsächlich einsam.

Es klingt melancholisch, in der stillen Luft. Keiner dieser Hunde wird je die Aufgaben erfüllen, für die er bestimmt ist. Keiner von ihnen wird je das Glück gekannt haben, der Gefährte eines Schäfers, eines Jägers, eines Gutsbesitzers gewesen zu sein, ein geachteter, geliebter Freund und Partner an der Seite seines Herrn, Fritz ist auf die Hunde verfallen, weil er Otto Sackurs Mäuse nicht wollte.

Aber meine Herren, ich bitte Sie. Was haben denn Mäuse mit Soldaten gemein? Nicht viel, fürchte ich. Auch dann nicht, wenn die Soldaten Franzosen sind,

Das Bellen bei den Baracken ist in hohes, aufgeregtes Japsen übergegangen. So bellen Hunde, wenn sie sich freuen. Wenn jemand kommt, den sie kennen, den sie lieben, ist vielleicht gerade Fütterungszeit? Oder ist einer der Hunde abgeholt worden, für Flurys Labor? Die Bestückung des Institutszwingers wechselt ständig, Clara schließt die Augen, presst die Fingerknöchel an die Lippen.

Ringt um Atem. Schluckt krampfhaft: kämpft gegen die Übelkeit an, die in ihr aufsteigt, in lilagrünen Wellen wie während ihrer Schwangerschaft,

Was mich tötet, zu gebären

Und aus welcher Erinnerung stammt diese schreckliche Zeile? Es ist aber Unsinn. Clara ist nicht schwanger. Clara wird gar nichts zur Welt bringen. Sie erstickt, das ist es. Clara bekommt keine Luft: Clara, an ihrem offenen Fenster, sie muss hinuntergehen und ihren Pflichten als Hausfrau nachkommen!

Sie führt immerhin eine große Villa, und heute Abend ist ein Empfang, Clara kann nicht nur ihren Launen leben. Sie kann sich nicht ihrem Privatvergnügen hingeben, am Fenster stehen, in irgendwelchen unproduktiven Stimmungen schwelgen, das Ganze kann nur gelingen, wenn jeder einzelne seine Pflicht tut, ob in der Armee, in der Fabrik oder in der Ehe.

Offizier und Soldat, Fabrikherr und Arbeiter, Mann und Frau: Jeder muss mit Zucht und Disziplin seinen spezifischen Aufgaben nachkommen. Der eine trägt die Last der Verantwortung, der andere dankt ihm seine Mühen mit liebendem Vertrauen. Der Höhergestellte verpflichtet sich dem Wohle des Niedrigeren, und der schuldet ihm dafür fraglosen Gehorsam: Da nutzt kein Aufmucken gegen Autoritäten, kein Rebellieren, kein sozialistisches Gemurre, Clara muss dafür sorgen, dass das Tischleinen im Speisezimmer glatt aufliegt.

Sie muss den Blumenschmuck im Wintergarten überprüfen. Sie muss Anweisung geben, dass Hermann heute Abend nur Haferschleim bekommt, weil ihm mittags so unwohl gewesen ist. Oder besser noch, sie bereitet den Haferschleim selbst zu, Clara hat unzählige Pflichten. Sie hat unzählige

Aufgaben zu erfüllen, jeden Tag, alle Tage, ihr Leben ist nicht leer! Wie könnte man ein Leben leer nennen, das eine solche Menge verhasster, unaufschiebbarer Pflichten umfasst,

Ihr Wolken, wandert ohne Rast,
Deckt nur den Himmel zu.
Mein Lieb, ich halte dich umfasst,

Clara an ihrem Fenster sieht in den Garten hinab. Hermann ist nirgends zu sehen. Er ist aber irgendwo in der Nähe. Clara kann das Aufprallen seines Balls hören, wieder und wieder, und dankt sie Gott täglich dafür, dass sie ihr Kind hat?

Dass sie ihm noch Haferschleim kochen darf: während Willstätters kleiner Ludwig letzte Woche ganz plötzlich gestorben ist, er war noch keine elf Jahre alt. Eineinhalb Jahre jünger als Claras Hermann, der noch immer verwirrt ist, vom plötzlichen Tod seines kleinen Freundes, Clara sollte wirklich hinunter zu ihrem Sohn gehen!

Sie sollte hinüber in die Nachbarvilla gehen und nach Willstätter sehen. Der arme Mann. Und bei den meisten Leuten wird er nur mit dem oberflächlichsten Mitgefühl rechnen können. Er ist schließlich nicht der einzige, der in diesen Tagen seinen Sohn verliert, Clara blickt in den Garten hinunter.

Im Garten stehen ein paar märkische Kiefern, ein paar märkische Büsche. Über Willstätters Beete ist bereits Gras gewachsen. Im Spätsommer 1914 stand gerade sein Rittersporn in zweiter Blüte. Seine Dahlien und Astern und Scharlachpelargonien flammten und sprühten. Seine Chrysanthemen hingen voll Knospen, Willstätters Augenlider zeigten rote Ränder. Er sah zu, wie seine Blumen fielen. Wie sie niedergemacht wurden, in ihrer vollsten Pracht, Fritz legte dem Freund die Hand auf die Schulter.

Richard. Aber bitte, du bist auf deinem Feld so weit gediehen. Den Nobelpreis hättest du jetzt schon verdient. Du erhältst ihn noch, du wirst es erleben. Und nach dem Sieg kannst du jedenfalls deine Forschungen wieder aufnehmen, nichts ist verloren,

Willstätter antwortete nicht. Dann antwortete er doch,

Nein. Das ist vorbei. Das hier werde ich nie wieder aufnehmen. Meine Arbeiten sind ein Torso. Fragmente. Bruchstücke. Ich werde nie anders als im Schmerz an sie zurückdenken,

Dies war nicht die Zeit für Farbstoffchemie. Der Krieg war nicht die Zeit, um über Chlorophyll nachzudenken, über Anthocyane und die Farbstoffe der Preiselbeere. In Willstätters Labor verdarben die Farblösungen aus Himbeeren und Erdbeeren, aus holländischen Tulpen und stengellosem Enzian aus Lugano. Im Garten wurden Willstätters Blumen niedergemacht.

Wurden körbeweise in die Lazarette getragen, zu den Verstümmelten mit den Arm- und Beinstümpfen, zu den Schrapnellopfern ohne Augen und Kiefer, zu den unkontrollierbar Zitternden, die das Entsetzen der Gräben nicht mehr loswurden,

Gut Nacht, gut Nacht, ihr Blumen all,
Mit eurem bunten Schein,
Und du, vielsüße Nachtigall,
Lass nun dein Singen sein,

Aber das tut die Nachtigall nicht. Sie kann ihren Schnabel nicht mehr halten, schon seit Monaten nicht: Sie hat sich in Claras Kopf eingenistet, mit diesem Schlaflied aus Claras Kindertagen,

Ihr Wolken, wandert ohne Rast,
Deckt nur den Himmel zu.
Mein Lieb –

Eine Stimme von unten.

Edmund! Zur Tür, wenn ich bitten darf,

Da. Das ist er. Das ist seine Stimme. Er ist im Haus. Er ist unten, in der Diele, wie ist das möglich? Wie ist er vom Institut durch den Garten zur Villa gelangt, ohne dass sie ihn gesehen hat? Nimmt er neuerdings die Straße? Pirscht er sich durchs Gebüsch an? Ist er zu allem bereit, nur um sich ihr nicht zeigen zu müssen, sie hat ihn heute noch gar nicht gesehen.

Er ist schon vor Tau und Tag wieder im Institut verschwunden. Gestern Abend hat sie ihn gebeten, sie zu wecken, sodass sie mit ihm frühstücken kann. Er hat sie aber nicht geweckt. Er weckt sie nie. Er gibt vor, ihren Schlaf nicht stören zu wollen: Aber in Wahrheit will er nicht mit ihr allein sein.

Er geht ihr aus dem Weg. Er will nicht mit ihr reden. Er weicht ihr aus: ihrem Drängen, ihren Beschwörungen, ihren Tränen, die ihn zornig machen, sodass er die Serviette auf den Tisch wirft und den Raum verlässt, ohne zu Ende gegessen zu haben, kann ein Mann nicht einmal in seinem eigenen Speisezimmer zur Ruhe kommen? Kann einer, der so hart arbeitet wie Fritz Haber, nicht einmal eine halbe Stunde unbehelligten Friedens genießen, eine zweite Stimme dringt von unten herauf. Sie nähern sich der Treppe. Werden sie etwa nach oben kommen? Wen hat Fritz überhaupt mitgebracht,

Jedenfalls nicht Otto Sackur

Die Welle der Übelkeit packt sie erneut, heftiger diesmal. Ihr Mund verzerrt sich, wie in einem Krampf. Sie ringt um Atem, schluchzt trocken auf, jetzt erkennt sie die Stimme. Es ist Kerschbaum. Der Adjutant. Die Stimmen entfernen sich, verklingen wieder, sie ist nicht allein! Natürlich ist sie nicht allein. Sie ist verheiratet, sie ist Mutter.

Wenn man beginnt, streckt man die Arme nacheinander

aus. Komm! Komm doch! Prinzessin. Ich bin jung, du bist jung. Fritz Haber, 21. Voller Mund, Brille, ein Bubengesicht. Aber eine preußische Uniform: Er stapfte in Militärstiefeln ins philosophische Seminar, damals vor einem Vierteljahrhundert, in jenem Winter 1889 in Breslau, er war Student und zugleich Einjährig-Freiwilliger der preußischen Armee. Abends besuchte er die Tanzveranstaltungen im Haus seines Onkels,

Darf ich um den Walzer und die Polka bitten?

Clara Immerwahr, 19. Ein langhaariger Traum in einem hellen Tanzstundenkleid. Zarte Fröhlichkeit, leise Stimme mit einem Anflug von Lispeln. Sie tanzten Walzer, Schottisch, Mazurka, Ländler. Dazwischen die Kontertänze: Française, Lancier. In den Pausen zwischen Galopp und Polka gab es Limonade. Die Mädchen ließen sich ihre hölzernen Briséfächer verzieren, mit Unterschriften, Widmungen,

Der Weg zum wahren Glück liegt im Augenblick – Lise Meffert

Sei lustig! Geht es nicht, so sei vergnügt – Max Kosa

Die Tat allein beweist der Liebe Kraft – Fritz Haber

Und um die Schultern trug Clara einen Schal. Einen hauchdünnen Schal, aus dem Immerwahrschen Geschäftshaus am Breslauer Ring 19, besetzt mit spinnwebenzarten Spitzen. Französische Spitzen natürlich: aus dem Lande des Erbfeinds, wer mochte sie wohl geklöppelt haben?

Irgendeine Frau. Eine Erbfeindin. Morgens hat sie die Hühner gefüttert, den Hof gefegt. Mittags hat sie Suppe gekocht. Abends hat sie einen alten Küchenstuhl vor ihr Haus gestellt. Hat am Rand der staubigen Dorfstraße gesessen, und ihr kleiner Junge schmiegte sich an ihr Knie, ist er vielleicht letzte Woche bei Ypern gefallen?

Möglich.

Zuletzt ist er möglicherweise gefallen, mit dem Gesicht voran in den Schützengrabendreck. Aber zuerst hat ihm das Gas die Augen verätzt. Zuerst ist seine Lunge aufgeschäumt wie Brausepulver, ist ihm blutig über die Lippen gebrodelt, von unten jetzt das Klingeln der Türglocke.

Stimmen. Die ersten Gäste. Ist es so schon spät? Und Clara steht noch immer am Fenster ihres Zimmers. Clara, die Pflichtvergessene: Was soll sie jetzt tun?

Sie kann nichts mehr tun. Es ist für alles zu spät: Aber wenigstens müsste sie nun doch nach unten gehen und sich an Fritz' Seite stellen.

Wenigstens müsste sie mit ihm seine Gäste begrüßen. Müsste mit den anderen auf ihn anstoßen, auf seine Ernennung zum Hauptmann, seine Verdienste an der Front, wie kann er feiern, nach dem, was geschehen ist? Wie kann er sich feiern lassen, Clara ist nicht allein!

Gottverlassen, das ja. Erstarrt, wie eine tote Fliege in Bernstein. Von den Lebenden vergessen, wie eine zum Tode Verurteilte in ihrer Zelle: Und ist sie das denn?

Ist sie zum Tode verurteilt?

Unten wieder das Klingeln der Glocke. Gelächter, Rufe. Der theatralische Aufschrei einer Dame,

Lieber Herr Professor!

Das ist sie.

Die Sekretärin: Charlotte Nathan, Organisatorin und generelle Betriebsnudel der »Deutschen Gesellschaft 1914«. Die muss er ihr also auch noch zumuten, Charlotte ist 25. Geboren in eben dem Herbst, in dem Fritz und Clara einst miteinander Walzer tanzten, im Hause seines Onkels Hermann in Breslau, ist das nicht ein Witz?

Hahahaha!

Charlotte ist der heitere Typ. Lebenslustig. Kindlich beschwingt, wie ein Frühlingstag, ohne diese verdammte tränenreiche Schwere, die Fritz an Clara so auf die Nerven geht. Als wäre nicht seine eigene Lieblingsfarbe feldgrau! Aber in Charlottes Nähe blüht er natürlich auf.

Er blüht grundsätzlich auf, in Gegenwart von anderen. Vor Publikum wird er lebhaft, brilliert, lässt seinen Charme funkeln. Erzählt eine seiner Geschichten, zerkaut seine Zigarre, gibt sich gewandt und reißt die anderen hin, rastlos bestrebt, auch im Gesellschaftlichen zu glänzen, hier wie überall der Erste zu sein,

Die Tat allein beweist der Liebe Kraft!

So ist es. Er hat aufgeschluchzt, als er die Nachricht von seiner Ernennung zum Hauptmann bekam. Hat die Hand gegen die Brust gedrückt, wie ein übermäßig ergriffener Backfisch: der Herr Geheimrat, Professor, Doktor, Direktor, reicht es ihm nie? Hat er nie genug? Aber wahren Rang verleiht eben erst eine Offiziersuniform. Was sind schon Wissen, Bildung, Ruhm oder Reichtum? Der Mensch beginnt beim Leutnant, darunter ist er nicht mehr als ein Affe, in Fritz' Elternhaus steht eine Fotografie auf der Anrichte. Sie zeigt Fritz im Alter von drei Jahren, in preußischer Uniform. Mit der einen Hand hält er sich an der Sitzfläche eines Stuhls fest. In der anderen hält er ein Spielzeuggewehr,

Ich bin ein Preuße jung und klein,
doch werde ich bald größer sein,
dann streit ich für den König.
Ich nehme Flint' und Säbel her
und stelle mich dem Feind zur Wehr
und liebe meinen König,

Um manche Dinge des Herzens muss man eben zweimal ersuchen. Schon als Einjährig-Freiwilliger wäre Fritz gern Offizier der Reserve geworden. Damals, zu den Zeiten der Breslauer Tanzabende, als er tagsüber in der lärmerfüllten Einsamkeit des Schießplatzes exerzierte und abends in Stiefeln ins philosophische Institut marschierte: Aber damals hat man ihn abblitzen lassen. Natürlich ließ man ihn abblitzen! Seit wann wird ein Jude preußischer Offizier? So weit käme es noch. Warum nicht gleich einen Neger nehmen? Warum nicht einen Türken zum Reichskanzler wählen?

Dabei ist Fritz natürlich getauft. Aber ohne den höchstpersönlichen Einsatz des Kaisers wäre er dennoch kaum Hauptmann geworden, der Kaiser braucht Fritz.

Er braucht den Professor, er braucht den Chemiker: der sich aber nur voll und ganz in den Dienst am Vaterland stellen kann, wenn ihn die militärische Spitze als ihresgleichen akzeptiert, und bildet Fritz sich ein, er gehört jetzt dazu? Meint er, jetzt hätte er es endlich allen bewiesen, dass er mit Leib und Seele ein Deutscher ist, ein aufrechter Preuße und glühender Patriot,

Sie kommen nicht mehr um mich herum! So einfach kommen sie nicht mehr um mich herum,

Fest steht, dass Clara nicht um ihn herumkommt.

An Fritz führt für Clara kein Weg mehr vorbei. Er ist das Unumgängliche. Er ist der Felsbrocken, der ihren Pfad blockiert: Links ragt die Senkrechte der Bergwand auf, und rechts ist nichts als der Abgrund, was soll sie nun tun?

Umdrehen. Zurückgehen. Eine Abzweigung suchen. Versuchen, einen anderen Weg zu finden. Einen Ausweg: eine Route, die nicht dort hinführt, wo sie jetzt ist, wo ist Clara?

Am Fenster der Haberschen Dienstvilla.

Immer noch am Fenster der Haberschen Villa, sie muss nach unten gehen und etwas tun! Sie muss noch einmal versuchen, mit ihm zu reden,

Fritz. Bitte. Wie kannst du? Fritz. Du bist doch gar nicht so.

In Wirklichkeit bist du doch nicht so, Fritz, tun sie dir nicht leid? Diese armen Soldaten, tun sie dir gar nicht leid,

Aber so geht es nicht. Das hat sie schon gesagt. Das sind nicht die richtigen Worte. Sie findet die richtigen Worte nicht. Sie kann sich ihm nicht verständlich machen. Sie kann es in diesem Punkt nicht und auch in keinem anderen, sie kann ihm ihre Absichten nicht vermitteln. Sie nennt ihre Absichten so: mich dir erklären, verstanden werden. Dich verstehen. Anteil haben dürfen an deiner Welt. Deine Achtung erringen, deine Zuneigung, er nennt ihre Absichten: deine Vorwürfe.

Sie spricht von Scham, Entsetzen und Mitleid. Er hört Dummheit und Unverstand,

Mitleid? Was heißt hier Mitleid? Natürlich empfinde ich Mitleid, das weißt du genau! Du weißt genau, ich habe mich selbst an die Front gemeldet, sofort bei Kriegsausbruch, ich will dir mal was sagen: Es ist sogar ordentlich eine Wohltat für mich, wenn ich manchmal da vorn bin, wo die Kugeln einschlagen. Da fühlt man das Stück Landsknechttum, das wohl in jedem Mann steckt, da wachsen die Heldenideen in einem, die man als Junge von den Dichtern empfangen hat, wirklich, da beneidet man manchmal den gemeinen Soldaten. Was weiß der schon vom Krieg? Der wagt sein Leben, tapfer und treu, im geregelten Dienst, mit begrenzter Verantwortung. Denn diese Verantwortung, die ist das Fürchterliche. Das Bewusstsein, dass jeder versäumte Tag Blut kostet, begreifst du das nicht? Begreifst du nicht, dass dieser Krieg beendet werden muss, so schnell wie möglich? Und immer die Angst, dass ich nicht aushalte. Dass ich die Riesenlast nicht trage. Und dann deine Vorwürfe, wenn ich nach Hause komme. Aber ich werde nicht nachlassen. Ich werde alles tun, diesen Krieg zu beenden. Davon kannst du mich nicht abhalten,

Wieder das Frauenlachen von unten.

Clara kann Fritz vor sich sehen. Sie kann sehen, wie er sich zu Charlotte neigt, ihre Hand auf seinem Arm duldet. Wie er sie ansieht. Wie er sie eben gerade nicht ansieht, während er in ihrer Hörweite zu einem anderen spricht: Ein Schauspieler starrt doch nicht während des Stücks hinunter ins Publikum, Fritz stellt einen Kollegen ins Rampenlicht, mit einer seiner geistsprühenden Bemerkungen. Fritz beweist seine herausragende Bildung auch in fachfremden Bereichen mit einer bescheidenen Frage an einen Literaten oder Philosophen, erst nach gelungener Aufführung wendet er sich wieder den Zuschauern zu. Erst dann verneigt er sich, erglüht in der Bewunderung, die ihm entgegenlodert, die Gäste umdrängen, umschwärmen ihn.

Mein lieber sehr verehrter Professor!
Tätig für Ehre, Volk und Vaterland
Lügen und Verleumdungen der Feinde Deutschlands
Werden wir uns am Ende schon durchhauen, lieber Haber,
Erhebe ich mein Glas auf dich, Fritz
Stolz auf das Institut
Stolz des Instituts

Fritz sagt etwas zu Charlotte, leise. Gewährt ihr einen Moment der Nähe. Zeichnet sie aus, nur sie allein: lässt sie einen kurzen Blick in seine Seele tun, die voll ironischer Melancholie ist, dabei zugleich von tatkräftiger, männlich-entschlossener Heiterkeit, dann strahlt er wieder im öffentlichen Glanz. Wie müsste es sein, mit einem solchen Manne zu leben? Wie müsste es sich anfühlen, die intime Vertraute an seiner Seite zu sein,

Ah, Charlotte. Aber wenn du ihn ganz für dich gewinnen würdest, wäre er schnell wieder er selbst. Er wäre schnell wieder der, der er bei mir ist: abgespannt und reizbar, mit Gallensteinen, Magenproblemen und einem überwältigenden Verlangen danach, von dir in Ruhe gelassen zu werden. Und dich würde er in mich zu verwandeln suchen. Er würde erwarten, dass du dich zurücknimmst. Er würde erwarten, dass du vorrangig deine Pflichten als Hausfrau erfüllst. Dass du das Leben ernst nimmst, nicht wie einen gelungenen Scherz: Und ob du solchen Wünschen nachkämst oder nicht, du hättest in jedem Fall verloren. In jedem Fall würdest du ihm ein Ärgernis werden, eine Enttäuschung, immer zerstören wir im anderen das, was wir am meisten lieben. Weil es zugleich das ist, was wir am meisten hassen,

Kann mich das Weib nicht in Ruhe lassen!

Das bezaubernde Clärchen Immerwahr: Und, tut es weh?

Was schmerzt, das ist die Wiederholung. Diese Neuinszenierung des Anfangs mit einer anderen, als wäre Clara bereits tot, und Fritz könnte sein Leben noch einmal von vorn beginnen, unbeschwert von ihrem Gewicht,

Im August sind wir 14 Jahre verheiratet.

Im April vor 14 Jahren haben wir uns verlobt,

Clara war dreißig, Fritz zwei Jahre älter.

Die Tanzstunden in Breslau lagen lange zurück. Sie hatten einander an die zehn Jahre nicht mehr gesehen: nicht mehr seit seiner Promotion in Chemie anno 1891, damals hatte er um ihre Hand angehalten. Clara hatte abgelehnt.

Dr. phil. Clara Immerwahr, Chemikerin und allererste Doktorandin der Breslauer Universität: Jetzt mit dreißig hatte sie endlich erreicht, was Fritz schon mit 22 gelungen war. Sie war nun eine Wissenschaftlerin. Eine der ersten drei oder vier, die deutsche Universitäten überhaupt hervorgebracht hatten, sie hatte gerade ihren ersten öffentlichen Vortrag gehalten, auf Einladung des Breslauer Vereins Frauenwohl. Hatte über Physik und Chemie im Haushalt gesprochen, vor nahezu hundert Zuhörerinnen,

Lauter! Ein wenig lauter, bitte!

Das alte Problem. Immerhin, der Ruf hieß, dass man sie verstehen wollte. Dass man an ihrem Vortrag interessiert war, ihren Erläuterungen Wert beimaß, sie sprach lauter. Sprach über Fragen der Ernährung und Nahrungsmittelverarbeitung, über Heizungs- und Beleuchtungstechniken. Über Arzneimittel, Wasch-, Farb- und Bleichstoffe, alles ging gut! Das Leben trug sie. Es würde sie weiter tragen. Sie konnte nicht abstürzen: Sie durfte nur nicht aufwachen. Wenn sie erwachte, würde sie ausrutschen, aus allen Wolken fallen, es gab Momente, da fühlte sie sich bereits im freien Fall. Was tat sie hier? Was wagte sie? Glaubte sie wirklich, sie würde damit durchkommen? Das zarte Fräulein Immerwahr: das sich im Öffentlichen entfaltete, das einen Beitrag leistete nicht nur als nützlicher Teil der Familie, sondern des Vaterlandes, auch die Frauen konnten an der Formung der Nation mitwirken.

Auch die Frauen vermochten innerhalb des Volksganzen etwas zu leisten, war denn die sittliche Kraft der Frau nicht ausschlaggebend für das Gedeihen der ganzen Familie? Nun, dann mussten die Frauen doch diese ihre Bestimmung auch für die große Familie der Nation erfüllen: So hatte es die Vorsitzende des Vereins formuliert, als sie Clara zu Beginn der Veranstaltung dem Publikum vorgestellt hatte, nach dem Vortrag applaudierte man Clara.

Umdrängte, beglückwünschte sie, die Zuhörerinnen waren alle begeistert. Die Veranstalterinnen waren angetan. Weitere Vorträge mussten unbedingt geplant werden, da war man sich einig, heimlich wussten natürlich alle, dass die ganze Geschichte im Grunde nicht zählte.

Es waren ja gar keine Männer gekommen.

Physik und Chemie im Haushalt? Das war doch erkennbar etwas für Frauen. Das war wie Wochenbett oder Wohltätigkeit oder Petit-Point-Stickerei oder von Frauen verfasste Romane. Von Frauen für Frauen, das war wie von Negern für Neger oder von Juden für Juden: ein Minoritätenprogramm, im besten Falle gleichgültig, im schlimmsten gefährlich, zum Glück ging Clara aber auch noch einer richtigen Tätigkeit nach. Sie war Laboratoriumsassistentin bei ihrem Doktorvater, Professor Abegg.

Dies war ernstzunehmen. Hier arbeitete sie immerhin einem Mann zu. Richard Abegg beschäftigte sie auf eigene Verantwortung. Natürlich ohne Gehalt: Die Universität unterstützte keine Frauen in akademischen Berufen, aber es zwang Clara ja auch niemand zu ihrer Tätigkeit. Wenn ihr die Bedingungen nicht zusagten, konnte sie ihren Platz jederzeit wieder räumen, für einen braven jungen Mann: Das sagte Onkel Wilhelm.

Da gehen sie hin, diese modernen Frauen, und nehmen irgendeinem braven jungen Deutschen seine Arbeit weg,

Er seufzte, schüttelte den Kopf. Wandte sich dann Claras Vater zu,

Wir haben doch ohnehin schon so ein großes akademisches Proletariat. So viele junge brillante Männer, die nach Absolvierung ihrer Examina oft jahrelang warten müssen, ehe sich ihnen eine passende Stellung eröffnet. Wenn da nun noch solche Konkurrenz von außen dazukommt, wird sich das Elend nur weiter vergrößern. Mal ganz zu schweigen davon, dass Deutschland wissenschaftlich und wirtschaftlich auch deswegen Nummer eins in der Welt ist, weil unsere Frauen ihren schwer arbeitenden Männern mit Hingabe dienen. Schau dir doch die sogenannten fortschrittlichen Länder an, Australien, oder Neuseeland, was taugen die schon? Sobald die Weiber politische Rechte haben, bringen ihre Männer nichts mehr zustande,

Aber der Vater war nicht dieser Ansicht. Die australische

Wolle hatte immerhin den schlesischen Wollmarkt verdorben! Schlampige Demokratenwolle, voll von Disteln und Grannen, die aus schmutzigen, halbzerrissenen Säcken herausquoll: Aber preislich war das Zeug einfach unschlagbar, Philipp Immerwahr hatte wegen dieser Wolle seine Schafe verkauft.

Er hatte seine Wiesen auf Gut Oswitz untergepflügt und Kornfelder angelegt. Und inzwischen hatte er weitere Äcker dazupachten müssen. Inzwischen hatte ihm der wachsende Brothunger der Bevölkerung mehr Gewinn eingebracht als all seine bähenden Mitglieder der Gattung Ovis ammon aries zusammen es vormals vermocht hatten, Philipp Immerwahr verdankte den Australiern also ein Gutteil seines Wohlstands!

So viel mithin zu den langfristigen Auswirkungen der Frauenrechte auf die deutsche Wirtschaft: Aber selbst von den Schafen abgesehen war Claras Vater schon seit jeher dafür gewesen, dem Weibe eine genauso umfassende Geistesbildung zu ermöglichen wie dem Mann. Freilich war es erste und edelste Pflicht einer Frau, ihrem Mann zu gefallen, ihn zu umsorgen, zu beraten, zu trösten und sich von ihm lieben und achten zu lassen, daran gab es gar keinen Zweifel. Aber außerdem war sie doch auch verpflichtet, ihm interessant zu bleiben.

Sie war verpflichtet, ihren Mann zu unterstützen: ihm und seinen Interessen mit Verständnis und Wärme des Gefühls zur Seite stehen, statt ihn durch geistige Kurzsichtigkeit und Engherzigkeit zu langweilen und so womöglich seine Hingabe an höhere Interessen zu lähmen.

Der Onkel zog die Brauen hoch. Ach? Und wo bitte war der Anwärter für Clara?

Wo war der Ritter, der darauf brannte, sich das Zeichen von Clara Immerwahr, Dr. phil., an seine schimmernde Wehr zu heften? Wer verzehrte sich danach, sich ihren Doktorhut auf seinen Helm zu stülpen? Jedenfalls nicht Richard Abegg. Claras Doktorvater war schon vergeben, das wusste der Onkel zufällig genau. Er kannte den Professor ja schon seit Jahren: Abegg war doch mit Fritz Haber befreundet, und der wiederum war weitläufig mit dem Onkel verwandt. Und hatten Fritz und Richard nicht sogar zusammen in Berlin promoviert, damals vor zehn Jahren?

So spielte der Zufall.

Und danke, ja, zum Glück war auch Fritz inzwischen gut untergekommen. Er hatte wahrlich lange genug gebraucht. Hatte erst in einer Spiritusfabrik in Budapest gearbeitet, dann in einer Ammoniaksodafabrik in Galizien, inmitten der ödesten Sand- und Sumpfwüstenei, dann hatte ihn sein Vater in seinen Breslauer Betrieb geholt. Aber das hatte nicht gutgetan. Der alte Haber war vielleicht ein wenig streng.

Der Onkel wollte ja weiter nichts sagen. Auch er hielt natürlich auf Ordnung, Pünktlichkeit, preußische Pflichttreue. Aber Frühstück Punkt halb sieben, sogar sonntags? Und keine eigene Entscheidung, die der Vater dem Sohn je zugetraut hätte, immerhin hatten die Monate im väterlichen Betrieb dazu geführt, dass Fritz sich schließlich doch gegen eine industrielle und für eine akademische Laufbahn entschieden hatte: Und inzwischen war er außerordentlicher Professor an der Technischen Hochschule Karlsruhe, offenbar ging es ihm gut. Nur verheiratet war er noch immer nicht. Und es schien auch keine Herzensdame zu geben, die diesen auf Dauer betrüblichen Zustand demnächst ändern würde.

Abegg konnte das nur bestätigen. Er selbst war sehr glücklich mit seiner Lina, und gerade war er Vater geworden. Sein Freund Fritz allerdings schien in dieser Hinsicht keinerlei Ambitionen zu hegen. Aber hatten der geschätzte Professor Richard Abegg und seine reizende Assistentin Fräulein Dr.

Clara Immerwahr nicht vielleicht Lust, ihren guten alten Fritz demnächst einmal besuchen zu kommen?

Das schrieb Fritz an Abegg.

Fuhren sie nicht auch Anfang April zum Kongress der Deutschen Gesellschaft für Elektrochemie in Freiburg? Dann konnten sie doch vielleicht in Karlsruhe Zwischenaufenthalt nehmen,

Nun schreibt, wollt ihr nach Freiburg gehn?
In jedem Fall ein Wiedersehn,

Abegg las Clara den Brief vor. Clara lachte, schüttelte den Kopf: Fritz verfasste also noch immer seine kleinen Gedichte, sie spürte etwas wie Aufregung. Hatten sie einander tatsächlich zehn Jahre lang nicht mehr gesehen? Umso mehr Grund, die Einladung anzunehmen: Das sagte Abegg und schrieb eine Zusage.

Fritz holte sie beide am Bahnhof ab.

Tat einen Ausruf der Überraschung: Clara hatte sich ja das Haar abgeschnitten! Natürlich stand es ihr ganz entzückend, das Tituskopfchen, er hielt ihre Hand, gratulierte zum Examen. Magna cum laude! Er selbst hatte damals ja sein mageres *cum laude* nur gerade noch eben durch das »Sehr gut« in Philosophie bei Dilthey retten können, er schlug seinem Freund Abegg auf die Schulter. Der Wagen stand draußen für sie bereit.

Auf dem Weg zu dem Lokal, wo Fritz einen Imbiss bestellt hatte, zeigte er seinen Gästen die Stadt: das Schloss, den Park, die Hochschule, in der man später auch das Laboratorium besichtigen könne, er redete viel. Wies nach rechts, nach links, in Fragen der Architektur ebenso bewandert wie in solchen der Stadtgeschichte oder der Tagespolitik, er war überarbeitet, nervös. Er war anregend wie immer: klug, auch witzig. Er glühte. Er hungerte. Er gefiel ihr und gefiel ihr nicht, was wollte er?

Eine ordentliche Professur. Anerkennung, Ruhm, Reichtum. Bahnbrechend sein: ein großer Mann, er hatte Lehraufträge für Färberei und Farbstoffe übernommen, dazu freiwillig weitere Lehraufträge für Gaschemie und technische Elektrochemie, Abegg und Fritz lachten gemeinsam. Ausgerechnet Elektrochemie! Die war Fritz ja nun nicht gerade an der Wiege gesungen worden. Der Student Fritz Haber jedenfalls hatte von Elektrochemie keinen blassen Schimmer gehabt: Bei seiner Promotion wäre er ja um ein Haar an der Frage gescheitert, wie der Widerstand in Elektrolytlösungen zu bestimmen sei,

Tja, Richard. Man könnte womöglich an der Qualität deutscher Lehre zweifeln, wenn man sieht, dass man erst nach der Ausbildung dazu findet, sich ein wenig Berufsbildung zu erwerben. Ich habe mir das nun alles allein erschlossen. Die physikalische Chemie, die Elektrochemie. Ich habe leider nicht deine Verdienste, sodass Ostwald mich in seinen Leipziger Kreis aufgenommen hätte,

Professor Wilhelm Ostwald, der berühmte Begründer der physikalischen Chemie, dessen Assistent Abegg gewesen war: Fritz hatte sich zweimal vergeblich bei ihm beworben. Abegg wusste natürlich davon, nun also! Und warum erwähnte Fritz es dann noch einmal? Warum stocherte er in alten Wunden,

Ach, Unsinn, mein Lieber. Ich bin nicht empfindlich. Empfindlichkeit stellt doch recht eigentlich erst die Demütigung her, unter der sie dann leidet, Ostwald wird seine Gründe gehabt haben. Ich komme voran, auch hier in Karlsruhe. Man hat hier ja im letzten Jahr endlich auch einen Lehrstuhl für physikalische Chemie eingerichtet,

Und das war die nächste Empfindlichkeit. Denn warum hatte man diesen Lehrstuhl nicht mit Fritz Haber besetzt? Fritz war es doch gewesen, der die physikalische Chemie in

Karlsruhe überhaupt erst etabliert hatte. Warum hatte man dann Max LeBlanc von der Firma Hoechst nach Karlsruhe geholt, die Frage stand im Raum, ohne dass einer sie stellte. Fritz nahm die Brille ab. Rieb sich die Augen,

Ich glaube im Übrigen, wir stellen die falschen Fragen. Ich beschäftige mich gerade mit Thermodynamik, ich glaube, wir müssen mehr Wert auf das Quantitative legen. Unter welchen Bedingungen findet eine Reaktion statt? Darum muss es gehen. Aber die Kollegen bleiben lieber banal und fragen sich, wie man einen Stoff erzeugt, der ganze Betrieb ist doch wie eine Massensuggestion, wo alle, die ein Präparat machen können, sich immerzu gegenseitig von der Nützlichkeit und tiefen Bedeutung ihres Tuns überzeugen. Aber im Grunde ist es nur eine ewige Umwandlung von Derivaten in Derivate. Ein unverdauliches und ideenarmes Gekoch,

Abegg lachte. Clara gefiel es, dass Fritz Grundsätzliches dachte. Er wandte sich ihr zu. Fragte sie, woran sie denn zur Zeit arbeite, auch das gefiel ihr: dass er sich nicht nach ihrem Befinden erkundigte, sondern nach ihrer Tätigkeit. Dass er nicht wissen wollte, ob, sondern womit sie sich zur Zeit beschäftigte: Als setzte er voraus, dass sie selbstverständlich immer über neuen Projekten brütete, Abegg erwähnte den Vortrag, den Clara gerade gehalten hatte.

Fritz erkundigte sich nach Details. Clara stach nach ihm, mit seinen eigenen Sätzen. Probierte sie an sich aus, diese Sätze,

Aber bitte, Fritz, das war doch nichts weiter. Das war doch kein hochfliegendes Forschungsprojekt. Es ging dabei nur um den Haushalt. Um Seifenbildung aus Fett und Lauge, um das Ausglühen von Rüböl. Um das Konservieren von Gemüse mit Salz, um Verbrennungsvorgänge, es war, wie nanntest du es gerade? Ein ziemlich ideenarmes Gekoch, fürchte ich,

Fritz lief rot an.

Protestierte, streckte die Hände aus, er hatte doch nichts und niemanden kleinmachen wollen! Schon gar nicht Clara. Bitte, ihre Arbeit war doch ganz außerordentlich nützlich und sinnreich. Ihre Arbeit kam Menschen zugute, sie hatte direkte Wirkung: Das war das Entscheidende, Clara stimmte zu, erst vorsichtig, dann lebhaft.

So sah sie es auch. Das war ja eben das Ziel ihrer Vorträge: das Interesse der Frauen an den Naturwissenschaften zu vertiefen, ihnen zu zeigen, wie tief chemische und physikalische Prozesse in ihre kleine Welt eingriffen. Ihnen zu erklären, wie sie sich die großen Fortschritte der Wissenschaft in ihrem eigenen Heim nutzbar machen konnten, das war doch der Auftrag der Forschung. Die Forschung musste dazu dienen, das Leben zu verbessern, das Wohlbefinden der Menschen zu steigern, Clara spürte, wie ihre Wangen zu glühen begannen. Sie hörte wie von fern die Stimme ihrer Mutter herüberklingen,

Kind! Begeistere dich doch nicht wieder so. Solche Erhitzung steht einer jungen Dame nicht. Du willst schließlich keine Wurstsemmeln verkaufen,

Fritz sah Clara an, während sie sprach. Er hatte eine Art, sie anzusehen. Als sie verstummte, applaudierte er lautlos,

Genauso sehe ich es. Im Mittelpunkt muss der praktische Wert stehen. Die Verwertbarkeit der Ergebnisse, im Dienste der Menschheit,

Und natürlich erwies Clara mit ihren Vorträgen nicht nur ihren Zuhörerinnen, sondern der ganzen Nation einen Dienst. Aber sicher doch! Die fortschreitenden naturwissenschaftlichen Erkenntnisse der Frauen mussten doch zwangsläufig dazu führen, dass sie begannen, über ihre Situation nachzudenken. Dass sie sich nicht mehr mit dem Bestehenden abfanden. Dass sie von den Männern tiefgreifende Veränderungen forderten: effektivere Gerätschaften, arbeitssparende Produkte, die ihnen ihre Tätigkeiten in Küche und Haushalt erleichterten, Claras Vorträge trieben somit mittelbar auch die deutsche Forschung voran. Sie beflügelten Industrie, Wissenschaft und Technik zu neuen Leistungen, Clara war verblüfft.

So hatte sie es noch nie betrachtet. Fritz hob die Hände: Aber es war doch offensichtlich. Was war denn der allererste Auftrag der Männer? Was war ihre edelste Pflicht? Die Wünsche der Frau prompt zu erfüllen, ja wo immer möglich, ihnen noch zuvorzukommen, beim Gang über den Schlossplatz, wo sie den Wagen für einen Bummel verließen, hielt er sich eng neben ihr.

Achtete für sie auf eventuelle Pfützen, Unebenheiten des Wegs. Passte auf, dass sie nicht stolperte. Trug Sorge, sich immer auf derjenigen Seite Claras zu halten, die der Straße zugewandt war, um sie mit seinem Körper vor spritzendem Schmutz, unvorsichtigen Fahrzeugen zu schützen, später im Gasthaus lehnte er sich über den Tisch zu ihr hin.

Konzentrierte seine Energie auf sie: seine gebündelte Wachheit, seine vibrierende Intelligenz, die ihn zum natürlichen Mittelpunkt jeder Gruppe machte, sie fuhren alle gemeinsam weiter nach Freiburg.

Am Samstagabend, nach einem späten Abendessen, begleitete er sie zu ihrem Zimmer. Vor der Tür blieb er stehen, ergriff ihre Hand. Erneuerte seinen Antrag,

Clara. Zehn Jahre lang habe ich auf dich gewartet. Zehn lange Jahre ist es mir nicht gelungen, dich aus meinem Kopf zu verbannen,

Sie erneuerte ihre Ablehnung.

Er nickte. Ließ ihre Hand los. Stand einen Moment lang da, mit gesenktem Kopf, bevor er sich wortlos gegen sie verneigte und den Flur hinunterschritt, auf sein eigenes Zimmer zu. Sie öffnete ihre Tür, schloss sie hinter sich.

Stand dann lange am Fenster und starrte in die Frühlingsnacht hinaus: die milde war, mit einem uralten Geruch nach neuen Anfängen, war das eine Nachtigall, die dort drüben in der Linde sang?

Er brauchte sie. Sie konnte es spüren, körperlich. Sie konnte den Sog spüren, der von ihm ausging, der an ihr zerrte und zog wie eine gefährliche unterseeische Strömung, er war ein unvollständiges Molekül. Er strebte danach, sich zu vervollständigen: sie rücksichtslos aus ihrem bisherigen Leben zu reißen, sie sich einzuverleiben, sie wusste nicht, was sie tun würde, wenn er nicht freiwillig von ihr abließ. Wie lange konnte sie sich widersetzen, wenn er auf ihrem Besitz bestand?

Und warum widersetzte sie sich eigentlich?

Warum hatte sie wieder abgelehnt, konnte so etwas zur Gewohnheit werden? Sie war kein Männertyp. Sie war ein Blaustrumpf. Sie war auf dem besten Weg, eine alte Jungfer zu werden. Sie lebte mit ihrem alten Vater in einer alten Wohnung am Breslauer Ring, und in ein paar Wochen wurde sie 31, der Vater würde nicht ewig leben. Eines Tages würde auch sie alt sein, und allein. Eine Frau allein musste um alles ringen: um Achtung, um Stellung, um Anerkennung. Um Geld. Ums pure Überleben, gut, sie hatte natürlich Abegg.

Aber wer wusste, wie lange der noch da war? Wer wusste, ob Abegg nicht im nächsten Jahr oder im übernächsten einen Ruf aus Jena oder aus Heidelberg erhielt? Und wenn er dem folgte, dann würde sie auf der Strecke bleiben. Dann wäre sie allein. Abegg würde mit Lina fortgehen, und Clara bliebe in der schlechtesten aller Welten zurück: ohne Doktorvater und ohne Ehemann, und unabwendbar, unvermeidlich eines Tages wohl auch ohne Vater. Und wollte sie denn wirklich keine Familie?

Wollte sie wirklich eine so entscheidende Seite im Buch ihres Lebens unbeschrieben lassen? Das Leben lohnte doch eigentlich nur, wenn man alles erfuhr, was es an Erfahrungen bot. Wenn man das Dasein von allen Seiten kennenlernte, wenn man alle seine Fähigkeiten zur Höhe entwickelte, keinen Bereich seiner Seele brachliegen ließ: Und Fritz hatte jedenfalls große Pläne.

Er hatte Ehrgeiz. Fräulein Dr. Immerwahr hatte als unbezahlte Laboratorumsassistentin bereits die höchste akademische Stellung inne, die eine Frau erreichen konnte: Aber Frau Professor Haber würde ganz andere Möglichkeiten haben, sie würde ihren Schreibtisch neben den seinen stellen.

Sie würde ihm zuarbeiten. Würde mit ihm zusammenarbeiten, Seite an Seite, würde Beruf und Familie miteinander verbinden und ihm den Weg ebnen, im Alltag wie in der Forschung. Und zum Dank würde er sie mit sich hinauftragen, in die höchsten Sphären der Wissenschaft, ihr auf ewig verbunden in Liebe und Hochachtung, Clara in ihrem Freiburger Hotelzimmer trat vom Fenster zurück.

Schloss die Fensterflügel, zog den Vorhang vor, sie lehnte sich an die Wand. Sie war atemlos vor Aufregung. Dies war ein Wendepunkt. Ein großer Wendepunkt, in ihrer Geschichte. Und liebte sie Fritz denn?

Natürlich. Sie würde ihn schließlich heiraten, am nächsten Morgen trat er ihr in der Hotelhalle entgegen.

Er sah blass aus, angestrengt. Er nahm sie beiseite, kaum dass sie eingetreten war. Beugte sich über sie, sah ihr in die Augen: Und war ihr gestriges Nein denn wirklich ihr letztes Wort?

Clara lächelte, senkte den Kopf. Antwortete nicht. Er beugte sich tiefer zu ihr hinunter. Sie sah ihn nicht an,

Ihr Wolken, wandert ohne Rast,
Deckt nur den Himmel zu,

Er ergriff wieder ihre Hand. Was war das? Verstand er die Zeichen richtig? Hieß dieses Schweigen, er durfte hoffen?

Clara nickte. Versuchte ruhig zu atmen.

Wirklich? War das wahr? Hieß das etwa, sie hatte es sich überlegt? Hieß das, sie wollte es mit ihm versuchen, wollte seine Frau werden?

Clara nickte wieder. Sie sah ihn an,

Ja, sagte sie.

Mein Lieb, ich halte dich umfasst,

Und all mein Glück bist du!

Sie fuhren nach Breslau zu Claras Familie, ineinander versunken, eingesponnen, weltverloren wie Prinz und Prinzessin im Märchen. Claras Schwager Siegfried erwartete sie am Bahnhof. Es gab Glückwünsche, Umarmungen, sie luden das Gepäck in die Kutsche. Stiegen ein, lachend, erhitzt, unterwegs fasste der Schwager sich an den Hals. Verdrehte die Augen, verlor das Bewusstsein. Als sie das Gut erreichten, war er bereits tot. Claras älteste Schwester Elli stand vor dem Herrenhaus, mit ihren drei Kindern, und Clara brachte ihr ihren toten Mann: Und nun ist Clara am Ausgangspunkt angekommen.

Nun ist sie dort, wo alles beginnt. Nun steht sie auf der weiten Rasenfläche vor dem Herrenhaus des Ritterguts Oswitz in Polkendorf, 30 Kilometer vor Breslau, ist dies wirklich der Anfang?

Wahrscheinlich nicht. Wahrscheinlich müsste sie viel weiter zurückgehen, um den wahren Anfang zu finden. Wahrscheinlich müsste sie mit ihren Eltern beginnen, oder mit den Großeltern womöglich: Aber so viel Zeit hat sie jetzt nicht mehr. So viel Muße kann sie nicht aufbringen, sie selbst muss genügen. Clara Haber. Clärchen Immerwahr. Die Frau ihres Mannes, Mutter ihres Sohns, Tochter ihres Vaters, wer wäre sie selbst, außerhalb dieser Gefüge, dieser Verbindungen, dieser Abhängigkeiten?

Ein Ballon, dessen Halteseile durchtrennt sind. Und könnte man diese Seile durchtrennen! Schlagartig wäre man so frei wie ein Mann.

Schlagartig wäre man allein auf der Welt: Aber ist sie das denn nicht? Wer ist sie, wenn sie mit sich allein ist, im Gedränge bei Wertheim, in einer Droschke auf der Chaussee? Wer ist sie morgens, im Moment des Erwachens, bevor ihr Bewusstsein wieder die Gänze ihrer täglichen Pflichten, ihrer Aufgaben, ihres Lebens umfasst? Wer ist sie jetzt, allein an ihrem Fenster?

Aber sie ist ja nicht allein.

In Wahrheit ist sie niemals allein. Ihr Sohn und ihr Mann sind immer da. Sie selbst sind da, oder ihre Abwesenheiten: die fast noch schwerer auf dem Haus lasten, Clara muss zurückgehen!

Sie muss sich konzentrieren. Sie muss von vorn anfangen: im Schlafgemach des Gutshauses in Polkendorf, 30 Kilometer vor Breslau, wo gerade ein Kind geboren wird, es ist der 21. Juni 1870.

Ein Dienstag.

Wie ist das Wetter?

Wahrscheinlich kalt.

Wahrscheinlich fällt Dauerregen, und auf den Rosenblättern blühen die schwarzen Flecke des Sternrußtaus auf: des Pilzes mit dem poetischen Namen, der von ihm befallene Sträucher in kurzer Zeit vollständig entlaubt,

Schwarze Wolken ziehn nach Osten,
Und die Dörfer stehn in Brand,
Sie scheinen über Berg und Hügel
Bis an den grünen Wiesenrand

Es war der Vorabend eines Krieges. Des deutsch-französischen Krieges, ausgelöst durch eine gezielte Irreführung der Medien, König Wilhelm I. und der französische Botschafter Benedetti hatten sich auf der Bad Emser Kurpromenade über Weltpolitik unterhalten. Eine Depesche informierte Bismarck vom Inhalt ihres Gesprächs. Der Kanzler las, runzelte die Stirn, las noch einmal. Dann griff er zum Bleistift, redigierte den Text und gab die veränderte Version an die *Norddeutsche Allgemeine Zeitung* weiter, die ihn prompt in einer Sondernummer veröffentlichte. Jedermann konnte nun schwarz auf weiß lesen, dass der preußische König dem französischen Botschafter eine eiskalte Abfuhr erteilt und damit ganz Frankreich aufs schwerste beleidigt hatte. Die französische Öffentlichkeit schäumte. Die französische Regierung stand unter Zugzwang: Abwarten, Pastis trinken und den Bericht Benedettis in Ruhe bewerten schien kaum mehr möglich. An Claras 28. Lebenstag erklärte Frankreich Preußen den Krieg, stand international als Aggressor da, fühlte sich vollkommen siegessicher und verlor in rascher Folge die Schlachten von Spichern, Weißenburg, Wörth, Vionville, Gravelotte und schließlich Sedan. Das französische Heer kapitulierte, Napoleon III. geriet in preußische Kriegsgefangenschaft, und die Pariser riefen die Republik aus. Der Winter kam, der Winter ging. Wilhelm I. ließ sich zum deutschen Kaiser proklamieren, wie es Bismarck gewünscht hatte, taktvollerweise im Spiegelsaal von Versailles. Das französische Kaiserreich war gefallen, das deutsche gegründet, Elsass-Lothringen war deutsch geworden, Frankreichs Kontributionszahlungen begründeten den deutschen Gründerzeitboom, eine Menge Soldaten waren auf beiden Seiten gefallen, mangels eines Nationalfeiertags feierte Deutschland hinfort den 2. September als Tag des Sieges von Sedan, und an Claras erstem Geburtstag herrschte bereits seit anderthalb Monaten wieder Frieden, amtlich und besiegelt und hochoffiziell. Kurz, die

Feindschaft zwischen Frankreich und Deutschland versprach dauerhaft, haltbar und wertbeständig zu werden,

Schwarze Wolken ziehn nach Osten,
Und die Dörfer stehn in Brand,
Sie scheinen über Berg und Hügel
Bis an den grünen Wiesenrand

Aber Polkendorf brennt nicht. Breslau brennt nicht, warum sollte es? Frankreich ist weit fort. In Schlesien herrscht Frieden: Der Krieg ist ja noch gar nicht ausgebrochen, es ist erst der 21. Juni 1870.

Erdbeerzeit. Rosenzeit. Zeit der hellen Nächte: Sommersonnenwende, Höhepunkt des Lichts, das sich von nun an zu verdunkeln beginnt, es regnet nicht!

Warum sollte es regnen? Es ist ein strahlender Frühsommertag, und auf dem Rittergut Oswitz in Polkendorf hat Anna Immerwahr ihrem Mann Philipp gerade das vierte Kind geboren. Zuerst kam der Sohn, Paul. Dann folgten die Junitöchter. Elli, Lotte, Clara: geboren am 16., 19. und 21. Juni, zum Geburtstag bekam jedes Kind ein Geschenk.

Genau ein Geschenk, genau ein Stück Torte. Das schien angemessen. Der Vater war nicht für das Maßlose. Dr. Philipp Immerwahr: Er war nicht für die Rüschen und Schleifen des Überflusses. Er hielt die bürgerlichen preußischen Tugenden hoch: Genügsamkeit, Anstand, Bescheidung, Ehrlichkeit. Pflicht. Vaterland. Bildung, Kultur, Familie, Freunde. Den Rahmen des Ganzen: der den Schönheiten des Lebens erst feste Struktur gab, durch die langen Jahre hallen die Kinderstimmen aus dem Park herüber.

Elli, Lotte, Clara, kommt! Max, Lise! Lisbeth, komm suchen! Mama! Mama, komm du uns suchen,

Das Gutshaus lehnte sich behäbig zwischen hohe Linden

zurück. Die Säulen des Balkons waren wein- und rosenbewachsen. Im Wintergarten standen Palmen, Orangenbäume in Kübeln, davor Rasenflächen, Blumenrabatten, fern am Horizont leuchteten die Hänge des Gebirges.

Clara am Fenster der Haber'schen Dienstvilla kneift die Augen zusammen, um genauer zu sehen. Die Bilder haben die Zufälligkeit und Magie aller Kindheitserinnerungen: Getreidefelder, lautlos wogend im Wind. Kandierte Veilchenblätter auf einem Teller. Ein rosa Haarband, mit ein paar langen Haaren von Lotte. Anka mit ihrem Wurf gefleckter Hündchen, in einer Kiste hinten im Pferdestall. Das Ticken der Standuhr im kühlen Dämmer des Salons, und draußen vor dem Fenster, auf der anderen Seite der Samtportieren, ein lodernder Sommernachmittag. Onkel Wilhelms Tabaksdose mit der aufgemalten Schäferin, und wenn man die Uhr aufklappte, erklang eine zierliche Spieluhrmelodie,

Üb immer Treu und Redlichkeit
bis an dein kühles Grab,
und weiche keinen Fingerbreit
von Gottes Wegen ab

Der riesige dunkle Tisch im Speisezimmer, um den sich die Familie mittags versammelte, zu Hühnersuppe, Karpfen mit Pfefferkuchensauce, Apfelkuchen, der Vater legte Wert auf gutes Essen.

Die Mutter war bestrebt, es dem Vater recht zu machen, zu den Mahlzeiten wie in allen anderen Dingen, der Vater führte ein offenes Haus. Meist waren Verwandte oder Freunde aus der Stadt zu Gast: die Kosas, die Mefferts, Onkel Wilhelm mit Tante Clärchen und Tochter Lisbeth, Tante Mathilde, Tante Ottilie mit ihrem Bankier und ihren fünf Kindern,

Wer einmal bei Immerwahrs einen Nagel eingeschlagen hat, der ist dort pensionsberechtigt!

Das sagte der Vater. Es waren ausgedehnte, fröhliche Mahlzeiten. Hinterher zogen sich die Herren zum Rauchen in Philipp Immerwahrs Räume zurück, wo August Likörkasten, Gläser und Zigarren bereitgestellt hatte. Die Damen nahmen den Kaffee im Salon oder im Wintergarten, je nach Witterung. Später kamen die Herren wieder dazu. Dann sang Tante Ottilie die eine oder andere Arie: *Martern aller Arten* oder *Ach, ich fühl's, es ist entschwunden*, wobei ihre älteste Tochter sie am Klavier begleitete, Tante Ottilie sang sehr schön. Sie war ja auch eine echte Opernsängerin, die Mutter erntete immer viel Anerkennung, nach einem solchen Mittagessen. Der Vater erntete Anerkennung,

Nein, Philipp, wie reizend deine Anna das wieder alles gemacht hat! Und ist selber noch immer so proper und nett, mit vier Kindern und dem großen Haus, wirklich, mein Junge. Da kannst du stolz sein,

Das war der Vater auch. Er war stolz auf seine Anna. Er war stolz auf sich: Schließlich war sie ja seine Frau, von ihm selbst ausgewählt. Schließlich war er der Mann, den Anna genommen hatte,

Na, mein Bester. Du hast es gut getroffen. Deine neue Stute – Kompliment. Und dieser Hecht mit Meerrettich vorhin! Wirklich tipptopp, das muss man sagen,

Ganz meine Meinung, ganz meine Meinung. Lieber Doktor, Ihr Einverständnis voraussetzend will ich Beate sagen, dass sie sich unbedingt von Ihrer gnädigen Frau Gemahlin das Rezept erbitten möge,

Clara ging in die Küche, um das Kompliment an die Köchin weiterzugeben. Die nickte, schabte Essensreste in den Napf für die Hunde. Sagte irgendein Sprichwort, das immer ein wenig unpassend schien,

Liebe geht durch den Magen.

Zeit macht aus einem Gerstenkorn eine Kanne Bier,

Die Köchin wusste eine Menge Sprichwörter. Sie wusste

überhaupt eine Menge: Ein im Traum verlorener Zahn bedeutete einen Todesfall in der Familie. Einem Hund musste man ins Maul spucken, wenn er einem für immer treu sein sollte. Wem am Morgen als erstes ein Schwein über den Weg lief oder womöglich ein altes Weib, der konnte gleich wieder umkehren, denn er würde bei seinen Geschäften den ganzen Tag über nichts als Unglück haben, die Köchin konnte auch Krankheiten weghexen. Eine der Mägde hatte eine Warze am Kinn. Die Warze war groß und dunkel und geformt wie ein Blumenkohl. Die Köchin stach mit einer Nadel hinein. Quetschte einen Tropfen Blut aus der Warze, verrieb das Blut auf einer Nacktschnecke, spießte die Schnecke an den Zaun hinter dem alten Schafstall, und als die Schnecke vertrocknet war, fiel auch richtig die Warze ab, natürlich musste dergleichen vor dem Vater verborgen bleiben.

Dr. Philipp Immerwahr hatte sich jeglichen unwissenschaftlichen Aberglauben strikt verboten, auf seinem Gut. Er war ein fortschrittlicher Mann. Er hatte Chemie studiert, in Breslau und Heidelberg. Hatte einst sogar von einer akademischen Karriere geträumt, war aber dazu denn doch zu realistisch gewesen: Eine Universitätslaufbahn hätte ihm kaum Aussicht auf berufliches Fortkommen geboten, da mochten die Juden hundertmal rechtlich so gut wie gleichgestellt sein. Philipp Immerwahr hatte also Gut Oswitz übernommen.

Hatte seine Cousine Anna geheiratet, eine Familie gegründet, Schafzucht betrieben und dann mit großem Erfolg auf Getreide umgestellt,

Man muss seine Möglichkeiten nutzen. Jeder einzelne hat doch heute enorme Möglichkeiten, egal wie die Gesamtlage sein mag,

Das sagte der Vater. Seine Kornfelder gediehen prächtig.

Die Nachfrage wuchs ständig: der Hunger nach Brot, bald pachtete der Vater weitere Felder dazu. Orderte mehr Guano, mehr Stickstoffdünger aus Chile-Salpeter,

Arbeit ist des Bürgers Zierde,

Segen ist der Mühe Preis,

Sonntags nach dem Essen schritt er mit den Seinen hinunter zum Entenweiher, wo er im Schatten der Weiden seine Pfeife rauchte.

Ehrt den König seine Würde,

Ehret uns der Hände Fleiß,

Clara saß neben dem Vater auf der Bank. Sie überlegte, was sie ihn fragen konnte,

Papa? Was ist Guano?

Guano? Seevogelausscheidungen, Clärchen. Vogelkot, der in Peru von den Felsen gekratzt wird,

Aber Philipp. Ich bitte dich,

Was denn, meine Liebe? Wie soll ich es denn nennen? Wenn das Kind fragt, bekommt es eine Antwort. Und wissenschaftliche Fragen verdienen eine wissenschaftliche Antwort, würde ich doch immerhin meinen, also, Clärchen. Vogelkot. Ein hervorragendes Düngemittel, wegen des darin gebundenen Stickstoffs. Stickstoff brauchen die Pflanzen zum Wachsen. Wir finden ihn im Chile-Salpeter, im Peru-Guano,

Clara überlegte, was sie als nächstes fragen könnte.

Papa? Wo liegt Peru?

In Südamerika, Kind. Nachher im Haus zeige ich es dir auf der Karte,

So war es immer. Clara fragte, und der Vater antwortete. Es war ein Spiel: Er antwortete gern, also fragte Clara weiter, das Fragen und Antworten vereinte sie miteinander. Es schloss die anderen aus. Die anderen traten in den Hintergrund, wenn Clara und ihr Vater einer Frage auf den Grund zu gehen trachteten, Seite an Seite, einmal las er ihr etwas aus Liebigs »Chemischen Briefen« vor.

In der Natur sieht der menschliche Geist weder über noch unter sich eine Grenze, und in dieser, für seine Kraft, ihrer Unmesslichkeit wegen, kaum fassbaren Unendlichkeit fällt kein Wassertropfen zur Erde, kein Stäubchen wechselt seinen Platz, ohne dazu gezwungen zu sein. Nirgends ausser sich beobachtet der Mensch einen zum Bewusstsein gelangten Willen, Alles sieht er in den Fesseln unwandelbarer, unveränderlicher, fester Naturgesetze; nur in sich selbst erkennt er ein Etwas, was alle diese Wirkungen, einen Willen, der alle Naturgesetze beherrschen kann, einen Geist, der in seinen Aeusserungen unabhängig von diesen Naturgewalten ist, der in seiner ganzen Vollkommenheit nur sich selbst Gesetze giebt,

Dies war allerdings etwas anderes als das routinierte Gebrabbel des Hauslehrers. Dies war nicht Pflichtschuldigkeit. Dies war Begeisterung, Erhebung, der scharfe Geruch der Freiheit, Clara bat um das Buch. Der Vater überreichte es ihr, noch aufgeschlagen, mit einer komischen kleinen Verbeugung, als verliehe er ihr einen Orden oder zeichnete sie mit einem Preis aus. Clara las die Stelle noch einmal, die der Vater vorgelesen hatte. Versuchte zu begreifen, was sie bedeutete, jenseits ihres Wohlklangs,

Alles in der Unermesslichkeit des Universums liegt in den Fesseln unwandelbarer Naturgesetze, dumpf und bewusstlos. Nur der menschliche Geist kennt Bewusstsein und Willen. Nur er, allein und auf sich gestellt in all dieser Grenzenlosigkeit, ist vollkommen genug, sich seine Gesetze selbst zu schaffen und von denen des Universums zu fordern, dass sie sich seinem Willen beugen,

Clara war es, als rauschte um sie das Meer. Es war ihr, als sähe sie ein Schiff mit geblähten Segeln. Und in seinem Bug der Kapitän: der dem Sturm trotzte. Der seinem Stern folgte, leidenschaftlich und mit eisernem Willen, durch Wind, Regen, Hitze der offenen See, umgeben nur von Leere und dem Ring des Horizonts, sie trug das Buch in ihr Zimmer hinauf. Warf sich damit aufs Bett, schlug es irgendwo auf,

Der Raum, in dem sich die Weltsysteme bewegen, ist ohne Grenze; und was wäre außerhalb einer solchen Scheidewand? Die Anzahl der Welten ist unendlich groß, sie ist durch Zahlen nicht ausdrückbar,

Clara drehte sich auf den Rücken. Sie schloss die Augen. Dann öffnete sie sie wieder und starrte zur Decke ihres Zimmers hinauf. Sie versuchte sich die Unendlichkeit vorzustellen. Die wehende Weite, durch die die Sterne wirbelten, jenseits des Schutzes ihrer Zimmerdecke, des Dachs und des Sommerhimmels, Welt um Welt wanderte dort draußen für sich allein durch die kobaltblaue Grenzenlosigkeit, der Ewigkeit ausgeliefert und dem Abgrund der einsamen eigenen Bestimmung. Und wohin ging sie selbst? War es ihr auch bestimmt, das schützende Dach von Gut Oswitz hinter sich zu lassen?

Hinauszufliehen. Ihr Schiff mitten hinein in den Sturm zu lenken. Hinein in den offenen Himmel zu brausen, die Wolken stürzten ihr entgegen, die dunkle regennasse Küste der Welt blieb zurück, und sie tauchte allein in den leeren Raum ein, warf sich in seine Arme mit geschlossenen Augen, Clara sprang auf.

Sie trampelte mit den Füßen. Sie rieb sich die Arme. Sie begann laut zu singen,

Steuermann, her zu mir!

Steuermann, lass die Wacht!

Laut singend stieß sie ihre Zimmertür auf. Lief die Treppe hinunter, rief laut nach den anderen,

Paul! Elli! Lotte! Mama! Wo seid ihr,

Die Mutter saß im Wintergarten, geborgen im dichten Geflecht eines Korbsessels. Die tiefe Lehne umfing sie schützend, die Füße hatte sie auf einen Hocker gebettet,

Nun, mein Kind?

Sie ließ ihre Stickarbeit sinken. Rückte ein wenig, lud Clara ein, sich zu ihr zu setzen, die Frühsommersonne, die durch die Glasscheiben fiel, spielte auf der bunten Einlegearbeit der Fliesen. Die Blätter der Zimmerpalmen rieben schläfrig ihre langen Finger. Clara schmiegte sich an die Mutter. Die Mutter nahm ihre Arbeit wieder auf. Summte leise ein Lied vor sich hin,

Gut Nacht, gut Nacht, ihr Blumen all
Mit eurem bunten Schein,

Beim Mittagessen ging ein plötzlicher Regenschauer nieder.

Dann brach wieder die Sonne durch, und drüben vor dem Gebirge stand ein Regenbogen über den Feldern, der Vater unterbrach die Mahlzeit. Hieß August eine Leiter holen. Stieg selbst hinauf, nahm ein gläsernes Prisma vom Kronleuchter, ließ schillernde Farbflecken über die Wände flirren, dann hielt er das Prisma vor Claras Auge: woraufhin die Gegenstände des Zimmers regenbogenbunt zu tanzen begannen, der Vater hängte das Prisma an seinen Platz zurück.

Wandte sich wieder dem Regenbogen zu: dem Himmelsphänomen, dessen Wesen sich hier unten in der banalen Alltäglichkeit des Speisezimmers illustrieren ließ , während man das Kalbsragout aß, und dann schwang man sich wieder hinauf zur Betrachtung der Naturerscheinung, das also war die Wissenschaft. Aus dem allzu Überschaubaren, eng Bekannten hob sie einen hinauf in die Weite des Weltraums, und dann kehrte man sicher wieder in den Alltag zurück, mit neuem Wissen zum Nutzen der Menschheit: So erklärte es der Vater. So sagte es Liebig in den »Chemischen Briefen«,

Wir ersteigen einen Berg, auf der Spitze angelangt, sieht der umfassendere Blick immer neue Berge sich erheben, die anfänglich dem Auge nicht sichtbar waren. Suchen wir unseren Blicken die möglichst weite Aussicht zu geben, es wird uns dann leichter werden, uns in den Regionen zurecht zu finden, die unter uns liegen, und uns vor Irrwegen und Hindernissen zu schützen, die unsere Schritte hemmen und unsere Kraft zersplittern. Das unter uns liegende Gebiet wird dann zu unserem Eigentum, auf dem wir säen und zu unserem und der menschlichen Gesellschaft Nutzen ernten werden,

Das war mit Sicherheit die edelste menschliche Bestimmung. Das musste die eigentliche Aufgabe sein, mit weniger konnte ein Mensch sich nicht zufriedengeben, die Mutter teilte die wissenschaftlichen Interessen ihres Gemahls nur am Rande.

Sie hatte keine Zeit für dergleichen. Der Vater war ein liebenswürdiger, angenehmer Mann: Aber er bedurfte ständiger Aufmerksamkeit und Pflege, die Mutter umsorgte den Vater, sie umsorgte die Kinder. Sie dirigierte die Bediensteten. Sie leitete die Köchin an, besprach mit dem Gärtner die Anlage der Staudenrabatten. Sie kümmerte sich um die Tischwäsche, die Vorräte, sie stickte Monogramme ins Leinen, sie arrangierte Blumen, alle Leute liebten die Mutter. Sie verstand es perfekt, jenen warmen, wohligen Hintergrund zu schaffen, vor dem Mann und Kinder gedeihen, wachsen, sich in Ruhe entfalten konnten, einmal fand die Mutter ihre Jüngste aufgelöst, fassungslos schluchzend.

Sie glaubt es mir nicht, Mama! Sie glaubt mir nicht, dass sie Unrecht hat. Es ist so furchtbar! Sie glaubt nicht, dass es gar nicht sein kann,

Was war geschehen?

Die Köchin gab keine Antwort. Rieb weiter rohe Kartoffeln in eine Schüssel, wischte sich mit dem nackten Arm den Schweiß ab,

Sie hat etwas gesagt, Mama! Sie hat etwas ganz Falsches gesagt, und sie will mir nicht glauben, dass es ganz falsch ist,

Clara war außer sich. Sie hatte immer wieder versucht, es der Köchin zu erklären! Sie hatte ganz und gar vernünftig mit ihr geredet, wie der Vater es ihr beigebracht hatte: Aber die Köchin hatte trotzig auf dem Wahrheitsgehalt ihres Sprichworts beharrt,

Die Mütter essen saure Trauben, und die Töchter bekommen stumpfe Zähne davon,

Aber das war doch Unsinn, nicht wahr? Das war ganz offenkundiger Unsinn, es war ja nicht möglich! Es konnte nicht sein, dass der eine Trauben aß und der andere den Effekt davon spürte,

Es ist so gemein von ihr, Mama. Sie tut es mit Absicht! Sie will nicht verstehen. Warum will sie nicht verstehen, dass es ganz unmöglich ist,

Die Mutter betrachtete hilflos ihre aufgewühlte Jüngste. Beging dann den Fehler, es mit Vernunft zu probieren: empfahl Clara, sich nicht so aufzuregen, versuchte ihr zu erläutern, dass ein Sprichwort doch nicht wörtlich gemeint sei,

Mama! Du! Du stellst dich also auf ihre Seite! Du verstehst mich also auch nicht,

Clara rang die Hände. Sie rang um Atem. Die Mutter stand schon halb im Begriff, nach dem Arzt zu schicken, da kam zum Glück der Vater nach Hause, er legte Clara die Hand auf den Kopf. Redete ihr zu. Ließ sich die ganze Sache erläutern, wiegte den Kopf,

Du hast natürlich vollständig recht, Kind. Es ist ganz unmöglich. Das soll sie uns erst mal vormachen, diese Köchin, wie Mama Trauben isst, und Elli hat ein Problem mit den Zähnen,

Aber Philipp! Ermutige das Kind doch nicht noch. Hat man je gehört, dass jemand ein Sprichwort wörtlich nimmt? Hat man je gehört, dass jemand über ein Sprichwort nachdenkt? Und das Schlimme ist, sie will immer mit allen im Reinen sein und verzweifelt, wenn sie es nicht ist, aber wie kann man mit der Welt im Reinen sein, wenn man nie etwas bestehen lässt? Wenn man nichts annimmt, wie es ist, wenn man alles zergliedert und zerlegt,

Nun nun, meine Liebe. Wir wollen uns nicht heftiger aufregen, als unbedingt erforderlich ist. Was ist denn passiert, bei Lichte betrachtet? Allenfalls könnte man sagen, dass es dem Kind noch ein wenig am angemessenen metaphorischen Verständnis gebricht,

Der Vater ging über die Felder.

Er brütete über seinen Geschäftsbüchern. Er saß mit Freunden zu Tisch, er ging hinunter zum Ententeiher, mit einer wissenschaftlichen Zeitschrift, die er aus Breslau hatte kommen lassen, die Mutter überwachte das Polieren des Silbers.

Sie überwachte das Einkochen des Obsts, das Einlegen des Kohls. Sie sah nach den Hühnern, sie kontrollierte den Zustand der Bettücher, sie pflegte die Kinder durch ihre Krankheiten, flocht eigenhändig die Haare ihrer Töchter, natürlich kümmerte sie sich auch um das Wohl der zahlreichen Gäste, die die Familie bei sich empfing.

Nicht alle waren Juden. Die Immerwahrs waren nicht getauft: Aber sie praktizierten auch nicht, sie gingen nie in die Synagoge, woher wusste Clara dann überhaupt, dass sie Jüdin war?

Nun, Kind. Es sind doch immer die Nichtjuden, die es einem zeigen,

Im Sommer fuhren sie oft an die See.

Sie fuhren nach Norderney oder nach Westerland oder nach Wyk auf Föhr. In die Traditionsbäder: die es glücklicherweise nicht nötig hatten, sich mit antisemitischer Werbung bei geistig beengten Kleinbürgern anzuwanzen. Bei diesem neuen Typus des Reisenden: kleinen Kaufleuten, Handwerkern ohne Kultur oder Bildung, denen es ihre beschränkten Mittel neuerdings erlaubten, sich im Sommer in zweitklassigen Pensionen an der Küste festzusetzen. Unter Reisen verstanden diese Leute, sich tagsüber auf der Strandpromenade von der Sonne verbrennen zu lassen und abends in billigen Restaurationen zu viel Bier zu trinken. Auf Borkum sangen sie laut das Borkumlied mit, das die Kurkapelle tagtäglich für sie spielte.

An Borkums Strand nur Deutschtum gilt, nur deutsch ist das Panier.
Wir halten rein den Ehrenschild Germania für und für!
Doch wer dir naht mit platten Füßen,
mit Nasen krumm und Haaren kraus,
der soll nicht deinen Strand genießen,
der muss hinaus, der muss hinaus,

In Sellin auf Rügen verkündete ein Fahrplan die Abfahrtszeiten einer fiktiven Fährlinie Scharbeutz – Jerusalem,

Retourkarten werden nicht ausgegeben!

An den Hotels von Juist, Wangerooge, Langeoog, Spiekeroog, in den Seebädern auf Usedom waren Schilder angebracht,

Juden und Hunde dürfen hier nicht herein,

Aber man durfte das alles nicht überbewerten.

Das sagte der Vater.

Man musste ja schließlich nicht ausgerechnet nach Sellin fahren. Man hatte andere Möglichkeiten. Jeder einzelne hatte immer genug Möglichkeiten: selbst wenn die *Kreuzzeitung* gegen den jüdischen Liberalismus wetterte, das katholische Blatt *Germania* die Hetzereien Treitschkes abdruckte, der Hofprediger Stöcker in Reden vor seiner Christlich-Sozialen Partei verlangte, den giftigen Tropfen der Juden aus dem deutschen Blut zu waschen und der Orientalist Paul de Lagarde die Grundsätze der Humanität relativiert sehen wollte, da sie nicht das spezifisch Deutsche, sondern nur das Allgemein-Menschliche für schützenswert erachteten und darum die Volksgenossen daran hinderten, die Juden so unerbittlich wie Trichinen und Bazillen zu vernichten,

Wir sind Barbaren und rühmen uns dessen!

Aber das war doch alles nur Getrommel und Getöse. Das alles würde sang- und klanglos vergehen. Man durfte dieses Pack nur nicht zu ernst nehmen. Diese sogenannte Judenfrage war nicht mehr als eine Mode, die bald von einer neuen Tagesfrage abgelöst werden würde: von einem Negeraufstand in einer afrikanischen Kolonie oder einem Kometeneinschlag in Ozeanien, nein, der Antisemitismus würde sich von allein geben, da war der Vater sicher.

Der Antisemitismus war eine heilbare Krankheit: ein letztes Aufflackern der alten Judenfeindschaft, das bald erlöschen und dann endgültig verschwinden würde, der Vater saß am Entenweiher auf Gut Oswitz und rauchte seine Pfeife.

Sah den Schwänen zu, die über das Wasser trieben wie die Erfindung eines mittelalterlichen Heraldikers, neben ihm saß Onkel Wilhelm.

Der Stadtverordnete und Justizrat Wilhelm Freund: der die Ansichten des Vaters wieder einmal nicht teilen konnte, sicher, man lebte in einem modernen Staat.

Sicher, die Zeiten des alten Judenhasses waren vorüber,

schließlich lebte man im letzten Drittel des 19. Jahrhunderts und nicht mehr im düstersten Mittelalter. Kaum denkbar, dass man den Mob noch einmal zu Mord und Totschlag an Juden entflammen konnte, hier und heutzutage und mitten in Europa! Dennoch, es gab unschöne Auswüchse.

Dass man die Juden offen beschimpfte, bereitete dem Onkel dabei weit weniger Sorge als diese gewisse verborgene, dem Sprecher selbst oft gar nicht bewusste Feindseligkeit, die plötzlich überall zu spüren war. Warum etwa musste ein Eisenwarenhändler, dessen Schäferhund ein kleines Kind gebissen hatte, im Zeitungsbericht extra als »jüdisch« ausgewiesen werden? Waren die christlichen Schäferhunde denn zahnlos? Was hatte es zu bedeuten, wenn vor der gefährlichen Fruchtbarkeit der Juden gewarnt wurde, die eine Überfremdung des deutschen Volkes, ja seinen Untergang, sein völliges Aufgehen in der fremden Rasse nur noch zu einer Frage der Zeit machte? Und selbst Liberale, die das Judentum öffentlich verteidigten, merkten gar nicht, dass auch sie dabei den Juden eine grundsätzliche, nicht zu behebende Andersartigkeit unterstellten, der Justizrat schüttelte den Kopf.

Weißt du, Philipp, der Deutsche in mir empört sich mehr als der Jude. Der Jurist in mir empört sich, der preußische Patriot, die Nation ist es doch in erster Linie sich selbst schuldig, Minoritäten vor offenem Rechtsbruch ebenso wie vor administrativer Prellerei zu schützen, und zwar ganz unabhängig von deren Anpassung oder Wohlverhalten. Auch nur als reine Möglichkeit wäre ein Bürgerkrieg der Majorität gegen eine Minorität doch eine nationale Calamität,

Der Vater lachte auf, seufzte.

Tjaja, mein Lieber, es ist schon mal so. Wie wir es machen, ist es ihnen verkehrt. Einem armen Juden wirft man seine Armut vor, und einem reichen seinen Reichtum. Im Hemd sind wir Abschaum, im Frack Parvenüs, bleiben wir unten, sind wir verlottert, steigen wir auf, unterwandern wir die Gesellschaft. Aber ich denke, wenigstens mit dieser Antisemiten-Petition werden sie uns persönlich verschonen. Diese Forderungen nach Zuwanderungsbeschränkungen, nach Zugangsverboten für bestimmte Berufe im Justiz- oder Schuldienst, nach der Wiedereinführung einer Judenstatistik – im Grunde hat es mit uns nichts zu tun. Im Grunde ist es doch nur eine Reaktion auf die Juden, die aus dem Osten ins Reich hereindrängen und die einem oft ja selbst einen gewissen Widerwillen eingeben. Ein doch recht auffällig staffierter Menschenstamm, der ein wenig zu fremdartig wirkt, hier auf unserem schlesischen Boden. Diese Leute werden sich integrieren müssen, das ist durchaus auch meine Meinung, oder sie müssen weiterziehen, der einzelne hat es doch in der Hand. Jeder einzelne hat durchaus seine Möglichkeiten. Wenn ich denke, dass mein Vater zu Fuß von Oberschlesien nach Breslau gewandert ist! Und hat es zum königlichen Hoflieferanten gebracht und fuhr in einem zweirädrigen Gig und sammelte Musikinstrumente,

Und hatte der Vater nicht vollkommen recht?

Clara steht am Fenster und starrt zum Institut hinüber. Dr. Clara Haber, erste Doktoranda in der Geschichte der Breslauer Universität: Hat sie nicht mit ihrem eigenen Leben bewiesen, dass tatsächlich alles nur vom einzelnen abhängt? Vom Willen des einzelnen, von seinem Geist,

In der kaum fassbaren Unendlichkeit der Natur wechselt kein Stäubchen seinen Platz, ohne dazu gezwungen zu sein. Alles sieht der Mensch in den Fesseln unwandelbarer Naturgesetze, nur in sich selbst erkennt er ein Etwas: einen Willen, der alle Naturgesetze beherrschen kann, einen Geist, der in seiner ganzen Vollkommenheit nur sich selbst Gesetze giebt,

Sie saßen auf der Bank am Weiher, die kleine Clara und der Vater. Der Vater rauchte seine Pfeife. Clara baumelte mit den Beinen. Überlegte, was sie ihn fragen könnte,

Papa? Was ist das Schicksal?

Der Vater warf ihr einen Blick zu.

Das Schicksal?

Er lehnte sich zurück, sah übers Wasser,

Tja, mein Kind. Eine schwierige Frage. Manche glauben, das Schicksal sei das von Gott über uns Verhängte. Manche glauben das Gegenteil und nennen den Zufall Schicksal. Ich persönlich denke, wir sprechen von Schicksal, wo uns die komplexen Zusammenhänge von Ursachen und Wirkungen nicht mehr erkennbar sind. Verstehst du? Etwas Gewaltiges bricht über uns herein, und wir verstehen nicht, wie es dazu gekommen ist. Also nennen wir es Schicksal. Aber eigentlich sollten wir es die Frucht unserer Unwissenheit nennen,

Papa? Meinst du, Gott hat das mit Absicht gemacht? Meinst du, Gott will, dass wir unwissend bleiben? Dass wir nicht verstehen, warum uns etwas geschieht?

Noch eine schwierige Frage, mein Kind. Aber ich glaube nicht. Ich glaube, Gott hat uns unseren Verstand gegeben, damit wir ihn verwenden, um seine wunderbare Welt zu erforschen. Nur was wir erkennen, können wir doch würdigen. Und je klarer unsere Erkenntnis, umso klarer wird uns die Schönheit seiner Schöpfung,

Der Vater schmunzelte. Legte den Arm um seine Tochter,

Ich glaube, Gott freut sich über jede Erkenntnis. Ich glaube, er lacht jedesmal vor Freude, wenn eines seiner Kinder ihm auf die Schliche kommt,

Clara sieht in den Garten der Haberschen Dienstvilla hinaus.

Das Licht ist mild. Wo die schon tief stehende Sonne sich verbirgt, leuchten die Wolken wie von innen in milchigem Gelb. Ein schwacher Wind ist aufgekommen. Er trägt einen Duft mit sich: einen grünen Geruch nach etwas Sprießendem, die Frage ist, ob die Welt wirklich wunderbar ist.

Die Frage ist, was für ein Gott eine solche Welt erschaffen hat.

Welcher Satan darauf verfallen ist, eine Welt ins Leben zu rufen, die darauf basiert, dass jedes seiner Geschöpfe ein anderes frisst. Dass alles einander fressen muss, um zu leben: Und diesem Zwang zum ununterbrochenen Töten kann sich der Mensch so wenig entziehen wie die Bazille, was für Möglichkeiten hat man denn tatsächlich, in einer solchen Welt? Jedes Wesen muss ständig andere Wesen vertilgen, damit es selbst weiter existieren kann: Und wer sich gegen diese dumpfe lebenslange Sklaverei des Mordens auflehnt, der spricht sich das eigene Todesurteil, Clara steht am Fenster.

Von unten dringen die Stimmen der Gäste herauf, sie wissen es alle!

Sie wissen alle, was Fritz getan hat. Es hat schließlich in der Zeitung gestanden,

Großer Sturm in der Nähe von Ypern! 2470 Franzosen und Engländer gefangen. 30 Geschütze, darunter vier schwere englische, fielen in deutsche Hände. Das ist doch mal ein richtiger Bissen! Die Gegner beschweren sich sehr über deutsche Rauchgeschosse. Als ob sie nicht selbst jedes Mittel benutzten, das sie erlangen können! Chemisch freilich werden wir ihnen wohl über sein,

Clara hat sich geirrt. Clara, die Chemikerin: Sie hat sich ganz entscheidend geirrt. Sie hat geglaubt, Wissenschaft wäre objektiv. Sie hat geglaubt, wissenschaftliche Ergebnisse entstünden unabhängig von der Persönlichkeit der Forscher,

Wie kannst du uns so verraten, Fritz? Wie kannst du verraten, woran wir geglaubt haben? Wir haben doch beide dasselbe geglaubt. Die Wissenschaft dient dem Segen der Menschheit –

Nun freilich, Clara. So ist es doch auch. Im Frieden ist es so. Aber im Kriege muss die Aufgabe der Wissenschaft eine andere sein. Im Kriege muss sich ein jeder fragen, was er für sein Land tun kann. Ganz besonders der Wissenschaftler. Darin wirst du mir sicher recht geben müssen,

Natürlich musste sie das. Im Krieg diente ein jeder seinem Vaterland: Alles andere wäre ja Verrat,

Siehst du, Clara. Und es gilt schließlich, auch einmal das Positive zu sehen. Das Verhältnis von Militär und Wissenschaft war vor dem Krieg doch ein äußerst unvollkommenes. Jetzt im Kriege aber verbessert es sich ständig, und zwar durch die Vermittlung der Industrie. Die Industrie ist es, die es der Generalität erst nahebringt, welch militärischen Nutzen die Wissenschaft hat. Und dieses Zusammenwirken wiederum dient dem Vaterland,

Die Wehrkraft und die Wissenschaft sind die beiden starken Pfeiler der Größe Deutschlands!

Wie Adolf von Harnack es so passend in der Denkschrift ausgedrückt hat, in der er dem Kaiser die Gründung der Kaiser-Wilhelm-Gesellschaft vorgeschlagen hat, deren Präsident er heute ist, unten wird gelacht.

Wie können sie lachen? Wie können sie feiern? Wie können sie mit Champagner anstoßen, auf Fritz' Erfolg? Wie können sie Hummermayonnaise essen? Aber freilich, Delikatessen sind rar, heutzutage. Wer Hummermayonnaise beschaffen will, der muss die richtigen Leute kennen.

Er muss klarstellen, dass er die richtigen Leute kennt: dass er nicht gedenkt, Perlen vor die Säue zu werfen, Kaviar vor die Hunde gehen zu lassen, sondern die staatstragenden Mächte zu füttern, für wen sollte es wohl noch Hummer geben, wenn nicht für Fritz? Für den Herrn Hauptmann Professor Dr. Fritz Haber, er hat gar nicht offiziell eingeladen. Er hat lediglich bekannt gegeben, dass er heute zu Hause sein, gern mit Freunden und Kollegen ein Glas trinken würde, wahrscheinlich sind die Üblichen gekommen.

Der Kreis der großen Männer: Emil Fischer, James Franck, Carl Bosch, Otto Hahn, Max von Laue, Max Planck, kaum einer ist darunter, der nicht als plausibler Anwärter auf den Nobelpreis gälte oder ihn gar schon hat. Womöglich ist auch der schreckliche Einstein gekommen, Clara muss an ihnen allen vorbei!

Sie muss an den Anfang zurück. Sie muss sich besinnen. Sie muss sich konzentrieren: Schritt für Schritt vorgehen, die Augen offen halten, sie muss vor allem diese Betäubung überwinden.

Diese Benommenheit, wie nach zu viel Wein. Dieses wattige Nebelgefühl, als erstickte man hinter schweren Vorhängen, sie muss alles abschütteln! Sie muss zu Atem kommen. Sie muss von vorn anfangen: von vorn,

Im Sommer lebten wir auf dem Gut,

Im Winter lebten sie in Breslau.

In der Wohnung am Breslauer Ring, wo Großmutter Lina über den labyrinthischen Räumen des Immerwahrschen Geschäftshauses residierte: die Witwe des verstorbenen Geschäftsgründers David Immerwahr, Trägerin des Luisenordens für aufopferungsvolle Dienste im Krieg und für die Pflege des preußischen Heeres, Großmutter Lina hatte den Vaterländischen Frauenverein Breslau mitbegründet, das Asyl für Mädchen ohne Familie und die angegliederten Krankenpflegerinnenschule. Sie war aktiv. Sie saß nicht gern herum. In ihren Augen hatten Frauen nicht nur das Recht, sondern sogar die Pflicht, ihr weibliches Engagement nicht nur der eigenen kleinen, sondern auch der großen Familie der Nation zugute kommen zu lassen, den Frauen oblag es, sich mit der ihrem Geschlecht angeborenen Mütterlichkeit der Armen, Kranken und der notleidenden und gefährdeten Jugend anzunehmen. Ihre Aufgabe musste es sein, die furchtbaren sozialen Gegensätze abzumildern, die die harte Welt der Männer zwangsläufig schuf.

Die harte Welt der wirtschaftlichen Gegebenheiten: Für das Wirtschaftliche waren die Frauen natürlich nicht zuständig. Die Kämpfe des Geschäftslebens waren Sache der Väter und Söhne. Offiziell führte Großmutter Lina im Immerwahrschen Geschäftshaus deshalb auch nur die Aufsicht, in Vertretung der wahren Eigentümer. In Vertretung ihrer Söhne: von denen der eine den größeren Teil des Jahres auf dem Land lebte und der andere meist unterwegs war, um neue Waren einzukaufen, das Geschäftshaus David Immerwahr Nachfahren, Hoflieferanten, Ring 19/20 war ja weit über Breslau hinaus bekannt. In Krakau, Posen, Warschau warben Anzeigen für seine französischen Roben und türkischen Schals,

Möbel- und Decorationsstoffe, Leinen, Damast, Seidenkleider, Linoleum, echte alte Kelims, engagirte handgeknüpfte Smyrna-Teppiche und viele weitere hervorragende Neuheiten aus Ost und West,

Die französische Directrice war dermaßen elegant, dass sie kein einziges Wort Deutsch sprach. Zwischen den Auslagen und Regalen, den Tischen, Truhen und Ständern waren polnische, jiddische, deutsche Sprachfetzen zu vernehmen. Gleich gegenüber lag das Breslauer Rathaus, vor dem die Reihen der Droschken nur darauf warteten, mit Paketen beladene Damen zurück nach Hause oder zum Bahnhof zu bringen: Und oben im Salon, über dem riesigen Sofa mit den geschnitzten Beinen, hing das Bild des verstorbenen Geschäftsgründers.

Des königlichen Hoflieferanten David Immerwahr, der einst als munterer junger Bursche zu Fuß von Oberschlesien nach Breslau gewandert war, im Vertrauen auf Gott, die Zukunft, die Judenemanzipation und seine eigenen Fähigkeiten,

Wie unser großer Goethe es so trefflich ausgedrückt hat, mein Kind. Wer immer strebend sich bemüht, den können wir erlösen. Es geht vor allem darum, seine Pflicht zu tun,

Das sagte Fräulein Palm.

Fräulein Palm hatte das oberste Stockwerk des Geschäftshauses inne.

Sie leitete dort die Krugsche Höhere Töchterschule, die es sich zum Ziele gesetzt hatte, junge Damen zu formen, in denen sich höhere Bildung und Meisterschaft in der Haushaltung aufs Innigste vereint fänden. Zu diesem Zwecke wurden die Schülerinnen nicht nur in Handarbeit und Gesang, englischer und französischer Konversation, Kulturgeschichte, Zeichnen und Erdkunde unterrichtet. Die höheren Klassen durften auch an den Naturwissenschaften schnuppern. An Physik und Chemie, unterrichtet von männlichen Lehrkräften, die zu diesem Zweck extra vom Realgymnasium am Zwinger herüberkamen, wo Claras Bruder Paul sich auf das Abitur vorbereitete, und machten Physik und Chemie denn Spaß?

Das fragte Clara ihren Bruder. Paul hob die Schultern: naja. Es war eben Schule. Clara wandte sich ab, ungeduldig, sie brannte vor Vorfreude. Jedes Schulfach klang ihr wie ein

Abenteuer. Wie ein Tor in eine schöne, neue Welt, die nur darauf wartete, von Clara Immerwahr erfahren, erforscht und erobert zu werden, auch der Vater war recht zufrieden, mit dem Krug'schen Fächerangebot. Obwohl es nicht gelungen war, jüdischen Religionsunterricht durchzusetzen: Das Gesuch war von allen befugten Stellen abgelehnt worden, natürlich hatte das nichts mit Antisemitismus zu tun. Man erlaubte schließlich auch den patriotisch dubiosen Vasallen Roms nicht, ihre katholische Götzendienerei an Fräulein Palms Schule zu verbreiten. Nein, es ging hier schlicht und einfach um das Prinzip: Die Krug'sche Töchterschule war eine deutsche Schule. Es war eine preußische Schule, mit preußisch-protestantischer Leitkultur, die kleinen Judenmädels sollten sich doch assimilieren!

Sie sollten aufrechte deutsche Hausfrauen und Mütter werden, die ihre Kinder zu treuen preußischen Untertanen erzogen: Und half ihnen dabei etwa jüdischer Religionsunterricht? Der würde doch im Gegenteil das Undeutsche an ihnen nur noch verfestigen. Wer sollte denn kontrollieren, was da womöglich für Gedankengut in die kleinen Köpfchen gepflanzt wurde? Und überhaupt, wo kam man denn hin? Als nächstes würde womöglich noch jemand vorschlagen, die muselmanische Religion zu unterrichten.

Als nächstes käme jemand mit irgendwelchen Fratzendämonen aus Hinterindien: Aber hier war man weder in Schanghai noch in Jerusalem, bitte sehr. Hier war man in Breslau. Und Breslau gehörte zu Schlesien, und Schlesien gehörte zum deutschen Kaiserreich. So war es und so würde es bleiben, und wem das nicht passte, der sollte schleunigst seinen Kram packen und hingehen, wo der Pfeffer wuchs, zu Kaisers Geburtstag kam extra ein Tanzlehrer, der mit den Schülerinnen der unteren Klassen einen patriotischen Reigen einstudierte.

Jedes Mädchen bekam ein Stöcklein in die Hand, das mit schwarzweißrotem Glanzpapier umwickelt war. Dann stellte man sich im Kreise auf, Fräulein Palm setzte sich ans Piano, und unter den Anweisungen des Tanzlehrers und allerlei Gezwirbel und Gekreise der Stöcke drehte und wandte man sich, schritt umeinander herum und wieder zurück und sang dazu,

Dem Kaiser sei mein erstes Lied,
ihm klingt der erste Klang!
Des Vaterlandes Schirm und Hort,
preis ihn mit lautem Sang!
Sein Name füllt mit hoher Lust
jedwedes Deutschen treue Brust,

Bei dem Wörtchen »Brust« hielt Clara die Luft an. Sie gab keinen Laut von sich, sondern bewegte nur tonlos die Lippen, rot wurde sie allerdings trotzdem. Das Wort Brust genierte sie über alle Maßen. Und nicht nur Brust. Clara genierte sich vor jedem Wort, das einen Körperteil bezeichnete.

Ob Brust, Bein, Bauch, Rücken oder gar das vollends unaussprechliche Hinterteil: Es war ihr immer, als würde die Benennung das Benannte entblößen. Als würde sie die Kleider fortziehen, es nackt den Blicken aller darbieten, die anderen Schülerinnen schienen keine Probleme mit der Brust zu haben. Sie sangen jedenfalls einfach weiter,

Wie meinen Vater lieb ich ihn,
bis zu dem letzten Hauch!
Was gilt's, dass er mein Kaiser ist,
mein Vater ist er auch!
Er blickt von seinem Heldenthron
mit Lust auf jeden deutschen Sohn,

Das immerhin erklärte, warum das Reich das Vaterland hieß. Aber war es wirklich denkbar, dass der Kaiser jeden, wirklich jeden einzelnen seiner deutschen Söhne persönlich kannte? Nun gut, er war der Kaiser. Dennoch, war es wirklich möglich, dass er alle seine Söhne gleich lustvoll ansah?

Sah er sogar Friedrich Eichborn lustvoll an? Den Sohn von Bäcker Eichborn in Polkendorf, der furchtbar aus dem Mund stank und von dem Claras Bruder Paul behauptete, er hätte einmal einen zusammengerollten Igel mit einer Kartoffelhacke zerstückelt: Und was war mit Clara, Elli, Lotte und den anderen Mädchen?

Was war mit den Töchtern? Fand der Kaiser bei all den Söhnen überhaupt Zeit, auch seine Töchter lustvoll zu betrachten? Aber vielleicht war er ja nur der Vater der Söhne. Vielleicht bezog sich erst die letzte Strophe des Liedes auf die Töchter,

Er ist mein Kaiser und mein Mann,
Drum sing ich, was ich singen kann.

Andererseits war auch das nicht gut möglich. Der Kaiser war schon verheiratet. Er war außerdem viel zu alt, um einst Claras oder Lottes oder Lise Mefferts Mann zu werden, das lag doch auf der Hand: wenngleich Clara ihn von Herzen liebte. Natürlich liebte sie den Kaiser! Anders ging es ja gar nicht. Alles andere wäre eine Sünde gewesen, und Clara sang jedenfalls gern.

Sie sang begeistert Hymnen auf den Kaiser, jedenfalls solange keine Brüste darin vorkamen. Solange sie nicht immer an Friedrich Eichborns Mundgeruch und den armen Igel denken musste,

Sei gegrüßt im Purpurkleide,
in der Krone hellem Glanz,
du, des Volkes Trost im Leide,
starker Hort des Vaterlands,

Das war doch zum Beispiel schön. Sehr schön. Und Clara war eine sehr gute Sängerin. Sie war auch eine sehr gute Schülerin: Sie erledigte immer brav ihre Aufgaben, zuverlässig und ohne übermäßige Anstrengung, der Schulunterricht war jedenfalls interessanter als die Bemühungen des trotteligen Hauslehrers auf Gut Oswitz.

Dennoch war alles auch ein wenig enttäuschend. Claras Vorfreude hatte sich mehr erhofft: Begeisterung, Einblicke, Grundsätzliches, Substanz. Etwas, das mehr wie Liebigs *Briefe* sein würde,

Die Anzahl der Welten ist unendlich groß. Sie ist durch Zahlen nicht ausdrückbar,

Stattdessen lernte man auswendig. Stattdessen wurde man mit ungeheuren Mengen zusammenhanglosen Detailwissens überhäuft, das auch dann kein Gesamtbild der Wirklichkeit ergeben hätte, wenn Clara nicht das meiste innerhalb kürzester Zeit wieder vergessen hätte, in einem Akt blanker Notwehr, Fräulein Palm warnte vor zu großem Höhenflug.

Sie wurde nicht müde, vor allem die männlichen Lehrkräfte vom Realgymnasium immer wieder zu ermahnen, dass die Schülerinnen über den hehren Themen der Dichtung und der Wissenschaft nie ihre wahre Bestimmung vergessen dürften. Nie sollten sie vergessen, was ihre wahre Aufgabe war: als Hausfrauen, Ehegattinnen und Mütter selbstlos und liebend ihre Pflicht zu erfüllen und dabei die Größe der Seele und den Reichtum an Bildung zu besitzen, auch noch das dürftigste Leben, den eingeengtesten Wirkungskreis als reich und erfüllend empfinden zu können,

Keine Arbeit zu klein,
keine Nadel zu fein,

Und warum eigentlich war Fräulein Palm selbst nicht verheiratet? Die Tochter des Oberlehrers Palm vom Magdalenäum: Sie war klein, dicklich, mit einer großen Nase und hellen, beinahe farblosen Augen. Trotzdem hätte auch sie bestimmt noch einen Mann abbekommen, wenn sie sich bemüht hätte. Aber dann hätte sie aus dem Schuldienst ausscheiden müssen. Lehrerinnen durften nicht heiraten: Das erklärte der Vater.

Oder andersherum: Verheiratete durften nicht lehren. Frauen mussten wählen: Beruf oder Familie, Clara fragte den Vater, ob auch Männer manchmal eine solche Wahl treffen müssten. Erst lachte der Vater, über die kindliche Absurdität. Dann wurde er nachdenklich. Bejahte: Die Priester der Katholiken, sagte er, müssten sich in der Tat ebenfalls zwischen ihrem Amt und einer Heirat entscheiden, Clara dachte nach. Sie kannte keinen katholischen Priester.

Vielleicht lag das daran, dass es nicht viele gab?

Nein, sagte der Vater. Es gab durchaus genug Männer, die sich gegen die Ehe und für den Beruf des Priesters entschieden.

Und was, wenn die Frauen es eines Tages auch so machten?

Das fragte Clara.

Was, wenn die Frauen plötzlich auch alle lieber Lehrerin als Ehefrau werden wollten?

Nun lachte der Vater wieder,

Aber Kindchen. Das ist doch absurd. Wohin denn mit all den Lehrerinnen? Und wen sollten sie lehren? Wenn alle Frauen Lehrerinnen wären, kämen ja gar keine Kinder mehr zur Welt, das ist doch vollkommen undenkbar. Das wäre doch ganz wider die Weltordnung. Wie schon unser großer Schiller gesagt hat,

Der Mann muss hinaus
In's feindliche Leben,
Muss wirken und streben
Und pflanzen und schaffen,
Und drinnen waltet

Die züchtige Hausfrau,
Die Mutter der Kinder,
Und herrschet weise
Im häuslichen Kreise,
Und reget ohn' Ende
Die fleißigen Hände,
Und füget zum Guten den Glanz und den Schimmer,
Und ruhet nimmer,

Aber zu unruhiger Hast, gar zu scheltender Unzufriedenheit ließ sich eine verständige Ehefrau und Mutter dennoch niemals hinreißen. In ihren Mädchenjahren mochte sie Physik und Geschichte, französische Literatur und englische Konversation getrieben haben: Aber nun tat sich ihre stille Tätigkeit wenig in Worten kund. Weibergerede jagte nur den Mann aus dem Haus. Sie aber wusste ihm das Heim durch Tugenden und Talente so anmutig zu machen, dass ihm nirgends wohler war als an dieser Stätte des Friedens,

Kann mich das Weib nicht in Ruhe lassen!

Clara steht noch immer am Fenster. Draußen vor der Haberschen Villa sinkt allmählich der Abend nieder, aus dem das Grün der ersten Blättchen, des jungen Grases beinahe mystisch herausleuchtet, herüberleuchtet wie aus einer anderen Welt. Die neunzehnjährige Clara trug ein Kleid in Lindgrün und Rosa, im großen Salon von Fritz' Onkel Hermann. Sie trug einen spinnwebdünnen Schal mit französischen Spitzen, einen Briséfächer gegen die Hitze des Tanzes,

Die Tat allein beweist der Liebe Kraft – Fritz Haber

Er war der Mittelpunkt. Er war es, um den sich die anderen scharten: Er war amüsant, er verstand zu erzählen. Er war belesen, scharf in der Debatte, Lise Meffert fand ihn eingebildet, wenn auch natürlich furchtbar gescheit.

Clara fand Lise dumm. Nun ja sicher, Fritz war leicht reizbar, das mochte schon sein. Er war manchmal ungeduldig und hochfahrend: Aber er war gar nicht eingebildet, sondern nur anspruchsvoll.

Er war nicht überheblich, sondern nur voll nervöser Abwehr gegen alles Alltäglich-Dumme, alles Niedrig-Banale, das einen Geist wie ihn natürlich erschöpfte und schmerzte,

Es ist im Grunde dieselbe Empfindung, die uns beide quält.

Das sagte er zu Max Hamburger, in einer Tanzpause. Clara stand mit Julchen daneben. Die Mädchen taten, als unterhielten sie sich über Julchens Tante, die aus Paris berichtet hatte, dass zum einen der Eiffelturm fertiggestellt sei und zum anderen die dottergelbe Farbe für Moiréschärpen und Sammetbänder wieder vielfach Verwendung fände: Aber in Wirklichkeit hörten sie beide Fritz zu,

Verstehst du, Max? Es ist dieser Drang, sich herauszureißen aus den engen Verhältnissen der Umgebung. Den Hafen hinter sich zu lassen um jeden Preis und einmal hinauszufahren in das unbegrenzte Meer des Lebens und der Zukunft, von keinem anderen Richtstern geleitet als dem eigenen Willen und Streben,

Clara verstand.

Sie wusste ganz genau, was Fritz meinte. Das war es ja genau, was Liebig gesagt hatte, der Ozean rauschte, das offene Meer. Ein Schiff setzte die Segel. Es segelte mitten hinein in den Sturm. Mitten hinein in die kobaltblaue Grenzenlosigkeit: Und in seinem Bug stand der Kapitän, der seinem Stern folgte, in Hitze, Regen und Wind,

Der menschliche Geist sieht weder über noch unter sich eine Grenze. Nur in sich selbst erkennt er einen zum Bewusstsein gelangten Willen, der alle Naturgesetze beherrschen kann, einen Geist, der in seiner ganzen Vollkommenheit nur sich selbst Gesetze giebt,

Die Wolken stürzten dem Schiff entgegen. Die dunkle Küste der Welt blieb zurück, Fritz sprach leise, mit einer Stimme wie am straffen Zügel.

Ich hoffe zu erreichen, was ich will. Wenn ich erst einmal die Kette abgestreift habe, deren Druck mich aufreibt und deren enge Verschlingung mich hineinzwängt in Kreise, die mir zuwider sind,

Und welche Kreise mochten das sein? Was würde Fritz erst tun, wenn die Ketten fielen? Er tat doch schon genau, was er wollte. Er studierte Chemie gegen den Willen seines Vaters. Handelte gegen den väterlichen Willen und war doch unzufrieden, hasste die Berliner Universität und würde doch im nächsten Herbst dorthin zurückkehren,

Überall in diesen Gebäuden fehlt es an Licht und Luft! Überall dunkle unbenutzte Korridore, mit ganz ungenügender Ventilation. Und Hoffmanns Vorlesungen sind ein elegantes, oberflächliches Theater, und Helmholtz' verstiegenen Gedankengängen kann kein Anfänger folgen, also bin ich nach Heidelberg gegangen. Zu Bunsen. Aber Bunsen ist alt. Er ist ganz und gar vertrocknet. Alles muss bei ihm buchstabengenau sein. Wesentlich sind ihm die Handgriffe, nicht die Gedanken. Erheblich erscheint der Winkel des Tiegels beim Veraschen,

Fritz lachte auf, zornig. Julchen stand da und himmelte ihn an. Max schüttelte den Kopf, lächelte,

Du machst es dir schwer, Fritz. Aber freilich, du bist gescheit. Du bist einer, der auf vielen Feldern Erfolg haben könnte. Auf jedem Feld, das du ernstlich anpackst,

Fritz wehrte ab.

Hör auf, Max. Was soll das? Ich kann dir sagen, ich imponiere mir rein überhaupt nicht, zur Zeit. Ich weiß überhaupt nicht, was ich werden soll. Soll ich in die Technik gehen und Benzol destillieren, 12 Stunden am Tag für 400 Taler? Soll ich eine akademische Laufbahn einschlagen? Ich denke manchmal, ich habe ganz einfach nicht den Trieb in mir, der alles erreichbar macht, weil er den ganzen Menschen in einer Richtung tätig sein lässt. Womöglich bin ich genau so ein übles Produkt wie viele meiner Substanzen, die nicht kristallisieren wollen und immer solch unhandliches, trübes Gemenge bilden, heut hält man es für dies und morgen für das und schließlich lässt man es liegen,

Max widersprach lebhaft. Fritz schüttelte den Kopf, abwehrend wie verzweifelt. Verschränkte die Arme vor der Brust,

Man bräuchte jemand, zu dem man aufsehen kann. Nicht bezüglich der Erfolge oder der Könnerschaft, da ist mir wohl so gut wie jeder überlegen. Aber moralisch. Im Wesen. Innere Größe, wo ist da ein Vorbild? Wohin man sieht, überall Einschränkung. Überall kleine Absichten, kleine Vorhaben. Überall Mittelmäßigkeit und Enge und Langweile,

Clara stand da, lauschend, selbstverloren.

Ich will mich aber nicht bescheiden, sagte Fritz. Ich will mich nicht einschränken, ich will nicht in Einseitigkeit verdorren, wenn man am Tag chemisch war, möchte man abends doch philosophisch sein! War man tagsüber medizinisch, braucht man zur Nacht Literatur,

Clara stand im Dunklen, am Fuß einer Bühne. Dort oben über ihr teilten sich Vorhänge. Licht erstrahlte. Räume eröffneten sich, in denen sich unklar und leuchtend Großes ereignete, Fritz wandte sich Clara zu. Er sah ihr in die Augen. Er hatte eine Art, sie anzusehen. Sein Gesicht wurde weich. Er bekam einen verletzlichen Zug um den Mund,

Als mir der Liebe erster Strahl
ins junge Herz gelacht,

Seinen Heiratsantrag ein paar Monate später lehnte sie ab.

Er stand vor ihr, im Salon der Wohnung am Breslauer Ring: der frischgebackene Herr Doktor, der gerade aus Berlin zurückgekehrt war,

Aber Clara, warum? Bin ich dir auf einmal gleichgültig geworden, in diesen letzten paar Monaten,

Sie wich seinem Blick aus.

Clara! Bin ich dir gleichgültig? Bedeute ich dir denn überhaupt nichts,

Nein. Doch! Darum ging es nicht.

Es ging gar nicht darum, was er ihr bedeutete. Sie wusste selbst nicht genau, worum es ging, er nahm die Brille ab. Rieb sich die Augen, fuhr mit der Hand durchs Haar. Setzte die Brille wieder auf, sah sie an. Er hatte eine Art, sie anzusehen,

Clara!

Sie stand schwankend. Der Vater kam herein. Legte den Arm um sie: um das letzte ihm verbliebene Kind, Claras Geschwister waren alle aus dem Haus. Und in diesen letzten paar Monaten, von denen Fritz sprach, war Claras Mutter gestorben. Der Vater hatte seine Frau verloren. Er hatte Gut Oswitz seiner Tochter Elli und ihren Mann Siegfried übergeben, dann hatten Clara und der Vater den Sommerfeldern den Rücken gekehrt. Sie waren zusammen nach Breslau gezogen, in diese Wohnung am Breslauer Ring, über den Kontorräumen der Trachenberger Zuckerfabrik, die der Vater nun leitete, Clara führte dem Vater das Haus.

Der Vater war ein liebevoller, angenehmer Mensch, aber er bedurfte der Pflege, Clara umsorgte ihn nach Kräften. Sie mühte sich, seine Trauer zu mildern, seine Einsamkeit aufzuheitern. Philipp Immerwahr zog Clara an sich,

Lieber Fritz. Nichts für ungut. Aber man kann nicht heiraten, wenn man keine finanziellen Grundlagen hat. Man kann nicht heiraten, wenn man keine Familie ernähren kann,

Das war freilich wahr.

Das entschied die Sache, Clara richtete sich auf. Fritz nickte, wandte sich ab. Der Vater klopfte ihm beim Hinausgehen auf die Schulter. Clara trat ans Fenster.

Sah unten Fritz das Haus verlassen. Sah ihn einen Moment stehen bleiben, zögernd, als wüsste er nicht, wohin er sich nun wenden sollte, dann ging er davon. Überquerte den Rathausplatz, ging raschen Schrittes in Richtung Schloss, sie sah ihm nach, bis er sich in der Menge verlor. Und könnte sie jetzt einfach zu ihm hinuntergehen?

Könnte sie sich losreißen von ihrem Standort am Fenster der Haberschen Villa? Sich das Gesicht waschen, sich das Haar kämmen. Die Treppe hinabgehen, zu Paul Krassa treten oder zu Max von Laue. Sich ein Glas Wein nehmen, Fritz zulächeln. Sich zu Fritz setzen. Sich an seine Seite stellen,

Als mir der Liebe erster Strahl
Ins junge Herz gelacht,
Sang ich mein Glück vieltausendmal

Fritz ist nicht heraufgekommen. Er hat nicht nach ihr gesehen. Er hat nicht nach ihr geschickt, er hat sie nicht herunterbitten lassen, vielleicht könnte sie hinuntergehen, um etwas zu essen?

Dies ist ihr Zuhause. Sie hat jedes Recht, sich frei zu bewegen. Sie hat jedes Recht, hinunterzugehen und sich an den Tisch zu setzen, mit einem Scheibchen Brot, einem Teller Hummermayonnaise, sie sollte unbedingt etwas essen!

Sie hat den ganzen Tag noch nichts gegessen. Vielleicht ist ihr deshalb so schwindlig. Vielleicht ist ihr deshalb so wattig im Kopf: als wichen die Dinge allmählich vor ihr zurück, ließen sie in der Leere allein, sie kann aber nicht essen.

Das Essen zersetzt sich ihr im Munde. Es wird zu Chemie, in ihrem Mund. Es ist nicht lebendiges Essen, Nahrung, ein Teil vom Ganzen der lebendigen Welt. Es ist tote Materie, eine Anzahl von Stoffen. Molekülmatsche, die sie kaum herunterschlucken kann, vielleicht ist ihr aber auch gar nicht schwindlig, weil sie nichts isst.

Vielleicht liegt es daran, dass sie noch immer hier steht, wie lange steht sie nun schon allein an diesem Fenster?

Fritz hat nicht einmal überprüft, ob sie überhaupt zu Hause ist oder ob sie tot im Kanal schwimmt. Ist es ihm egal?

Ist es ihm wirklich völlig gleichgültig, wo Clara ist? Ob Clara noch da ist oder nicht, ob sie noch auf der Welt weilt oder schon abgereist ist,

Ich werde dich glücklich machen, Clara. Zehn lange Jahre lang habe ich auf dich gewartet. Jetzt mache ich dich so glücklich, wie du mich mit deinem Ja gemacht hast,

Clara steht an ihrem Fenster und sieht in den Abend hinaus. In den Maiabend: der blau ist, feuchtigkeitsgesättigt und erdduftend wie ein Veilchen,

Drei Lilien, drei Lilien,

Seinen ersten Antrag hatte sie abgelehnt.

Aber seinen zweiten, zehn Jahre später, hat sie angenommen, von Freiburg fuhren sie zusammen nach Breslau. Sie hatten das Coupé für sich allein. Sie lehnten aneinander. Küssten einander. Umschlangen einander, versanken, tauchten ineinander, als hätten sie im anderen recht eigentlich erst die eigene Seele gefunden, Clara hatte dergleichen nie erlebt. Sie hatte ähnlichen Überschwang niemals empfunden, hatte ihn auch niemals erwartet, ihr Schwager Siegfried holte sie am Bahnhof ab.

Es gab Glückwünsche, Umarmungen. Sie luden das Gepäck auf. Stiegen in die Kutsche ein, lachend, aufgeregt, erhitzt,

Drei Lilien, drei Lilien,
Die pflanzt' ich auf mein Grab,

Die Pferde zogen an. Trugen die Kutsche aus der Stadt hinaus, über die Felder auf Gut Oswitz zu, wo Elli mit den Kindern schon wartete,

Und nicht nur deine Schwester, Clärchen! Sie sind alle da. Die ganze Familie wartet darauf, euch beide und euer Glück gebührend feiern zu können,

Überall begann schon der Frühling zu blühen. Nach Norden zu glänzte das Gebirge im kühlgoldenen Aprillicht, unter einem Himmel von blassem Blau,

Da kam ein stolzer Reiter,

Der Schwager fasste sich an den Hals. Verdrehte die Augen, verlor das Bewusstsein, er war bereits tot, als sie das Gut erreichten. Elli eilte strahlend die Freitreppe hinunter,

Clara, Fritz! Da seid ihr ja endlich! Kommt, ich will die erste sein, die gratuliert,

Juvivalleralleralleralleła!

Und was, wenn der Schlag damals Fritz getroffen hätte?

Was, wenn es Fritz Jacob Haber gewesen wäre, der damals tot umgefallen wäre? Wenn Fritz in jungen Jahren unter die Räder einer Droschke geraten wäre. Wenn er an einem Pflaumenkern erstickt wäre oder sich bei einem Sturz vom Pferd den Hals gebrochen hätte: Dann wäre der Krieg bereits vorüber. Dann wäre der Krieg schon für Deutschland verloren.

Deutschland wäre verloren, wäre schon im letzten Winter verloren gewesen, die Bauern könnten ihre Felder nicht mehr düngen. Die deutschen Soldaten könnten nicht mehr kämpfen, ohne Fritz Haber, womit sollten sie kämpfen, mit Schwertern, mit Knüppeln? Mit ihren nackten Händen womöglich,

Papa? Was ist Guano?

Die kleine Clara saß auf der Bank am Oswitzer Weiher. Lehnte sich an den Vater, der den Arm um sie legte, der Vater nahm die Pfeife aus dem Mund.

Guano? Seevogelausscheidungen, Clärchen. Vogelkot, der in Peru von den Felsen gekratzt wird, man verwendet ihn zum Düngen der Felder. Aber noch besser ist Chile-Salpeter. Das ist ein sehr, sehr wichtiger Rohstoff. Ein hervorragendes Düngemittel, wegen des darin gebundenen Stickstoffs, Stickstoff brauchen die Pflanzen zum Wachsen. Ohne Chile-Salpeter müsste die halbe Welt verhungern. Und unsere braven Soldaten könnten nicht mehr schießen. Salpeter braucht man nämlich auch für die Produktion von Schießpulver und Sprengstoff. Zur Zeit führen Peru und Chile deswegen sogar einen Krieg miteinander. Menschen sterben, wegen dieses einen unverzichtbaren Rohstoffs,

Der Vater schüttelte den Kopf. Sah über seine gedüngten Felder hin, auf denen das Korn hoch stand, er sprach leise, wie zu sich selbst.

Irgendwann muss das Monopol dieser Länder gebrochen werden. Irgendwann werden die Vorkommen erschöpft sein. Bis dahin muss ein Weg gefunden sein, Ersatz zu schaffen, nur die Wissenschaft kann der Menschheit zu Hilfe kommen. Nur die Chemie kann die drohende Not abwenden und in Überfluss verwandeln,

Und wo war Fritz Haber, an jenem fernen Tag?

Der Gymnasiast Fritz Jacob Haber: Er war damals zwölf oder dreizehn. Vernahm er den Ruf? Hob er den Kopf vom lateinischen Aufsatz? Hielt er inne, mitten im Ballspiel, und lauschte wie abwesend in die Ferne, noch 1913 hatte Deutschland achthunderttausend Tonnen Chilesalpeter importiert, im Wert von hundertzwanzig Millionen Reichsmark. Aber im Herbst 1914 war schon alles aufgebraucht.

Im Herbst 1914 hatte Deutschland schon keinen Salpeter mehr, und es konnte auch keinen mehr importieren: Die britische Blockade schnitt die Nachschubwege ab, gut, man hatte noch etwas Zechenammoniak, das als Nebenprodukt des Kokereiprozesses in den rheinisch-westfälischen und oberschlesischen Kohlerevieren anfiel und aus dem sich auch Salpetersäure herstellen ließ. Aber was war das schon? Ein Klacks, ein Nichts, ein Tropfen auf den heißen Stein, es genügte ja nicht einmal zum Düngen. Und die Fördermengen waren nicht zu steigern: Sie waren ja an die Kohleverkokung gebunden, mithin an die Eisenproduktion, Deutschland war verloren.

Es wäre verloren gewesen, ohne Fritz Haber. Aber zum Glück war es Fritz ja vor ein paar Jahren gelungen, den Stickstoff aus der Luft zu binden.

Ihm ist es geglückt, Ammoniak zu synthetisieren, aus Wasserstoff und Stickstoff. Und aus Ammoniak lässt sich Salpetersäure gewinnen: Dünger für die Felder, Pulver für die Reichswehr,

Es tropft! Es tropft,

Clara war nicht dabei, als es gelang.

Die Chemikerin Dr. Clara Haber: Sie war zu Hause und sah Hermanns Schulhefte durch, schrieb einen Einkaufszettel, rügte das Mädchen, das nicht unter den Betten gewischt hatte, sie hat den großen Moment nicht miterlebt. Sie hörte nicht, wie sie aufschrien, Fritz und sein englischer Assistent Le Rossignol,

Es tropft!

Sie schlugen einander auf die Schultern. Sie fielen einander um den Hals. Sie umarmten einander: zwei erwachsene Männer, liefen von Tür zu Tür, um die anderen herbeizurufen, dies war ein großer Moment! Ein glänzender, geschichtsträchtiger Moment, den keiner, der dabei war, jemals vergessen würde: Aber freilich, im Grunde war es noch überhaupt nichts.

Die Ausbeute an Ammoniak war ja viel zu gering.

Wenn die Sache wirklich einen praktischen Sinn haben sollte, musste man in ganz anderen Dimensionen denken. Wenn man die Salpetergewinnung in industriell lohnendem Maßstab betreiben wollte, dann bedurfte man größerer Möglichkeiten, finanzstarker Geldgeber, Engler empfahl die BASF.

Professor Carl Engler, der Direktor des Instituts für Chemie der Technischen Hochschule Karlsruhe: Er konnte Fritz die Zusammenarbeit mit gerade dieser Firma nur innigst ans Herz legen. Wer sonst hatte schon so viele Aufgaben von ähnlicher Bedeutung gelöst? Im Übrigen saß Engler im Aufsichtsrat. Er würde sich gleich an den Vorsitzenden wenden. Er würde von Brunck auf die Notwendigkeit aufmerksam machen, einmal ganz generell mit einer Autorität ersten Ranges auf dem Gebiete der Elektrochemie in Verbindung zu treten, um in wichtigen Fragen die Ansicht selbiger Autorität erheben zu können. Zweitens würde er anmerken, dass die wissenschaftliche Betreuung des Salpetersäureprojekts der BASF durch Otto N. Witt mehr als zu wünschen übrigließ. Und dann würde er die Lösung beider Probleme auf einmal aus dem Hut zaubern: Professor Fritz Haber, seinen geschätzten Kollegen, den richtigen, den besten, den einzig geeigneten Mann, die von der BASF wussten schließlich selbst, dass schleunigst etwas geschehen musste.

Hier ging es ja nicht um Kokolores.

Hier ging es um Dünger, für eine hungrige Welt.

Hier ging es um die Wehrkraft der Reichswehr. Hier ging es um die deutsche Unabhängigkeit von Salpeterimporten, britischen Blockadedrohungen und Querelen in Südamerika. Hier ging es um Marktmacht und um sehr viel Geld,

Ich bitte dich, Clara. Natürlich mache ich mit. Wie denn nicht? Nur die Industrie kann mir weiterhelfen. Nur eine Zusammenarbeit mit der Industrie, ich brauche Apparate, ich brauche Maschinen. Das können die staatlichen Fonds nicht decken. Und wir waren uns doch darüber auch einig. Wir haben doch beide immer fest daran geglaubt, dass Wissenschaft einen praktischen Nutzen haben muss. Dass Forschung dem Besten der Menschheit dienen soll,

Clara steht noch immer am Fenster.

Sie ist noch immer nicht hinuntergegangen. Sie hat noch immer nichts gegessen. Sie steht, wo sie steht, sie kommt nicht von der Stelle. Zugleich kommt sie zu schnell voran. Sie muss einen Schritt nach dem anderen tun, sie darf nicht voranstürmen, hat sie das nicht gelernt?

Hat sie nicht gelernt, Schritt für Schritt vorzugehen, systematisch, sie ist doch eine Wissenschaftlerin. Sie kann zeitliche Abfolgen erkennen, Ursache und Wirkung unterscheiden, was wäre geschehen, wenn sie Fritz Haber nicht geheiratet hätte?

Was, wenn sie seiner Geduld widerstanden und auch seinen zweiten Antrag ausgeschlagen hätte,

Drei Lilien, drei Lilien,

Sie fuhren von Freiburg nach Breslau, ineinander versponnen wie Prinz und Prinzessin im Märchen. Fritz hielt sie im Arm. Er sah ihr in die Augen, Clara hatte dieses Glück nicht erwartet. Sie hatte nicht mit diesem goldenen Hauch über den Dingen gerechnet, Fritz würde nie mehr von ihrer Seite weichen. Sie war geborgen. Angst und Einsamkeit lagen nun hinter ihr, Wirrnis und Traurigkeiten, die Beerdigung ihres Schwagers fand im April statt.

Clara und Fritz heirateten Anfang August. Danach fuhren sie nach Pontresina, in die Flitterwochen, Claras Haar war bereits wieder etwas länger geworden. Fritz hatte sie gebeten, es wachsen zu lassen.

Er hatte so lieb und zärtlich gebeten, dass sie keinerlei Grund gesehen hatte, ärgerlich zu werden, ihm den Wunsch auszuschlagen, allenfalls war sie ein wenig verwundert gewesen. Er hatte ihr doch am Bahnhof in Karlsruhe noch Komplimente gemacht, für ihr Tituskopfchen?

Durchaus. Sie hatte ja auch entzückend ausgesehen. Sie war immer entzückend, das war selbstverständlich: Und natürlich überließ Fritz es vollkommen ihr selbst, was sie mit ihrem Haar anstellte. Dass sie es wieder lang tragen sollte, war ja nicht mehr als eine Bitte gewesen, ihr schönes Haar!

Er hatte es immer geliebt. Er hatte als junger Mann immer davon geträumt, es zu berühren. Es zu lösen, zu streicheln, sein Gesicht darin zu vergraben. Die langen Strähnen über sein Gesicht zu ziehen: Und nun war sie die Seine, und die Pracht war fort, Clara war gerührt.

Wenn es ihn glücklich machte! Wenn es weiter nichts war. Natürlich würde sie es für ihn wieder wachsen lassen: das Haar, das ihr Charlotte Sackur abgeschnitten hatte, Charlotte und Clara hatten zusammen in Breslau studiert.

Charlotte war etwas jünger als Clara. Sie wollte Ärztin werden, hatte medizinische Vorlesungen gehört, es war Charlottes Idee gewesen, sich das Haar abzuschneiden.

Clara war atemlos, vor so viel Mut. Sie saß auf Charlottes Bett und sah zu, wie Charlotte die Schere an ihre schwarzen Locken ansetzte, wie die ersten Strähnen fielen. Als Charlottes Haar nur noch ohrenlang war, sprang Clara auf. Zog die Nadeln aus ihrem eigenen Haar. Löste den Knoten, entflocht die Zöpfe, Charlotte begann zu lachen.

Hielt ihr lachend die Schere hin, Clara schloss die Augen, tat den ersten Schnitt. Schrie auf, als hätte sie etwas Lebendiges durchtrennt. Charlotte zückte ihr Skalpell.

Kürzte ihr Haar Strähne für Strähne, sie lachten nun beide. Sie rangen um Atem. Sie waren elektrisiert von dem, was sie taten. Als Charlotte fertig war, machten sie sich an Claras Kopf. Clara schrie ein zweites Mal auf, sie hatte Locken!

Nun, wo die Schwere der Längen fehlte, zogen sich ihre Haarsträhnen zusammen, plusterten sich, sprangen zu Ringeln wie vom Gewicht befreite Federn, Clara und Charlotte fielen einander um den Hals. Sie lachten und lachten: bis Charlottes Bruder Otto herüberkam, um nachzusehen, was es denn gebe,

Lotta! Wie siehst denn du aus! Und das Fräulein Immerwahr auch,

Clara fuhr sich mit den Fingern ins Haar. Es war leicht, leicht.

Clara ging am Fluss entlang, ohne Hut.

Clara, auf Flitterwochen in Pontresina: Sie war allein am Fluss entlanggegangen, ohne Hut und mit dem Wind in den Haaren, sodass die Leute sich nach ihr umgedreht hatten, im Moment sah ihr Haar natürlich unmöglich aus.

Ihr nachwachsendes Haar: Es hatte gar keine Form. Es fiel nicht mehr hübsch, es ließ sich aber auch noch nicht zusammenbinden, Clara stopfte es meist einfach unter einen Hut, wenn sie zum Essen hinuntergingen.

Die anderen Gäste sahen ihr immer recht freundlich entgegen. Fritz begrüßten sie lärmend, mit strahlend-fröhlicher Erwartung: Er war das Zentrum der Table d'hôte. Alles scharte sich um ihn: So war es immer gewesen, er erzählte Anekdoten, er regte Diskussionen an. Bei ihm taute man auf. Er verführte noch die Stillsten zum Reden, er war auch das Zentrum jeder Unternehmung, die die Gäste in Gruppen planten.

Sie mieteten Kutschen, machten Ausflüge. Clara ermutigte Fritz, ihretwegen nicht etwa auf seine anstrengenden Bergtouren zu verzichten. Daran, dass sie ihn begleitete, war natürlich gar nicht zu denken. Klettern, im Korsett? Tatsächlich konnten die wenigsten Männer mit Fritz mithalten, wenn es darum ging, höchste Gipfel zu erklimmen.

Die wenigsten konnten mithalten, wenn es darum ging, ritterlich und charmant gegenüber den Damen zu sein, amüsant und ideenreich bei den Herren, Clara war gar nicht böse darum, wenn sie einmal ein paar Stunden allein blieb. Sie saß dann im Schatten und blickte über das Tal. Sie spielte mit dem kleinen Hund der Wirtstochter, oder sie ging im Garten spazieren: Und dann kam Fritz zurück, und sie besichtigten den fünfeckigen Spaniola-Turm oder tranken in einem kleinen Gasthaus Kaffee, wo sich meist wieder Gäste um sie scharten, Fritz war immer sehr liebevoll.

Er war offenbar glücklich in ihrem Besitze: Er umspann sie mit Zärtlichkeit, er nahm Rücksicht auf sie, tagsüber ebenso wie in der Nacht, es hat also auch gute Zeiten gegeben!

Natürlich. Es muss gute Zeiten gegeben haben. Der Beginn einer Ehe ist doch immer glücklich. Die ersten Monate, die Flitterwochen, Clara am Fenster der Habervilla lehnt den Kopf gegen den Fensterrahmen. Sie schließt die Augen. Sie versucht sich an gute Zeiten zu erinnern,

Wir waren glücklich!

Mag sein. Aber Clara kann sich nicht mehr wirklich daran erinnern. Nichts erscheint wirklich, in der Erinnerung, ein Grauschleier liegt auf allen Dingen. Ein grauer Schleier liegt auf Claras Leben, wie Kalk auf einer Fliese, sie weiß natürlich noch Ereignisse. Sie weiß, welche Empfindungen sie seinerzeit hatte oder sich selbst erzählt hat, sie weiß es so, wie sie weiß, dass die Sonne verbrennt und dass es blutet, wenn man sich schneidet. Aber sie kann es nicht fühlen. Sie kann nichts fühlen. Sie erinnert sich nicht, wie sich Freude anfühlt, Zufriedenheit oder Hoffnung, erinnert sie sich wenigstens noch an Schmerz?

An Enttäuschung, an Furcht, in der zweiten Woche ihres Aufenthalts in Pontresina stiegen sie zum Bergkirchlein Santa Maria hinauf, um die Fresken zu bewundern.

Eine Weile rasteten sie im Schatten eines Felsblocks. Sie plauderten, tranken das mitgebrachte Wein-Wasser-Gemisch, dann beschlossen sie, sich wieder auf den Rückweg zu machen. Da stellte Fritz fest, dass er offenbar seinen Hut auf einer der Kirchenbänke vergessen haben musste. Er bat Clara, sich einen Moment zu gedulden, während er den Hut holte. Clara wartete eine gute Weile länger, als eigentlich angemessen erschien. Schließlich stand sie auf, um nach Fritz zu sehen. Aber das Kirchlein war leer. Fritz war nicht da und auch nicht sein Hut, offenbar hatte er sich bereits auf den Rückweg gemacht. Offenbar hatte er sie vergessen.

In den ersten Septembertagen kehrten sie nach Karlsruhe zurück. Fritz hatte dort vor der Reise eine größere Wohnung angemietet, seine Schwestern hatten sie eingerichtet, Fritz schloss die Tür auf.

Die Vorhänge und Portieren waren zugezogen. Die Möbel

waren schwer, fremd und unbenutzt. Es roch nach Farbe, Staub, Ewigkeit. Niemand erwartete sie, natürlich, Fritz verlangte es dringend nach einer Tasse Kaffee. Natürlich war keiner im Haus. Er küsste sie auf die Stirn, bevor er auf einen Sprung hinüber zur Hochschule ging, um in seinem Laboratorium nach dem Rechten zu sehen, Clara begleitete ihn in die Diele.

Hinter ihm fiel die Tür ins Schloss. Clara stand in der Diele, allein. Sie war nun angekommen. Sie würde gleich hinuntergehen und etwas zum Abendessen einkaufen: Auf der Fahrt vom Bahnhof hierher hatte sie ein paar Läden gesehen, sie wanderte in der Wohnung herum.

Der Schlafzimmerschrank roch schwach nach Lavendel. Der Speisezimmertisch war groß, schwer und dunkel, wie es der zu Hause auf Gut Oswitz gewesen war. Über der Chaiselongue hing ein Bild. Die Reproduktion irgendeines Alten Meisters: eine Schale mit Früchten, eine Vase mit leuchtenden Bauerngartenblumen. Mit Goldlack, Rittersporn, Immortellen: eine Feier unvergänglicher Schönheit, die Clara aus irgendeinem Grunde traurig stimmte, sie ging in die Küche und öffnete das Fenster.

Sah hinaus auf die Seitenstraße, die hinter dem Haus vorbeiführte, über der fremden Stadt hing eine trübe Dunstglocke. Irgendwo briet jemand Zwiebeln. Claras Magen hob sich so plötzlich, dass sie gerade noch zum Spülstein stürzen konnte.

Der Vorgang wiederholte sich am Abend beim Geruch der Kalbskoteletts, auch am nächsten Morgen, als der inzwischen besorgte Kaffee aufgebrüht wurde, der eilig hinzugezogene Arzt empfahl, den Galli-Mainini-Test durchzuführen. Dr. Fromm, eine Kapazität auf dem Gebiet der Frauenheilkunde und zudem ein Preuße, den persönliche Umstände ins Badische verschlagen hatten, er bat Clara höflich um ein wenig Urin. Injizierte diesen einem Apothekerfrosch, subkutan in den dorsalen Lymphsack, kaum zwanzig Stunden später laichte das Tier. Das Rätsel der Übelkeit war somit gelöst: Clara war in den Flitterwochen schwanger geworden.

So schnell!

Viel zu schnell. Sie war doch noch gar nicht bereit für ein Kind, Dr. Fromm zog die Brauen hoch. Ach so? Wann denn dann? Sie war doch immerhin schon 31. Sie war ja nun wirklich nicht mehr jung, Clara konnte nicht antworten. Begann wieder zu würgen: Dr. Fromms Frisiercreme, mit der er sich seine wilhelminischen Schnurrbartspitzen in Höhe der Augenbrauen angeklebt hatte, Fritz war besorgt.

Der Arzt winkte ab. Fühlte Claras Puls, untersuchte sie mit dem Beckenzirkel, freilich, sie war eine zarte Frau. Er riet zur Schonung. Strenge Schonung, das war jetzt geboten: Aber Fritz hatte doch versprochen, Clara ins chemische Institut der Hochschule mitzunehmen?

Er hatte ihr fest zugesagt, dass sie weiterhin arbeiten dürfe, Clara bat. Sie bettelte. Sie versprach, sie würde sich nicht anstrengen. Sie versprach, sie würde jeden Tag nur ein paar Stunden bleiben, nur allerleichteste Tätigkeiten suchen, die außerdem Fritz für sie auswählen durfte, und war es ihrem Zustand denn vielleicht zuträglich, wenn sie dermaßen in Wallung geriet? War es etwa gut für sie, wenn sie sich aufregte?

Nein, sicher nicht. Das musste Fritz zugestehen. Ihm blieb also nichts weiter übrig, als nachzugeben und wohl oder übel die Vorwürfe in Kauf zu nehmen, die er sich damit von seiner Umwelt einhandeln würde: Aber die Sache regelte sich glücklicherweise von selbst. Clara konnte es im Labor gar nicht aushalten.

Sie konnte die Gerüche nicht ertragen. Nicht die Gerüche des Labors, nicht die der Stadt, am besten blieb sie in der Wohnung, allein.

Sie war noch nie so viel allein gewesen. Jeder neue Tag lag vor ihr wie eine weg- und strauchlose Ebene, vollständig leer unter einem kahlen Himmel. Morgens nach dem Erwachen aß sie den Ingwerkeks, der gegen die Übelkeit helfen sollte, und trank den bereitgestellten Tee. Dann erhob sie sich vorsichtig, übergab sich und kleidete sich an. Sie schrieb Briefe, sie ruhte. Sie räumte auf, sie polierte das Silber. Sie wies das Mädchen an, die Betten abzuziehen, den Küchenboden zu schrubben, dann saß sie auf der Chaiselongue und nähte Hemdchen für das Kind. Die Uhr tickte. Zeit verging. Manchmal schien die Sonne. Manchmal klebte der Wind nasses Herbstlaub gegen das Fenster, nahm es wieder mit, Fritz arbeitete von morgens bis abends.

Er betreute die Doktoranden Professor Buntes, dessen Erster Assistent er war. Er hielt Vorlesungen über Thermochemie, Gasreaktionen, Faserstoffe, Elektrochemie, er veröffentlichte in der Fachpresse, er arbeitete an einem Buch über die Thermodynamik technischer Gasreaktionen, oft kam er abends erst spät nach Hause. Hatte eine lebhafte Diskussion mit ein paar Studenten am Biertisch fortgesetzt, hatte bei der Gelegenheit gleich etwas gegessen, eine Köchin konnten sie sich ja leider nicht leisten. Und Clara konnte nur unter Mühen kochen.

Er wollte ihr keine Mühe machen. Er sorgte sich um sie. Konnte es nicht mit ansehen, wie sie mit dem Brechreiz kämpfte, sobald sie Kaffee roch oder Bratfett oder Fleisch oder das Blumenwasser in der Vase mit den Chrysanthemen, die Fritz ihr mitgebracht hatte, er kam eigentlich nur zum Schlafen nach Hause.

Er war liebenswürdig zu Clara, sehr rücksichtsvoll: Aber

war er nicht vielleicht dennoch enttäuscht? Hatte er sich die Ehe mit Clara anders gedacht? Er lebte wie früher als Junggeselle. Sie verbarg es vor ihm, wie viel sie weinte. Suchte es vor sich selbst zu verbergen: Sie durfte nicht dermaßen hoffnungslos sein, aber war diese Scharte je wieder auszuwetzen?

Ließ sich alles noch retten, wenn diese verdammte Übelkeit erst einmal vorbei war? Oder war ein Fehler ins Gewebe geraten, der sich nie mehr beheben lassen würde, sodass es jetzt schon für sie zu spät war, der Gedanke durchfuhr sie, scharf und eisig wie ein Schluck Säure.

Aber es war absurd, was sie da dachte!

Es war doch normal, dass eine Schwangere nicht so belastbar war. Es war normal, dass man in der Ehe Rücksichten nahm. Es gehörte sich für einen Ehemann, auf seine schwangere Frau Rücksicht zu nehmen, daran war überhaupt nichts besonderes: nur dass der Schreck nicht von ihr weichen wollte, es war, als hätte sie einen Vorhang gestreift.

Einen alten staubigen Vorhang, der sich nun bewegte, etwas hockte dahinter. Etwas Grauenhaftes. Etwas Wirkliches. Etwas ganz und gar Wirkliches, es half nichts, dass sie sofort zurücksprang. Dass sie sich die Augen rieb und die Arme, dass sie die Hände wusch, mit den Füßen trampelte, zu singen begann, das Wirkliche war da. Es hockte hinter dem Vorhang, es wartete, Clara ging in die Küche, kochte Kaffee und übergab sich. Danach war es ein wenig besser: Der Alltag war wieder da, das vertraute Übel, eines Nachts Anfang Dezember fiel Schnee.

Am Morgen aß Clara den Keks, trank den Tee. Dann erhob sie sich, vorsichtig, wie es ihr zur Gewohnheit geworden war: Aber ihr wurde nicht übel. Sie zog sich an. Das Licht, das durch die Fenster hereinkam, war kalt und klar. Sie beschloss, einen Spaziergang zu machen, zum ersten Mal seit langem, die Luft schmeckte köstlich, rein und frisch wie gefiltert. Im Stadtgarten kam ihr ein Mann entgegen. Ein Arbeiter oder ein Arbeitsloser vielleicht, der seine paar Pfennige lieber in die Bewusstlosigkeiten von Schnaps und Tabak investierte als in Seife, er stank entsetzlich.

Es war ein durchdringender Geruch wie der von Butansäure, nach Schweiß und Erbrochenem, Clara blieb stehen, trat zur Seite. Schloss die Augen, wartete resigniert auf die Welle der Übelkeit: Aber nichts geschah. Das Widerwärtige ging vorüber und tat ihr nichts an, sie öffnete die Augen. Sie richtete sich auf, schüttelte den Kopf wie nach langer Benommenheit, es war vorbei!

Sie war wieder sie selbst. Nun wurde alles anders. Nun war sie den Dingen gewachsen. Nun würde sie ihr Leben angehen, auf dem Heimweg kaufte sie bei einem Metzger Kalbsleber. Besorgte dazu Äpfel und Zwiebeln, ab heute würde sie kochen und backen. Ab heute würde sie ihre Pflichten erfüllen, als Hausfrau ebenso wie als Chemikerin, sie bereitete das Essen auf sieben.

Stand dann am Fenster, spähte nach Fritz aus, er kam natürlich so spät wie immer. Aber sie war ja selbst schuld. Sie hätte sich denken können, dass er spät kommen würde: Er konnte ja nicht wissen, was heute Großes geschehen war, sie setzte sich auf seine Sessellehne. Nahm seine Hand, forderte ihn auf, doch ruhig eine seiner Zigarren zu rauchen, in ihrer Gegenwart, es störte sie nicht! Sie war wieder in Ordnung. Sie konnte ihm endlich eine Partnerin sein, er freute sich über ihren Jubel.

Konnte gar nicht anders, als ihr nachzugeben: Ja, natürlich hatte er eine Menge zu tun. Natürlich konnte sie ihm ein wenig zuarbeiten, wenn sie sich tatsächlich so viel besser fühlte.

Wenn sie ihm versprach, sich nicht anzustrengen, sich gebührend zu schonen, vielleicht hatte sie Lust, die eine oder andere Zeichnung anzufertigen, für sein Buch?

Vielleicht konnte sie hin und wieder das eine oder andere für seine Vorlesungen nachschlagen, gewisse ihm lästige Verrichtungen an der analytischen Waage übernehmen, jeden Nachmittag ging sie nun ins Institut.

Las Messwerte ab, führte Protokolle. Stellte Glasgefäße bereit, fettete Schliffe ein. Saß unter den Doktoranden in seinem Labor, sah ihm zu, wenn er von Tisch zu Tisch ging. Wenn er von Tisch zu Tisch lief, rannte, eine halbzerbissene Zigarre im Mund, die Studenten verehrten ihn. Sie liebten ihn, das konnte sie sehen, er hatte einen sehr eigenen Stil. Er, der entschlossene Autodidakt, der einst mit Abegg gespöttelt hatte,

Tja, Richard. Man könnte womöglich an der Qualität deutscher Lehre zweifeln, wenn man erst nach dem Studium dazu findet, sich ein wenig Berufsbildung zu erwerben,

Er ließ seinen Studenten alle Freiheiten. Er erwartete, dass sie sich Freiheiten nahmen. Erwartete völlige Eigenständigkeit, er war über alle Arbeiten auf dem Laufenden: Aber er hielt sich im Hintergrund. Nur wenn er sah, dass eine Arbeit womöglich fertigzuwerden drohte, schritt er augenblicks und unerbittlich ein,

Gut, meine Herren, ganz hervorragend. Hervorragende Einzelergebnisse! Brillant. Aber worum geht es? Das ist doch die Frage. Was ist der Kern des Ganzen, wozu treiben wir das Spiel überhaupt,

Für ihn waren Zusammenhänge erkennbar, wo andere nur einzelne Punkte wahrnahmen. Er traf den Punkt, er erfasste den Zusammenhang. Es war eine Bereicherung, in seiner Nähe zu sein, eine Ehre, seiner Beachtung für wert befunden zu werden, sie war in seiner Nähe. Sie gehörte dazu: eine Wissenschaftlerin unter Wissenschaftlern, abends gingen sie oft zusammen heim.

Gingen Arm in Arm durch die winterlichen Straßen, redeten über den vergangenen Tag, über die Arbeit des vergangenen Tages, er mochte es, wenn sie schlagfertig war. Wenn sie widersprach. Wenn er seine Meinungen an ihr ausprobieren, seine Argumente an ihrem Widerspruch schärfen konnte,

Meine Frau bestärkt mich in meinen Ansichten dadurch, dass sie sie nicht teilt,

Manchmal widersprach sie nur, damit das Gespräch weiter im Fluss blieb. Damit sie weiterreden konnten, anstatt in gegenseitiger Zustimmung zu verstummen, in Einvernehmen steckenzubleiben, Rede und Gegenrede vereinte sie miteinander. Die anderen traten in den Hintergrund, wenn Clara und Fritz redend einer Frage auf den Grund zu gehen trachteten, natürlich war er ihr meistens voraus.

Eilte ihr voran, war immer einen Schritt weiter als sie: vor allem, wenn es wie meist um sein Buch ging, die Thermodynamik war ein ihr fremdes Feld. Sie konnte ihm auf dieses Feld folgen, aber sie konnte ihm dort nichts entgegensetzen. Und um es für sich zu erschließen, fehlte ihr die Zeit. Vielleicht würde sie später einmal dazu kommen. Später, wenn erst das Kind da war: Aber vorläufig nahm sie die Näharbeit zu sehr in Anspruch. Es fehlte ihnen an Geld, um all die benötigten Decken und Windeln, die Höschen und Hemdchen in verschiedenen Größen, die Mützchen und Kissen fertig zu kaufen oder ihre Anfertigung in Auftrag zu geben, zum Glück schätzte Fritz es auch, wenn er Clara eine wissenschaftliche Abhandlung vorlesen konnte.

Wenn sie ihm einfach nur zuhörte, während sie eine Windel säumte. Wenn sie schwieg und aufmerksam lauschte, während er ihr seine Gedankengänge erläuterte: die sich unter seinen Ausführungen, unter ihren gelegentlichen Fragen in seinem Kopf zu klären und zu ordnen begannen, sie wusste vor allen anderen über seine Projekte Bescheid.

Sie wusste über alle Projekte Bescheid.

Sie kannte allen akademischen Klatsch. Sie gehörte dazu, sie war eingeweiht, morgens kümmerte sie sich um den Haushalt, wies das Mädchen an, erledigte Einkäufe. Mittags kam Fritz nach Hause, und sie setzten sich zusammen zu Tisch und aßen, was sie gekocht hatte. Danach begleitete sie ihn ins Institut, wo sie ihm den Nachmittag über behilflich war, abends ging sie oft früher als er.

Sie musste ja das Abendessen vorbereiten, das Mittagessen für den morgigen Tag, sie tat es gern! Sie kochte gern. Sie hatte oft der Köchin des Vaters geholfen, Liebe ging bei den Männern durch den Magen. Kochen war Liebe, Liebesbeweis. Was sonst?

Arbeit war es jedenfalls nicht.

Arbeit war etwas, wofür man bezahlt wurde. Arbeit, das war das, was eine bezahlte Köchin tat: Und eine Hausangestellte war die Frau von Professor Haber ja nun wirklich nicht, abends brachte Fritz manchmal einen seiner Kollegen zum Abendessen mit oder einen begabten Studenten.

Clara musste darauf eingestellt sein. Sie musste immer damit rechnen, dass er Gäste mitbrachte, er war natürlich bemüht, Rücksicht auf sie zu nehmen. Mit der Tischgesellschaft zum Beispiel traf er sich immer noch außer Haus. Mit den Freunden seiner Junggesellenzeit: den Germanisten, Historikern, Malern,

Wenn man am Tag chemisch war, möchte man doch abends philosophisch sein. War man tagsüber medizinisch, braucht man zur Nacht Literatur,

Er hatte sich sein Leben genau so eingerichtet, wie er es sich zu Zeiten seines Studiums ersehnt hatte: zu Zeiten der Tanzstunde, im Hause seines Onkels Hermann, an Abenden, wo sie miteinander allein waren, saß er bei ihr und las ihr aus seinem Buch vor oder aus einer wissenschaftlichen Zeitschrift.

Er las Gedichte oder schrieb wohl auch selbst welche. Er saß im Lehnstuhl und las Goethes Faust oder die Wahlverwandtschaften, er saß am Schreibtisch in seinem Arbeitszimmer und verfasste lange Briefe, sein Geist musste immer beschäftigt sein.

Er musste immer über etwas brüten, sonst langweilte er sich sofort, wo nahm er nur diese gewaltige intellektuelle Energie her? Nicht nur bei seinen Studenten, auch bei den Arbeiten seiner Kollegen entging ihm nichts: kein Fehler, keine Klitterei. Unter seinem Blick erkannte man selbst mit einmal, was man zuvor alles nicht erkannt hatte. Man wusste, dass man noch längst nicht genug wusste. Man sah klaren Blicks, was man eigentlich war: ein Nichts, ein Tropf, ein akademischer Schimmelpilz, ein Schandfleck auf der weißen Weste der wissenschaftlichen Welt,

Und? Das? Was? Was haben Sie sich dabei gedacht? Was ist in Sie gefahren? Was haben Sie – wo sind Sie – Sie sollte man doch gleich! Ich werde Sie! Man sollte Sie dreimal mit glühenden Zangen zwicken! Ich werde Sie auslöschen! Ich werde Sie austilgen,

Natürlich schrie er sie niemals an. Dennoch duckte sie sich, vor seiner Wut, auch wenn die sich auf einen anderen richtete, das wiederum ärgerte ihn: Er war doch kein Unhold.

Er war doch kein Berserker, vor dem man sich zu Recht fürchten durfte, meist fing er sich schließlich sofort wieder, nach einem Wutanfall! Beruhigte sich, wurde zahm. Entschuldigte sich gar. Ging mit dem Heruntergeputzten auf dem Gang vor dem Laboratorium hin und her: eine Stunde, zwei Stunden, hakte ihn unter, hielt ihm eine Privatvorlesung, die ihm Wochen der Arbeit ersparte, die meisten seiner wissenschaftlichen Probleme löste, er war nun einmal temperamentvoll!

Er war allzu hochfahrend, das gab er gern zu. Aber das wusste sie doch. So war er doch schon immer gewesen, das stimmte natürlich. Und er meinte es nicht böse. Er ertrug eben das Dumm-Alltägliche nicht, die dumpfe Mittelmäßigkeit. Er konnte einfach nicht glauben, dass nicht jeder so klug war wie er selbst. Er hielt es für bösen Willen, wenn nicht jeder es vermochte, die Kunst der wahren Beobachtung im gleichen Maße zu meistern wie er,

Man braucht doch nur einen halbwegs gebildeten, nüchternen Geist! Man braucht doch nur einigermaßen wohlgeschulte Erfahrung. Und dann muss man sich klarmachen, dass es nicht reicht, ein Ding mit den Augen zu sehen. Man muss wahrnehmen, woraus es besteht. Man muss die Teile des Ganzen erkennen, und dann muss man den Zusammenhang der Teile untereinander und wiederum mit dem Ganzen erfassen, Details, meine Herren, Details! Und dann die Zusammenhänge, wenn ich bitten darf,

Er kaute seine Zigarre, er rannte mit großen Schritten durch den Hörsaal. Er rannte durchs Laboratorium, er hielt ein Kolloquium, wurde er denn nie müde?

Sie war müde.

Sie litt unter Gefühlen weiblicher Schwäche, vielleicht war es die Schwangerschaft. Vielleicht war es seine überragende Existenz. Seine Größe, seine körperliche und intellektuelle Masse, vielleicht hätte er eine andere Frau an seiner Seite gebraucht. Eine, die stärker, die seiner Statur besser gewachsen war und selbst mehr Masse aufzubieten hatte, und was, wenn es tatsächlich so war?

Der Gedanke war wie ein kalter Schluck Säure.

Er durchdrang sie, brannte bis ins Herz: das wie auf der Flucht zu rasen begann, was, wenn sie wirklich nicht zu ihm gehörte und er nicht zu ihr? Wenn also nichts zu retten, wenn alles bereits verloren war, es war derselbe Schreck, den sie schon einmal gespürt hatte. Wann war das gewesen? Der Vorhang bewegte sich.

Das Monster dahinter bewegte sich: das grauenhaft Wirkliche, es war da. Es wartete. Es würde hervorkommen: Das Wirkliche war unabänderlich. Oder andersherum: Nur das Unabänderliche war wirklich. Was man rückgängig machen, verwerfen, korrigieren, ins nicht Gewesene zurücknehmen konnte, hatte niemals wahre Substanz gehabt, Clara musste fort. Sie musste etwas tun. Sie musste sich beschäftigen, hatte sie keine Pflichten? Sie ging in die Küche und buk einen Kuchen für Fritz' Tischgesellschaft, die sich morgen zum ersten Male in ihrem Hause treffen wollte. Sie kochte Hühnersuppe mit Nudeln, sie machte Kartoffelsalat mit Mayonnaise aus Öl und Ei, die man schlagen musste, mit dem Schneebesen. Die man schlug, schlug und schlug, und wenn man nicht ganz genau achtgab, dann gerann am Ende alles,

Liebe geht durch den Magen
Zeit macht aus einem Gerstenkorn eine Kanne Bier
Die Mütter essen saure Trauben, und die Töchter kriegen stumpfe Zähne davon

Der Maler Kalckreuth nahm drei Stück Kuchen. Das gefiel Fritz. Der Historiker Engel aß drei Portionen Kartoffelsalat, Fritz mochte es, wenn sie alles besorgte. Es gefiel ihm, wenn sie häuslich war, mütterlich. Wenn sie sich bemühte, jenen warmen, wohligen Hintergrund zu schaffen, vor dem die anderen gedeihen, wachsen, sich in Ruhe entfalten konnten, es hatte ihm schon früher gefallen: schon zu Zeiten der Tanzstunden, wenn er mit Max Kosa, Max Hamburger, mit Julchen und Lise und den anderen nach Gut Oswitz hinausgefahren war, Claras Mutter war damals bereits krank gewesen.

Clara hatte sich bemüht, sie immer würdig zu vertreten,

schon dem Vater zuliebe. Sie hatte immer für große Mahlzeiten gesorgt, wenn Besuch kam. Hatte Schlittenfahrten, Ausritte, Spiele, lange Spaziergänge organisiert, Fritz genoss jeden Besuch.

Er genoss die Offenheit, die warme Fröhlichkeit von Gut Oswitz, er hatte ja seine eigene Mutter gar nicht gekannt. Und seine Stiefmutter mochte zwar die Liebe selbst sein, wie man es ihr nachsagte und Fritz es gern bestätigte: Aber Fritz' Vater war sie natürlich nicht gewachsen. Der alte Haber war für seinen Jähzorn bekannt. Fritz' Halbschwestern behandelte er wohl gütig genug, aber dem Sohn sah er nichts nach, vielleicht liebte er Fritz ja nicht so sehr wie die Mädchen.

Vielleicht waren ihm auch seine Töchter zu gleichgültig, um sie seiner erzieherischen Anstrengung für wert zu befinden. Vielleicht mochte er sich den Mühen der Strenge nur dort unterziehen, wo es tatsächlich um etwas ging: bei seinem Sohn. Oder hatte er Fritz womöglich den Tod der Mutter übelgenommen?

Den Tod seiner Cousine und geliebten ersten Frau: die Fritz umgebracht hatte, mit seiner Geburt, Clara krümmte sich innerlich, wenn sie daran dachte. Was, wenn auch sie starb?

Was, wenn sie die Geburt nicht überstand? Sie wusste ja gar nicht, was auf sie zukam. Sie wusste nur, was die Frauen einander erzählten: Und nichts davon klang sonderlich ermutigend, sie suchte in der Bibliothek der Universität nach einem medizinischen Werk über Geburtshilfe. Wurde nach einigem Suchen fündig,

Die Decapitation gelangt bei der Querlage des Kindes zur Anwendung. Nach Abtrennung des kindlichen Kopfes kann die Schulter in das Becken eintreten und den Geburtskanal passieren, womit die Gefahr der Uterusruptur beseitigt ist. Für die Durchtrennung des kindlichen Halses und vor allem der Halswirbelsäule sind einige sinnige Constructionen erdacht: Carl

Braun, Ritter v. Fernwald hat den »geknöpften Schlüsselhaken« entwickelt, der die kindliche Halswirbelsäule durch Hebelwirkung luxiert. Ziel der Intervention ist keinesfalls das Abreissen des Kopfes, sondern nur das Durchreissen der Wirbelsäule durch mehrfaches Drehen des Hakens im Uhrzeigersinne. Erst in einem Zweiten Akt muss der Hals mit der Dekapitationsschere durchtrennt werden,

Sie schnappte nach Luft. Las aber weiter. Natürlich las sie weiter, sie konnte gar nicht aufhören,

Dieser Braunsche Dekapitationshaken wird in den Längen 28 und 31,5 cm angeboten. Die Spitze des Hakens weist eine Biegung nach innen auf, um zu verhindern, dass der Haken sich bei der Umdrehung über den Hals in die Höhe schiebt und abgleitet. Aus diesem Grunde ist der Operateur allerdings genötigt, stark zu ziehen, was leicht zu einem ruckweisen Abrutschen führen kann. Auch besteht bei der Drehung des Hakens die große Gefahr eines Einreißens des unteren Uterinsegmentes, auf welches der gesamte Druck übertragen wird.

Diese Gefahr wird bedeutend gemindert durch Verwendung des Zweifelschen Trachelorhekter, der sich aus zwei Haken zusammensetzt, die um eine gemeinsame Achse bis auf etwa 180° auseinandergedreht werden. Eine weitere Alternative ist das von Küstner entwickelte Rachiotom, mit dem die Wirbelsäule des Kindes durchschnitten statt durchgerissen wird,

Natürlich musste Dr. Fromm geholt werden.

Der Arzt war diesmal sehr böse auf sie. Was tat sie denn da? Warum las sie gynäkologische Fachliteratur? Das war doch nun wirklich keine Lektüre für eine schwangere Frau! Warum trieb sie sich überhaupt an der Hochschule herum? Sie hatte dort nichts zu suchen, in ihrem Zustand, sie sollte doch bitte endlich vernünftig werden und sich besinnen. Wollte sie denn das Kind schädigen? Wollte sie sich selbst erhöhten Risiken aussetzen? Und warum griff Fritz als ihr Gatte nicht durch?

Warum ordnete er das Wünschenswerte nicht einfach an, wenn seine Frau sich so wenig einsichtig zeigte, Fritz vernachlässigte seine Pflichten. Nicht nur seine familiären, sondern auch seine patriotischen Pflichten, ein Kind zu bekommen war schließlich keine Privatsache.

Ein Kind wurde nicht nur in seine kleine Familie hineingeboren, sondern auch in die große Familie der Nation. Es gehörte nicht Fritz und Clara allein: Es war auch ein Staatsbürger. Es war ein Steuerzahler, ein Wirtschaftsfaktor. Es war ein zukünftiger Soldat des Deutschen Reiches, oder eine Mutter zukünftiger Soldaten: Und vor allem anderen war es ein Kind preußischer Eltern, ein Untertan seiner Majestät des Kaisers, Clara nickte betroffen. Das wusste sie. Das hatte sie schließlich in der Schule gelernt,

Er blickt von seinem Heldenthron
mit Lust auf jeden deutschen Sohn,

Strengste Schonung!
Das befahl Dr. Fromm.
Keine Aufregung!

Das ordnete er an, Clara sah es ein. Es war Frühling, und die Schwangerschaft begann ihr beschwerlich zu werden. Ihre große Schwester Elli kam, um ihr zur Hand zu gehen.

Sie saßen beieinander am Fenster, sie redeten von früher, Elli hatte es auch nicht leicht. Sie führte Gut Oswitz allein, seit dem Tode Siegfrieds. Sie arbeitete wie ein Mann, um das Gut für ihren Sohn Hubert zu erhalten, der noch klein war, natürlich war es beschwerlich, Arbeit und Familie miteinander zu versöhnen. Aber bislang schlug Elli sich tapfer. Und ihre Schwiegermutter stand ihr ja mit Rat und Tat zur Seite.

Die alte Frau Sachs: Auch sie war Witwe. Auch sie bewirtschaftete ihr Gut allein, die Frauen mussten zusammenhalten, darauf kam es an. Die Frauen mussten einander helfen, voneinander lernen, einander unterstützen: Anders ließ sich das Erbe der Söhne nicht erhalten, wenn die Väter starben, Elli hatte eine Menge gelernt, in den Monaten seit Siegfrieds Tod. Und war es wirklich schon ein Jahr her, dass Siegfried zum Breslauer Bahnhof gefahren war, um Clara und Fritz abzuholen? War es erst ein Jahr her, dass Fritz und Clara sich miteinander verlobt hatten, Clara seufzte, schüttelte den Kopf.

Elli hob ungeduldig die Schultern. Genug! Elli hatte keine Zeit zum Sinnieren. Sie musste wieder zurück nach Hause.

Sie musste sich um die Felder kümmern, sie musste an Huberts Zukunft denken: Auf den Sohn kam es an: Die Mädchen heirateten ja sowieso, Clara musste doch nur einmal sich selbst ansehen. Da hatte sie nun also studiert, unter großen Mühen und Kosten, und wofür? Zu nichts als ihrem privatesten Vergnügen,

Drei Lilien, drei Lilien,

Clara schwieg.

Elli küsste Clara und fuhr davon. Claras Schwester Lotte kam, dann eine von Fritzens Halbschwestern, Clara lag auf der Chaiselongue. Aß zu viel Kuchen, zu viel Schokolade, fühlte sich klebrig und verlangte nach Salzgurken und Bismarckheringen, sie wurde rund.

Das war natürlich normal.

Sie wurde fett: ein aufgeschwemmter Kloß, der über die Chaiselongue hinausquoll, Pralinen verschlang und versuchte, den Braunschen Decapitationshaken zu vergessen, manchmal lag sie eine, zwei, drei Stunden einfach da und dachte rein überhaupt nichts. Sie fühlte auch nichts: Es war, als sei ihre Seele untergetaucht. Als hätte sich ihre Seele an einen verborgenen Ort zurückgezogen, der dem Wechsel von Tag und Nacht, Sommer und Winter nicht unterworfen war. Ein geschehnisloser Ort: an dem Stille herrschte, ewiges Dämmer, Düsternis und Kühle wie in einem Keller, Clara lag auf der Chaiselongue. Darüber hing das Bild.

Das zeitlose Bild des berühmten Alten Meisters: auf dem unvergänglich die Früchte leuchteten, der Goldlack, der Rittersporn, die Immortellen, die Samthaut einer Aprikose benagte gierig ein schwarzer Käfer. Ein Wurm fraß an der Rosenknospe, die sich bereits neigte, vom Stiel zu brechen drohte, das Bild erzählte überhaupt nicht von unvergänglicher Schönheit.

Es erzählte vom Tod.

Es erzählte von Verfall und Zerstörung, unter dem Deckmantel der Heiterkeit. Es plauderte lächelnd, um die Schreie der Qual zu übertönen, zum ersten Mal seit der Anfangszeit ihrer Schwangerschaft überfiel Clara wieder der Brechreiz. Dann schrie sie nach dem Mädchen. Verlangte, dass man das Bild verhänge. Dass man es wegschaffe, es augenblicklich aus dem Zimmer, aus der Wohnung, aus dem Haus entferne,

Nerven. Das sind nur die Nerven,

Dr. Fromm blieb diesmal gelassen. Er konnte sehr gut gelassen bleiben: Aber was, wenn Clara starb? Was, wenn es ihr erging wie Fritz' armer Mutter? Wenn sie ihr Kind zurücklassen musste, mutterseelenallein auf der Welt, kaum dass es geboren war, gerade so wie Fritz zurückgelassen worden war, es tat ihr so leid. Ihr armes armes mutterloses Kindlein! Fritz musste ihr schwören, es liebzuhaben.

Er musste schwören, nicht streng mit ihm zu sein, nicht hart, wie sein eigener Vater es mit ihm gewesen war, Fritz schwor, was sie verlangte, und floh. Er kam jeden Abend später nach Hause. Und wenn er daheim war, schlich er bedrückt herum: versuchte leise zu sein, schrieb lange ratlose Briefe an Abegg, von seinen Sorgen um Clara, von den Beschwernissen des Gemüts, die das Haus bedrückten, Dr. Fromm war einmal mehr ungehalten.

Forderte ein wenig preußische Disziplin, ein wenig aufrechte Haltung. Verlangte einen gelinden Verzicht auf französische Morbidität: Und als all das nicht half, verordnete er ein Tröpfchen Brom, in Maßen Laudanum, nun wurde Clara wieder ruhiger.

Es war Mai. Es war ungewöhnlich warm, fast sommerlich schon, was hätte sie jetzt getan, wenn sie sie selbst gewesen wäre?

Wohl war das Wandern meine Lust
In schöner Frühlingszeit,

Und würde sie jemals wieder sie selbst sein? Clara stellte sich vor, den kommenden Sommer nicht mehr zu erleben. Stellte sich vor, den Herbst nicht mehr erleben zu müssen. Dem Winter zu entgehen, dem neuen Frühling, all dem Rastlosen und Umtriebigen und den zahllosen Aufgaben, die auf sie warteten,

Doch nun, wie ist so süß die Rast,
Wenn ich im Arm dir ruh,

Aber natürlich, so ging es nicht. In diese Richtung durfte man nicht denken. Man durfte sich nicht drücken. Man hatte die Aufgaben, die man hatte. Ein wenig preußische Disziplin, ein wenig Haltung! Gelinder Verzicht auf französische Morbidität, das Bild war abgehängt worden.

Clara betrachtete die leere Stelle, wo es gehangen hatte, und ließ sich vom Mädchen Pistazienpralinés bringen. Das Kind kam am 1. Juni zur Welt.

Clara hatte also überlebt. Die Hebamme säuberte den neugeborenen Säugling mit zerlassener Butter und mit angewärmtem Wasser, dem sie einen Schuss Wein beigemengt hatte,

Mein Lieb, ich halte dich umfasst,

Sie legte das Kind in die Arme der Amme, damit Clara sich ausruhen konnte. Dann wurde Fritz gerufen. Gemeinsam betrachteten sie ihren Sohn. Er war zerknittert und kahlköpfig, und er schlief. Sein Mund war eine Knospe. Seine Lider waren zart, bläuliche Falterflügel. Auf seinem Hinterkopf flatterte eine Ader, Clara und Fritz hielten einander die Hand. Das Kind sollte Hermann heißen: nach Fritz' Lieblingsonkel, in dessen Haus sie damals Walzer getanzt hatten, zum Paten musste es natürlich Richard haben.

Richard Abegg, der sie beide zusammengeführt hatte, damals in Karlsruhe, Fritz küsste Claras Stirn. Sie waren beide gerührt. Clara lehnte den Kopf in die Kissen, sie musste sich nun erst einmal erholen. Sie war froh, dass man in nächster Zeit nichts mehr von ihr würde erwarten können: Sie war ja nun eine Wöchnerin, Fritz klagte über unbestimmte Magenschmerzen.

Am Abend legte er sich zu Bett.

Litt unter Krämpfen, übergab sich mehrmals. Beklagte sich, keinen Kaffeegeruch ertragen zu können, keinen Geruch nach gebratenen Zwiebeln, was sollte das? Wurde nun er schwanger, kaum dass das Kind da war? Der kleine Hermann schrie und schrie. Er schrie unaufhörlich, war es denn normal, dass ein Kind so viel schrie?

Die Amme hob die Schultern, zog die Mundwinkel herunter. Sie kam vom Land. Sprach einen breiten Dialekt, den Clara nicht verstand,

Ha noi, des isch ja arg! Numme ned hudle! Ha noi, nix, i heb bloß ebbes blotze losse,

Das Kind musste krank sein. Warum schrie es sonst? Bestimmt vertrug es die Milch der Amme nicht. Clara betrachtete die riesigen, von Pigmentflecken übersäten Brüste der Frau. Betrachtete die Nippel, die sich aus den braunroten

Höfen erhoben wie die Fruchtstände obszöner Blüten, sie mochte sich gar nicht vorstellen, was für ekle Flüssigkeiten wohl aus solchen Eutern quollen. Wie hatte sie je dieses Weib in ihr Haus nehmen können? Sie nahm der Frau den Säugling aus dem Arm. Ging mit ihm im Flur auf und ab, schaukelte ihn, bis er sich beruhigte,

Sie dürfen das Kind nicht so verwöhnen, gnädige Frau!

Dr. Fromm war schon wieder zornig auf sie.

Sie dürfen es niemals in der Nacht aufnehmen. Das Kind muss schreien, das kräftigt die Lungen. Das Kind wird immer schreien, wenn es einmal seinen Willen bekommt. Und das Herumtragen ist den Kindern ohnehin äußerst schädlich. Manche Mutter hat schon den Tod ihres eigenen Kindes verursacht, weil sie in falschem Mitleid und in Missachtung jedes ärztlichen Rates darauf bestanden hat, ein krankes Kind aus dem Bett zu nehmen und auf dem Arm herumzutragen,

Die Amme saß dabei und nickte mit dem Kopf. Zog dann durch die Nase, spuckte in ein Tuch, sie selbst hatte gerade ihr fünftes geboren. Es war irgendwo auf dem Land. Ihre älteste Tochter kümmerte sich darum. Fütterte es mit Nestlés Kindermehl, oder vielleicht auch mit Mehlbrei und Ziegenmilch, vielleicht hatte die Amme das leichtere Schicksal.

Sie konnte jedenfalls problemlos eine gute Mutter sein. Sie nahm ihr Kind nie auf: Sie musste es ja auch nicht schreien hören, Clara hielt sich die Ohren zu, sie steckte den Kopf unter die Bettdecke. Und dann wurde sie doch wieder schwach, natürlich hatte der Arzt recht.

Sie verwöhnte das Kind, das war offensichtlich: Es schrie ja tatsächlich mehrmals jede Nacht, und wie wollte Clara je wieder zu Kräften kommen, wenn sie nie schlief? Was sollte aus dem armen Kind werden? Dr. Fromm verzweifelte fast, an seiner Patientin, wenn sie so weitermachte, ruinierte sie das Kind doch, mit ihrer Verzärtelung.

Ruinierte seine Gesundheit, ruinierte seine Aussichten, ein kräftiger preußischer Charakter zu werden, Fritz klagte über nervliche Probleme und Übermüdung.

War ganz niedergedrückt, von all den Ammen- und Kindersorgen, wie er heimlich an Abegg schrieb, er lag noch immer krank zu Bett. Clara betrachtete ihn: Er sah blass aus, geradezu kalkig. Und wer hatte eigentlich das Kind bekommen? Wer hatte die Schmerzen erduldet, die Ungemach: Aber natürlich, wenn ihr Mann krank war, dann musste sie ihn pflegen. Das war selbstverständlich. Sie würde ihn auch pflegen.

Sie würde ihn dermaßen pflegen, dass er es sich gut überlegen würde, ob er noch einmal krank werden wollte, Fritz gesundete und fuhr weg.

Trat eine längere Informationsreise nach Amerika an: die vollkommen unaufschiebbar war, wie er ihr glaubhaft versicherte,

Es ist eine große Ehre für uns! Van't Hoff hat mit seinem Nobelpreisgeld ein Reisestipendium gestiftet. Ein Chemiker soll sich Industrieanlagen in den USA ansehen gehen, und die Bunsen-Gesellschaft hat mich dafür vorgeschlagen,

Clara war es egal.

Clara war belogen worden, von Anfang an.

Sie waren beide belogen worden: Warum hatte man ihnen denn nicht gesagt, was sie erwarten würde? Warum hatte man sie nicht vor dem Schaden gewarnt, den das erste Kind anrichtete, im Leben der Mütter, in der Ehe der Eltern? Clara hatte man beigebracht, Kinder seien das größte Glück. Ihr hatte man gesagt, Kinder erfüllten das Herz einer Frau mit Seligkeit, sie machten die Frau zum Heiligtum ihres Mannes, zum geachteten, geliebten, verehrten Mittelpunkt seines Lebens, Fritz pfiff vor sich hin, während er packte.

Clara packte auch.

Sie würde nicht mit dem Kind allein bleiben, in dieser fremden Stadt, wo man ein Brötchen *Weckle*, Kartoffeln *Härdäpfl* und einen antriebslosen Menschen einen *Labbeduddel* nannte. Sie würde nach Hause fahren: nach Breslau, zu ihrem Vater, Clara schließt einen Moment die Augen.

Clara an ihrem Fenster in der Haberschen Dienstvilla. Clara Haber, im ersten Stock des Hauses, in dessen Erdgeschoss sie heute das Genie ihres Mannes feiern, er ist ein Genie!

Daran besteht gar kein Zweifel. Er ist ein großer Forscher. Er ist genau das geworden, was er werden wollte: bahnbrechend, reich und berühmt. Ein bedeutender Wissenschaftler. Einer der bedeutendsten, wie hat er das nur gemacht?

Er hat immer nur das getan, was ihm Spaß macht.

Das ist das Geheimnis seines Erfolgs: Fritz hat sich nie durch lästige Pflichten ablenken lassen. Er ist ausschließlich seinen Interessen gefolgt. Die Stärke seiner Neigungen hat ihm alles eröffnet. Die Stärke seiner Neigungen hat ihn mit einer Ausschließlichkeit gefordert, hat den ganzen Menschen Fritz Haber so vollständig in einer Richtung hin tätig sein lassen, dass ihm jedes Ziel erreichbar wurde, das er sich gesetzt hatte. Es ist ihm ja sogar gelungen, Clara Immerwahr zu heiraten, die seinen ersten Antrag ausgeschlagen hatte! Und was wäre aus Clara geworden, wenn sie Fritz nicht geheiratet hätte?

Aber auch Marie Curie war verheiratet.

Auch Marie Curie hat Kinder bekommen. Auch sie ist Mutter, gerade so wie Clara. Und 1903 hat sie den Nobelpreis für Physik bekommen, und 1911 den für Chemie: Aber Clara hat ja niemals geglaubt, zur Weltelite der Forscher zu gehören.

Sie hat sich nie für ein Genie gehalten. Sie wollte nie mehr sein als eine Wissenschaftlerin unter anderen: eine, die ihren bescheidenen Beitrag zum Ganzen leistet. Und ist vielleicht dies ihr Fehler gewesen? Hat Fritz sie deshalb mit solcher Leichtigkeit erdrückt? Hätte sie von Anfang an ganz nach oben zielen müssen?

Professor Abeggs kleine Laboratoriumsassistentin, die glücklich war, ihm auch ohne Gehalt zuarbeiten zu können: Hätte sie von Anfang an zur Spitze hinanstreben müssen, bereit, jedes persönliche Opfer zu bringen? Die anderen zu opfern. Eben jene erdrückende Stellungnahme für ihre eigene Person in Haus und Ehe zu fordern, wie Fritz es tut: neben dem jede Natur, die nicht noch rücksichtsloser sich auf seine Kosten durchsetzt, verblassen, verwelken, allmählich zugrunde gehen muss, Fritz blieb vier Monate lang in Amerika.

Als er zurückkam, war es tiefer Winter. Sein Sohn hatte sein Geburtsgewicht verdoppelt. Er konnte sitzen, eine Rassel energisch schütteln. Er konnte sich an den Stuhlbeinen festhalten und auf den Zehenspitzen hüpfen, er gurrte und krähte beim Anblick seines Vaters. Woran erkannte er diesen fremden Mann überhaupt? Fritz lächelte gerührt.

Er küsste Clara, nahm das Kind auf den Arm: den kleinen Hermann. Das Hermännchen. Mamas Männlein, mit Blütenmündchen und blonden Locken. Mit Claras Locken: mit ihrem Tituskopf, Clara nahm Fritz das Kind wieder ab. Fritz rieb sich die Hände: Er war froh, wieder zurückzusein. Er war voller Tatendrang: Er würde sich nun ernsthafter denn je auf seine Arbeit konzentrieren. Nicht weniger ausgeben, sondern mehr verdienen! Das musste fortan die Devise sein. Von seinem Gehalt mussten ja nun drei Leute leben, nicht zu vergessen die Amme und das Dienstmädchen, auch Clara war voll guter Vorsätze.

Das Kind war nun immerhin sieben Monate alt. Clara würde wieder ins Institut gehen. Sie überließ Hermann der Amme und ging sich Fritz' Vorlesungen anhören. Und konnte sie ihm nicht ein wenig helfen? Konnte sie vielleicht ein paar Messungen vornehmen, etwas zeichnen, so wie früher?

Fritz antwortete ausweichend. Ging Hermann nicht vor? Was, wenn Hermann krank wurde? Kleine Kinder wurden doch dauernd krank, und so eine Amme war vielleicht doch nicht recht zuverlässig: Aber wenn Clara nicht kontinuierlich im Laboratorium arbeiten konnte, dann ließ sie es doch besser ganz. Dann brachte sie nur Unruhe in die Sache, stiftete Verwirrung, Hermann hatte Blähungen.

Er brauchte seine Mutter. Mutterpflichten waren die wichtigsten. Die Familie war immer das wichtigste, das Dienstmädchen stahl aus Claras Portemonnaie. Hermann hatte eine Ohrenentzündung. Die Waschfrau war krank, und die große Wäsche stand an, mit Laken, Bettwäsche, Überzügen, es war gar nicht daran zu denken, dass Clara ins Labor ging.

Clara wusste ohnehin nicht, wo ihr der Kopf stand. Sie war erschöpft. Sie langweilte sich. Sie wartete auf Fritz: der mittags zum Essen nach Hause kam, um Punkt eins, keine Minute später, und um halb zwei war er wieder weg, abends kam er meist spät.

Und dann ging er oft noch mit einem Assistenten stundenlang vor dem Haus auf und ab, auf und ab, weil sie ein wissenschaftliches Thema nicht abschließen konnten: bis Clara es nicht mehr ertrug und aus dem Fenster rief, sie hielte das Essen nun schon zwei Stunden warm, und warum fühlte Fritz sich dadurch in seiner Freiheit eingeengt?

Sie tat doch nur ihre Pflicht! Sie achtete nur auf seine Gesundheit, als liebende Mutter und liebende Gattin, Fritz war ihr Mann. Er war ihre Verbindung zur Außenwelt. Zur Wissenschaft. Er hatte die Pflicht, sie geistig hinauszuheben über Windeln und Möhrenbrei, Fritz schloss sich Abend für Abend in seinem Zimmer ein.

Er schrieb ein Theaterstück, für seinen Chef. Für Professor Engler: der seinen Geburtstag in großem Rahmen zu feiern gedachte, die Mitarbeiter des Instituts studierten das Stück gemeinsam ein. Das Hochschulleben hatte nun einmal auch gesellschaftliche Komponenten! Das Stück war ein rauschender Erfolg. Das Publikum jubelte. Frau Professor Engler wandte sich zu Clara um,

Ein Genie, Ihr Mann, Liebe! Ein Genie auf allen Ebenen. Was für ein Glück Sie doch haben,

Clara nickte. Sie fürchtete, ihr Kleid könnte platzen. Es stammte noch aus der Zeit vor der Schwangerschaft. Sie fürchtete, ohnmächtig zu werden: Nur das strengste ihrer Korsetts hatte es vermocht, die schwellenden Massen ihres Leibes einigermaßen in die engen Grenzen zu verweisen, die der Stoff des Kleides ihnen setzte, unter Gejohle und Getrampel trat Fritz selbst auf die Bühne.

Gab die letzten Verse seines Stücks noch einmal zum besten: die Verse über die Goetheschen Menschen, wie er sie nannte,

Die freuten sich nicht nur am rastlosen Tun,
Sie freuten im stillen Behagen
sich heiteren Sinnes in sich zu beruh'n.
Wir Toren, wir wollen's erjagen,

Den ganzen Rosenmontag zog er mit Freunden und Kollegen durch Karlsruher Kneipen. Clara kam nicht mit: Hermann war etwas unpässlich. Fritz plante für ein Wochenende einen Ausflug zu den Durlacher Wiesen. Clara blieb zu Hause und stopfte einen Korb Socken, den sie Fritz abends präsentierte, und warum schätzte Fritz ihre Mühen nicht?

Vielleicht wusste er gar nicht, was sie alles leistete. Vielleicht konnte er ihre Leistung nicht wertschätzen, weil er die Fülle ihrer Aufgaben nicht ahnte, sie zählte sie ihm auf. Beschrieb ihm ihre Pflichten, detailliert: die Abfolge geistloser Tätigkeiten, deren Erledigung keinerlei Verstand erforderte. Die sich aneinanderreihten, graugesichtig, end- und trostlos, wie die Wartenden vor den Ausgabestellen der Armenspeisung, Fritz hörte ihr zu, mit wachsendem Unwillen.

Bitte, Clara, ich möchte das nicht. Ich möchte nicht, dass du dich weiterhin so anstrengst. Bitte, was soll das? Was glaubst du zu gewinnen, wenn du Kuchen bäckst, obwohl du Kopfschmerzen hast? Warum gehst du auf den Markt, statt das Mädchen zu schicken,

Aber wie hätte sie keinen Kuchen backen sollen, wenn Fritz nachmittags Freunde mitbrachte? Wie sollte sie das Dienstmädchen auf den Markt schicken, wenn die dumme Göre sich jedesmal übers Ohr hauen ließ, oder vielleicht machte sie auch gemeinsame Sache mit den Händlern und bestahl Clara, verstand Fritz sie denn gar nicht?

Sie machte doch ihm keine Vorwürfe. Sie tat doch gern, was sie tat! Sie wollte nur ein wenig Anerkennung dafür, sie mussten sich einmal richtig miteinander aussprechen. Es musste doch möglich sein, Harmonie herzustellen. Den Unfrieden, die Quelle des Unfriedens ein für alle Mal aus der Welt zu schaffen,

Es ist gut, Clara! Es ist doch alles gut. Woher kommt nur dieser dein unerhörter Klärungsbedarf? Dieses dauernde Bedürfnis nach Aufräumungsarbeiten, die recht eigentlich erst die Unordnung schaffen, die sie vorgeblich beseitigen wollen, kannst du uns nicht einen Moment des Friedens gönnen? Ich will überhaupt nicht wissen, warum du dieses oder jenes gestern gesagt hast. Ich will nicht wissen, dass von dir keinerlei Vorwürfe beabsichtigt waren und was du stattdessen beabsichtigt hast. Ich will nur jetzt diese Zeitung lesen. Ich will nur, dass du mir einmal, ein einziges Mal, den Abend zu Hause nicht mit deinen Vorwürfen vergällst,

Und im Übrigen, warum war sie nicht stolz auf ihn?

Sie würdigte überhaupt nicht, was er leistete. Sie bekrittelte ihn ständig: gerade sie, seine eigene Frau, überall sonst galt er als Kapazität! Er verfügte über ein großes Laboratorium. Assistenten und Hilfskräfte arbeiteten ihm zu. Seine Energie, seine Willenskraft, sein Einsatz, sein Wissen wurden überall anerkannt. Professor Engler, Professor Bunte hielten große Stücke auf ihn: Und warum war er dann noch immer nicht Ordentlicher Professor, mit dem dazugehörigen Gehalt?

Jude Jude Itzig,
Mach dir nich so witzig,

Fritz Haber, der Kunstarier. Er mochte ja ruhig getauft sein, na und? Was sollte das ändern? Jude blieb Jude, da ließ sich nichts machen. Fritz lachte auf, bitter,

Und man wünscht eben keinen Juden in gehobener Stellung. Und in minderer Stellung wünscht man keinen Mann meiner Leistungen. Der könnte ja problematisch werden. Der würde womöglich die Reihenfolge lokaler Geltung durcheinanderbringen,

Clara kochte ihm Suppe, briet ihm ein Huhn. Massierte seinen Rücken. Hielt seine Hand, wenn er sich bei seinen Gallenkoliken vor Schmerzen wand, er brauchte sie jedenfalls. Er brauchte ihre Pflege.

Rebellierte gegen die Tyrannei ihrer Pflege,

Wo sind meine Zigarren? Wie kommst du dazu, meine Zigarren zu verräumen, wo ist der Cognac? Du hast doch wohl nicht meinen Cognac versteckt,

Fritz war zornig, aber nicht auf sie. Er arbeitete immer noch an seinem Buch. Er arbeitete und arbeitete, sie ging ins Institut, um ihn zu entlasten. Um einige Dinge für ihn nachzuschlagen, deren Problematik er im Vorübergehen erwähnt hatte, sie stieg die Treppe hinauf, atmete den vertrauten Laborgeruch ein. Sie fand ihren üblichen Platz besetzt.

Sie brauchte länger als sonst: Hier war etwas verräumt, dort etwas weggeschlossen, abends brachte Fritz den Maler Kalckreuth zum Essen mit. Winkte dankend ab: Ihre Recherche war ganz überflüssig gewesen. Ein Student hatte die Sache bereits geklärt, und musste Fritz eigentlich immer unangekündigte Gäste mitbringen? Es ging ja noch an, wenn es Eintopf gab oder Aufschnitt. Aber wie sollte man bitte eine Ente durch sieben teilen? Wie zwei Paar Wiener Würstchen durch fünf,

Aber Clara, das ist doch ganz egal. Darum geht es doch gar nicht. Es geht doch um die Stimmung. Es geht um die Unterhaltung, um das Gespräch. Es muss doch nicht immer alles perfekt sein,

Ach nein? Das war Clara neu. Das sagte er seinen Studenten anders. Bei seinen Studenten hieß es immer, dass noch das scheinbar Unwichtigste perfekt zu sein hatte. Ihre Aufgaben waren demnach ohne Belang. Was sie tat, war ohne alle Bedeutung,

Clara, ich bitte dich! Das ist doch Unsinn. Aber es gibt in der Tat Wichtigeres als die neue Waschfrau. Und kannst du dir vorstellen, dass ich dein Getue um Hermanns Erkältung ein wenig übertrieben finde? Andere Kinder sind auch einmal krank, und die Mütter kommen zurecht, warum machst du um alles ein solches Aufheben? Wie ein Huhn, das bei jedem Ei kakelt. Und jeden Abend dasselbe Lied. Jeden Abend der Jammerton A, kannst du nicht einmal etwas fröhlicher sein? Kannst du nicht einmal dein härenes Büßerhemd ablegen und stattdessen ein Abendkleid anziehen,

Aber sie bemühte sich ja.

Sie bemühte sich nach Kräften, glaubte er denn, sie war gern der Trauerkloß? Glaubte er wirklich, sie wusste nicht, dass ihn die Leute bedauerten? So ein lebenslustiger Mann, und geschlagen mit dieser sauertöpfischen Frau, das chemische Institut plante einen Ausflug zu einem Volksfest, draußen vor der Stadt.

Clara überwand sich. Sie fasste Vorsätze. Sie würde sich hübsch machen. Sie würde fröhlich sein, und Hermann würde sie mitnehmen, das Kind begann bereits auf dem Hinweg zu schreien. Die Hitze in der Eisenbahn war kaum erträglich. Die Landstraße, auf der sie zum Festplatz wanderten, war staubig und schmal: eine alte Allee, noch mit der Grasnarbe in der Mitte, die Musik hörte man schon von fern.

Alte Kameraden, auf dem Marsch durchs Land
Schließen Freundschaft felsenfest und treu,

Auf dem Festplatz waren Bänke, Tische aufgestellt. Man ließ sich nieder, Kaffee wurde geholt. Die Kapelle klamaukte ihren Marsch,

Los, Kameraden, frisch wird geladen!
Das ist unsre Marschmusik,

Männer tranken Bier. Matronen kauten Stullen und strickten. Die Blasmusik, der Lärm der Jugend, das Geknall von den Schießständen, die Musik der Karussells erschöpften Clara, als wäre sie viele Stunden durch tiefen Schlamm gewatet oder durch hohen Schnee,

Sind wir alt, das Herz bleibt jung,
Schwelgen in Erinnerung,

Fritz regte an, ein Erinnerungsfoto machen zu lassen. Winkte der Bedienung, mehr Bier zu bringen,

Trinket aus, schenket ein!
Und lasst uns Kameraden sein,

Clara verzweifelte an sich selbst. Sie amüsierte sich nicht. Warum gelang es ihr nicht, sich zu amüsieren? Warum schaffte sie nicht, was allen anderen so leicht fiel, sie sah auf die klaffend lachenden Münder, auf die schwitzenden Gesichter. Ein Kind war auf den Kieseln ausgerutscht und gefallen, nun lag es und schrie. Ein Mann schlug einen Hund. Wenigstens hatte die Musik aufgehört: Aber nun stimmte Fritz selbst ein Lied an. Ein Studentenlied, natürlich,

Gaudeamus igitur,
Juvenes dum sumus,

Die anderen fielen freudig ein. Sie hatten zu viel getrunken. Fritz hatte zu viel getrunken. Er trank immer zu viel. Er arbeitete zu viel. Er schlug in allem über die Stränge, wie sollte man sich neben diesem Koloss halten? Er hatte bereits keine Haare mehr. Er war kurzsichtig, überarbeitet. Er bestellte mehr Bier, für alle,

Post jucundam juventutem,
Post molestam senectutem

Strophe um Strophe schwand die Textkenntnis. Immer mehr Sänger fielen aus. Bei der zehnten Strophe war nur noch ein blutjunger Student übrig, dem Fritz begeistert applaudierte, der Junge hatte auf den Wangen den ersten Flaum. War noch nicht einmal so alt, wie Fritz es damals gewesen war, als er das erste Mal und vergeblich um Claras Hand angehalten hatte, wo waren die Jahre nur hingekommen? Es war alles sinnlos, trist, öde. Clara schloss einen Moment die Augen,

Nos habebit humus!
Nos habebit humus –

Unten ist es auf einmal still geworden.

Clara oben am Fenster neigt lauschend den Kopf. Jemand scheint eine Rede zu halten oder einen Toast auszubringen. Vielleicht ist es Fritz selbst. Er ist ein guter Redner. Ein äußerst begehrter Redner, es ist das alte Geheimnis: Er tut nur, was ihm Spaß macht. Es macht ihm Spaß, Reden zu halten. Seine Reden haben Leichtigkeit. Fritz arbeitet immer lange an ihnen. Er arbeitet verbissen und hingegeben. Er rackert sich ab, bis seine Reden den Charme der Improvisation haben. Bis jedes Wort klingt, als wäre es ihm soeben zugeflogen, mühelos, taufrisch aus dem Geiste des Moments, natürlich ist er intelligenter als sie!

Er ist der größere Geist, der bedeutendere Kopf: Aber genügt denn die überlegene Intelligenz, den einen Menschen wertvoller als den anderen zu machen? Zählt Liebe nichts, Treue, Hingabe, Sorge? Ist beruflicher Erfolg der einzige Maßstab dafür, ob man zu leben verdient oder nicht, Fritz selbst wäre der erste, der das verneinen würde. Er erwartet nur von sich selbst die äußerste Leistung. Bei allen anderen ist ihm Gemüt wichtiger als Geist, Herzensbildung wichtiger als Wissen. Bei allen anderen ist ihm nur eines wichtig: dass sie Fritz Haber liebhaben, ihn schätzen, ihn bewundern, unten brandet jetzt Applaus auf.

Clara stellt sich vor, wie sie klatschen.

Wie Charlotte Nathan Fritz anhimmelt, mit strahlenden Augen, der Applaus versiegt. Der Klang der verwobenen Stimmen schwillt wieder an, Clara hat Martha gestern angewiesen, für zwanzig zu präparieren, aber noch einmal so viele Extragedecke und Extragläser für den Bedarfsfall bereitzuhalten. Es war ja nicht abzusehen, wer alles kommen würde: Fritz hat schließlich nur allgemein bekanntgegeben, dass er heute zu Hause ist, bevor er morgen an die Front zurückkehrt,

Er geht morgen zurück an die Front! Er geht an die Ostfront. Er soll nicht gehen. Er darf nicht gehen. Ich muss mit ihm reden. Ich muss ihn abhalten,

Der Gedanke kommt ihr zum ersten Mal, dass er nur deswegen all diese Leute eingeladen hat. Dass er Gäste eingeladen hat, damit ihr die Möglichkeit genommen ist, vor seiner Abreise noch einmal unter vier Augen mit ihm zu sprechen.

Aber kann das sein? Ist es möglich, dass er sich ganz bewusst bis zu diesem Punkte versteigt? Und sie muss dennoch mit ihm sprechen. Sie muss mit ihm sprechen, sie ist nicht allein!

Sie ist nie mehr allein mit ihm. Er stellt sich ihr nur noch im Beisein von anderen. Sie hat ihn niemals mehr für sich, nicht einmal im Ehebett: Er hat sich ein Feldbett in sein Arbeitszimmer stellen lassen. Ein Feldbett mit einer Wolldecke wie an der Front, die Demütigung! Dort schläft er also lieber als neben ihr, seiner Frau: Und wessen Schuld ist das wohl?

Er hat sie angesehen, mit einem merkwürdigen Blick,

Aber meine Liebe. Ich wüsste nicht, dass wir beide uns über die Jahre recht gut unterhalten hätten, auf jenem Ehelager. Es ist uns wohl kaum ein Altar der Gattenliebe geworden. Eher eine wasserlose Wüste, würde ich sagen. In der ich seit Hermanns Geburt im Übrigen meist allein geschmachtet habe,

Dann hat er den Raum verlassen.

Hat die Tür sehr leise geschlossen: der Herr alter Schule. Der galante Kavalier, ritterlich unter allen Umständen: Er zog den Hut ja noch vor den Putzfrauen des Instituts. Er behandelte ja noch eine Köchin mit der Ehrerbietung, die in seinen Augen einer jeden Frau gebührte, jedenfalls solange es nicht die eigene war. Solange sie nicht seinen Anordnungen widerstrebte, Clara hatte sich setzen müssen.

Hatte wieder einmal keinen Atem bekommen, wie konnte er ihr vorwerfen, dass Hermanns Geburt sie zu sehr mitgenommen hatte, als dass sie ein weiteres Kind hätte riskieren wollen? Seine eigene Mutter war an seiner Geburt gestorben! Wie konnte er ihr vorwerfen, dass die Angst vor einer

Schwangerschaft sie immer beklommen gemacht hatte, wenn sie ihm einmal halbherzig ins Bett gefolgt war?

Und das war es ja, worum es am Ende ging. All seine Zärtlichkeiten, seine Umarmungen, seine Küsse, alles Linde und Liebevolle führten ja doch nur dazu, dass er am Ende seinen schweren Körper auf sie wälzte, ihr mit seinem Gewicht den Atem abpresste, über ihr schwitzte und zuckte und jammerte, und sie lag regungslos da, mit offenen Augen, hinterher war er unwirsch.

Wandte sich ab, schlief ein ohne ein Wort, was konnte sie dafür, dass die Last der Schwangerschaft, die Last der Geburt sie mehr als üblich mitgenommen hatte? Die Last von Hermanns Pflege. Hermanns ewige Mittelohrvereiterungen, seine Kinderkrankheiten, die Lungenentzündung letztes Jahr und dann die Diphterie, gegen die es kein Mittel mehr gegeben hatte als den Luftröhrenschnitt: wobei es ja auch nicht etwa so ist, dass Fritz Wert auf ein weiteres Kind gelegt hätte.

Es ist nicht so, dass er auf Clara noch irgendeinen Wert legt. Dass er noch Wert auf ihren Körper legt, Clara selbst legt keinen Wert auf ihren Körper! Auf das schwammig-fremde Fleisch, das sie gleichgültig wäscht, korsettiert, bekleidet, als Kind, als junge Frau war sie zart. Dann kam die Schwangerschaft. Und später kamen die Mastkuren, bei Dr. Lasker, der gute Doktor!

Ein Spezialist für Frauen mit Neurasthenie und nervöser Erschöpfung, die er in seiner Freiburger Klinik mit Wannen- und Duschbädern zu kurieren suchte, mit fünf reichlichen Mahlzeiten täglich, die unbedingt einzunehmen waren, mit hohen Dosen von Brom und Opium, die die Patientin absolut ruhig stellten,

Aber verehrte gnädige Frau! So seien Sie doch vernünftig. Wollen Sie lieber schlank sein oder lieber gesund,

Fritz hatte sein Buch endlich vollendet.

Die Thermodynamik technischer Gasreaktionen: Es war erschienen, war Clara nicht stolz? War sie nicht gerührt? Er hatte es immerhin ihr gewidmet,

Meiner lieben Frau Clara Haber Dr. phil., zum Dank für stille Mitarbeit zugeeignet,

Das Buch trug ihm breiteste Anerkennung ein. Er hatte geschuftet, und seine Schufterei trug verdiente Früchte. Er hatte sein Äußerstes gegeben, und es hatte sich gelohnt,

Bitte, Fritz, du übernimmst dich noch. Du denkst nur an deine Arbeit, du richtest dich gesundheitlich zugrunde,

Aber es war sie, die zusammenbrach. Fritz hatte sich gemüht, und sie war erschöpft. Er hatte eine glänzende Zukunft vor sich, und Clara klappte zusammen und kam in die Klinik, wie war das möglich?

Der gute Dr. Lasker tat alles, was man bei Claras Krankheitsbild tun konnte. Fünf Mahlzeiten, Wannenbäder, absolute Ruhe. Opiumderivate, Brom: Mehr war nicht zu machen, bei völliger nervlicher Erschöpfung, freilich, wäre sie Hysterikerin gewesen, hätte man es zur Not noch damit versuchen können, dass man ihr die Eierstöcke entfernte. Die Methode kam zwar gerade etwas außer Mode, aber Dr. Lasker hatte gute Erfahrungen damit gemacht, jedenfalls sofern die Patientinnen die OP überlebten. Und manische Anfälle konnte man zu kurieren versuchen, indem man die Klitoris der Patientin herausschnitt, was im Übrigen auch bei zwanghafter Masturbation bestens half, es bestand keinerlei Zweifel daran, dass die weiblichen Geschlechtsorgane an vielen seelischen Krankheiten schuld waren.

Das war ja auch nicht weiter verwunderlich. Die direkte Korrelation zwischen Geistesgestörtheit und Weiblichkeit war doch selbst für einen medizinischen Laien ohne weiteres zu erkennen: Das eine wie das andere war ein abnormer Zustand, Clara nahm Brom und schlief.

Clara aß eine, zwei, drei, vier, fünf reichliche Mahlzeiten täglich, dann nahm sie Laudanum und schlief weiter, wovon war sie überhaupt so erschöpft? Warum musste sie immerfort weinen? Warum vertrug sie kein Licht, keinen Lärm, sie tat doch gar nichts.

Sie tat nichts von Belang. Es war Fritz, auf dem alles lastete: Fritz war eine Professur in Zürich angeboten worden. Und Karlsruhe, vor lauter Angst, ihn zu verlieren, eilte nun endlich und ernannte ihn zum Ordentlichen Professor, mit erst 37 Jahren, war das nicht wunderbar?

Von nun an würde Clara über jegliche Unterstützung verfügen. Von nun an konnten sie sich eine Köchin leisten, einen Burschen, sie konnten in eine größere Wohnung umziehen, Fritz holte Clara in Laskers Klinik ab.

Sie wog zehn Kilo mehr als vor ihrer Einlieferung.

Sie war schwach vom Liegen: Sie war das Gehen nicht mehr gewohnt, Fritz stützte sie auf der Treppe, half ihr in die Droschke. Auf dem Weg zum Bahnhof kamen sie am Hotel »Bären« vorüber. Clara ließ ihren Blick über die Fassade schweifen, an welchem der Fenster mochte sie wohl damals gestanden haben?

In jener Aprilnacht, als sie die große Entscheidung getroffen hatte, Fritz Haber zu heiraten. Die Frau an seiner Seite zu werden, ihren Schreibtisch neben den seinen zu stellen,

Drei Lilien, drei Lilien,

die pflanzt ich auf mein Grab,

Bei Siegfrieds Beerdigung ein paar Tage später hatte Siegfrieds Schwester sie zur Seite genommen. Clara Sachs, Claras Namensschwester,

Entschuldigen Sie, Clara. Eigentlich geht es mich natürlich nichts an. Aber ich muss Sie doch warnen. Ich spüre da etwas. Ich glaube, Sie wollen das alles gar nicht. Ich glaube, Sie wollen gar nicht wirklich heiraten,

Clara hatte starr gestanden. Wie konnte sich diese Person erdreisten? Was fiel ihr ein? Wie konnte sie es wagen, dermaßen zudringlich zu werden? Die unmögliche Clara Sachs: die in Berlin Malerei studiert hatte, nun allein in einem Haus in Breslau mitten im Park von Scheitnig lebte, wo sie mit einem Zirkel von Künstlern und Literaten Kunst- und Musikabende veranstaltete, Tilla Durieux hatte sich nach ihrem Nervenzusammenbruch zu ihr zurückgezogen. Tillas Ex-Ehemann Eugen Spiro ging als Hausfreund bei ihr ein und aus,

Wenn ich eine Tochter hätte, ich würde ihr das Heiraten verbieten!

Das sollte sie einmal gesagt haben, zur allgemeinen Empörung aller Anwesenden, Clara Sachs schüttelte betrübt den Kopf. Sie sah Clara Immerwahr an, beinahe verlegen,

Verzeihen Sie, Clara. Jetzt habe ich Sie verärgert, das wollte ich nicht. Es ist nur, weil ich so eng mit meiner Schwägerin – mit Ihrer Schwester Elli – aber genug. Ich sehe es ja, es ist eine Zwickmühle. Eigentlich wollten Sie etwas anderes mit Ihrem Leben tun, ist es nicht so? Aber wenn Sie auf Mann und Kind verzichten würden, dann würden Sie sich vermindert vorkommen. Ihr Leben käme Ihnen vermindert vor, wie ein verkrüppelter Strauch,

Welch ungeheuerlicher Grad an Zudringlichkeit! Welche Geschmacklosigkeit dieser Frau: der Clara noch nicht einmal mit der gebotenen Schärfe antworten konnte, weil die Frau Ellis Schwägerin war und obendrein soeben ihren Bruder verloren hatte, Clara sah zur Fassade des Hotels »Bären« hinauf.

Clara, frisch entlassen aus Dr. Laskers Klinik, die Droschke erreichte den Bahnhof von Freiburg. Hier hatten Fritz und sie schon einmal gestanden. Damals vor vier Jahren, als sie zusammen nach Breslau gefahren waren: Und was wäre gewesen, wenn Clara Fritz nicht geheiratet hätte? Wie wäre dann ihr Leben verlaufen? Würde sie einen anderen Mann geheiratet haben? Oder wäre sie allein geblieben, wie Clara Sachs es ihr geraten hatte, Fritz half ihr in das Coupé. Clara ließ sich erschöpft auf den Sitz fallen. Sie fühlte sich schwer. Mürbe und trocken, wie alter Sandkuchen. Im Begriff, zu zerkrümeln.

Zu Hause empfingen sie die neue Köchin, das neue Mädchen, der neue Bursche. Hermann stand da, an der Hand der Kinderfrau, Clara breitete ihre Arme für ihn aus. Aber der Junge lief nicht auf sie zu. Wandte sich im Gegenteil ab, verbarg sein Gesicht in den Röcken der Kinderfrau,

Geh, Kind! Geh und sag deiner Mutter guten Tag,

Clara ging an ihnen allen vorüber. Die Wohnung war sauber und aufgeräumt. Die Köchin hatte ein leichtes Mahl vorbereitet, an dem Hermann ausnahmsweise auch teilnehmen durfte, Clara schnitt ihm das Fleisch in kleine Stücke. Zerdrückte ihm die Kartoffel, schob ihm den Teller hin, er schob den Teller wieder zurück. Schob trotzig die Unterlippe vor, hatte die Augen voll Tränen, auch Clara war nahe daran zu weinen. Sie entschuldigte sich.

Stand auf, ging ins Schlafzimmer, das Ehebett war nur auf einer Seite gemacht. Der alte Schrank roch nach frischem Lavendel. Sie öffnete die Tür zu ihrem eigenen Zimmer: wo die andere Hälfte des Bettzeugs sich aufhielt, leuchtend weiß und gestärkt, es war alles in bester Ordnung. Man hatte sie hier nicht vermisst. Man kam hier ohne sie aus. Ihre Mühen waren vollkommen überflüssig,

Aber Clara. Verlangt deine Eitelkeit wirklich unser Unbehagen? Wäre es dir tatsächlich lieber gewesen, wenn hier alles verkommen wäre? Wenn das Kind sich vor Sehnsucht nach dir verzehrt hätte, wenn es vor Kummer womöglich erkrankt wäre,

Nein, sicher nicht. In den folgenden Tagen ruhte sie viel. Und hatte es nicht auch Vorteile, wenn sie nicht so wichtig war? War es nicht durchaus beruhigend zu wissen, dass eine eventuell andauernde Abwesenheit ihrerseits das Leben ihres Kindes nicht ernstlich beeinträchtigen würde, Frau Professor Engler lud Clara für Sonntag zum Tee.

Reichte Petits Fours und englische Gurkensandwiches. Gratulierte zu Fritzens Berufung. Erkundigte sich nach dem Ergehen Hermanns, erkundigte sich mitfühlend nach Claras Befinden, war sie denn nervlich wieder ganz hergestellt? War sie denn wieder vollkommen auf der Höhe? Sie war etwas blass, vielleicht fehlte ihr frische Luft. Sie war etwas ruhig, ein wenig reduziert, vielleicht fehlte es ihr an Stimulanz, bei der zweiten Tasse Earl Grey kam die Professorsgattin zur Sache. Was, wenn Clara wieder einmal einen ihrer Vorträge hielte?

Sie hatte dergleichen doch früher getan: Fritz hatte einmal davon gesprochen, und wusste Clara überhaupt, dass Professor Engler beim Verein Volksbildung engagiert war? Er leitete dort die Abteilung für Belehrung. Was, wenn Clara sich in diesem Rahmen ein wenig um die Bildung der Arbeiterinnen verdient machte? Es war doch schade, wenn sie ihre Fähigkeiten so brachliegen ließ. Wenn sie ihr Wissen nicht weitergab: Sie hatte doch studiert! Durchaus, so war es. Clara hatte einmal studiert. Sie hatte studiert, genauso wie Fritz!

Nicht wie Fritz. Niemals wie Fritz: Ein Mann und eine Frau teilen nicht eine einzige Erfahrung miteinander. Nicht einmal dann, wenn es dieselbe Erfahrung zu sein scheint: dann schon gar nicht, es gibt eine Fotografie.

Die Fotografie steht auf der Kommode, in der Haberschen Dienstvilla. Sie zeigt Clara mit zwanzig. Clärchen Immerwahr, zu der Zeit, als Fritz das erste Mal um ihre Hand anhielt, auf dem Bild trägt sie ein dunkles, hochgeschlossenes Kleid. Der Mund ist scheu, die Brauen skeptisch, sie hält ein Blatt in der Hand. Was mag wohl darauf gestanden haben,

Auch ich war in Arkadien geboren

Der Raum, in dem sich die Weltsysteme bewegen, ist ohne Grenze

Sich herausreißen aus den engen Verhältnissen, um jeden Preis einmal hinausfahren in das unbegrenzte Meer des Lebens und der Zukunft, von keinem anderen Richtstern geleitet als dem eigenen Willen und Streben,

Gar nichts stand darauf.

Es war nur ein leeres Blatt Papier, das ihr der Fotograf in die Finger gedrückt hatte, damit ihre Hände beschäftigt waren, auch Clara war ihrem Richtstern gefolgt.

Sie war in Fräulein Knittels Lehrerinnenseminar eingetreten. Ach? Das also war das Schiff, das sie in den Sturm hinaustragen sollte? Das also war alles, was ihr einfiel: sich in Fräulein Palm zu verwandeln, in das unverheiratete Fräulein Palm aus der Krugschen Töchterschule,

Clara, willst du mich nicht heiraten? Willst du es nicht mit mir versuchen, Clara, warum willst du mich nicht,

Fritz war offenbar der einzige Ausweg. Eine Frau wurde Lehrerin, oder sie wurde Gattin: Etwas anderes stand ihr nicht offen, Fritz sah blass aus. Er tat Clara leid. Sie wäre am liebsten zu ihm hingegangen und hätte ihn in den Arm genommen, so wie sie es mit Max Kosa gemacht hatte, dessen

Mutter gerade Selbstmord begangen hatte, nach dem Tod ihres Mannes,

Warum willst du mich denn nicht heiraten, Clara? Magst du mich denn überhaupt nicht mehr?

Nein. Doch! Darum ging es ja gar nicht. Es ging überhaupt nicht um Fritz, sondern um Clara: Clara wollte nicht Fritz Haber, sondern Fritz Habers Leben. Sie wollte nicht seine Liebe, sondern seine Möglichkeiten: den weiten Kreis, in dem er sich bewegte, Fritz hatte soeben promoviert, mit 22 Jahren.

Clara war zwanzig. Sie hatte mit sechzehn die Krugsche Höhere Töchterschule abgeschlossen und seitdem Privatstunden genommen, in französischer Konversation und englischer Grammatik, in Erdkunde und Biologie. Physik oder Chemie konnte man natürlich nicht ernstlich treiben, ohne ein Laboratorium. Und ein Studium war Frauen in Deutschland unmöglich: Aber warum blieb Clara dann?

Warum ging sie nicht in die Schweiz? In Zürich durften Frauen bereits seit Jahrzehnten studieren, aber auch in Basel, Bern, Genf und Lausanne waren sie inzwischen längst zugelassen. Warum ging sie nicht nach Frankreich? Ihr Französisch war doch ausgezeichnet. In Paris, Marseille, Bordeaux, Lyon studierten Frauen schon seit 1863. In England verriegelten zwar Oxford und Cambridge weiterhin ihre Tore gegen den Ansturm bedrohlicher Weiblichkeit, aber an der Londoner Universität duldete man Frauen seit 1878, und spezielle *Colleges for Women* hatte es sogar schon dreißig Jahre zuvor gegeben. Und auch Schweden, Dänemark, Norwegen, Belgien und die Niederlande, Irland, Italien und Spanien hießen studierende Frauen willkommen: aber ins Ausland?

Allein in der Fremde leben, allein in fremden Straßen gehen? Abends allein in einem gemieteten Kämmerlein sitzen, ohne Familie, ohne die Freunde, den Vater? Angewiesen sein auf die Freundlichkeit von Fremden, auf Liebenswürdigkeiten in einer fremden Sprache womöglich, nein, auch der Vater wünschte das nicht. Seine Jüngste! Es war nicht daran zu denken, dass sie sich den scharfen Winden einer solch unbehüteten Existenz aussetzte, Clara musste eben versuchen, erst einmal die in Reichweite liegenden Berge zu ersteigen.

Dann würde es ihr sicher gelingen, mit immer umfassenderem Blick immer neue Berge zu umfangen,

Suchen wir unseren Blicken die möglichst weite Aussicht zu geben, es wird uns dann leichter werden, uns in den Regionen zurechtzufinden, die unter uns liegen, und uns vor Irrwegen und Hindernissen zu schützen, die unsere Schritte hemmen und unsere Kraft zersplittern. Das unter uns liegende Gebiet wird dann zu unserem Eigentum, auf dem wir säen und zu unserem und der menschlichen Gesellschaft Nutzen ernten werden,

Fritz ging davon. Clara stand am Fenster und sah ihm nach. Sah, wie er in der Menge auf dem Rathausplatz verschwand, und dann ging sie und besuchte Fräulein Knittels Lehrerinnenseminar. Auf dem Zeugnis, das man ihr am Ende des Kurses aushändigte, prangte als offizielles Zeichen seiner Bedeutsamkeit ein Stempel vom Bekleidungsamt des 6. Armeekorps.

Sie hatte es doch geahnt. Man machte sich über sie lustig. Man nahm sie nicht ernst. Man nahm diese ganze Ausbildung nicht ernst, natürlich nicht!

Es war ja eine reine Frauengeschichte. Von Frauen für Frauen, das war wie von Affen für Affen oder von Wilden für Wilde: im besten Fall unbedeutend, im schlimmsten verwerflich, es war doch in der Tat vollkommen gleichgültig, womit man einen solchen Lappen bedruckte. Ernstzunehmen war nur ein Beruf, den auch ein Mann ergreifen konnte, glücklicherweise musste sie nicht arbeiten, wenn sie nicht wollte.

Glücklicherweise war sie nicht darauf angewiesen, in die

Welt hinauszugehen und sich ihren Lebensunterhalt damit zu verdienen, dass sie sich mit der Erziehung anderer Leute Kinder abmühte, Clara packte das Zeugnis in eine Schublade. Sie hatte ohnehin keinerlei pädagogische Neigung.

Sie würde keinesfalls Gouvernante werden, Lehrerin oder Kindergärtnerin, so viel stand fest, Clara an ihrem Fenster schaut zu ihrem Kindergarten hinüber, im Seitenflügel des Kaiser-Wilhelm-Instituts.

Zu der Betreuungseinrichtung für achtzig kleine Jungen und Mädchen, deren Mütter arbeiten müssen, jetzt wo die Männer alle im Feld sind, wie ist das passiert? Wie ist genau das aus Clara geworden, was sie keinesfalls werden wollte? Eine Gründerin von Kindergärten, eine Verfasserin belehrender Vorträge, am Kindergarten trägt Gertrud Bäumer die Schuld.

Die Vorsitzende des Bundes Deutscher Frauenvereine, die seit Kriegbeginn den Nationalen Frauendienst organisiert, Gertrud Bäumer hat Clara um Mithilfe gebeten. Jetzt muss jeder das seine leisten, ohne Murren und Knurren. Jetzt wird jeder gebraucht: jeder Mann, jede Frau und auch die verehrte Frau Geheimrat und Professorengattin Dr. Haber, Kindergartenplätze werden gebraucht. Sie zu schaffen, ist für die Vermögenden eine patriotische Pflicht, Clara hat nicht daran gedacht, sich zu entziehen. Deutschland ist im Krieg! Die große Familie der Nation ist in Gefahr,

Unsere Seele geht auf in Deutschland! Heimatdienst ist für uns die Kriegsübersetzung des Wortes Frauenbewegung,

Dies ist der Sieg. Dies ist es, wovon die Frauenbewegung geträumt, worum sie all die Jahre gerungen hat: Endlich wird den Frauen jene staatliche und öffentliche Anerkennung zuteil, die sie für ihre tätige Anteilnahme als Volksgenossinnen schon seit Jahren verdienen. Endlich werden sie ernst genommen, endlich verfügen sie über die volle Unterstützung der staatlichen Stellen: Und nur der Krieg hat das möglich gemacht.

Nur die Unbedingtheit, mit der sich der Bund Deutscher Frauenvereine in den Dienst der Kriegsmaschinerie gestellt hat, Frauen nehmen führende Positionen in den Kriegsämtern ein. Frauen verhandeln mit Männern auf Augenhöhe, ist das denkbar? In Frauenreferaten werben Frauen weibliche Arbeitskräfte für die kriegswichtigen Industrien an, freudig entschlossen, in typisch weiblicher Hingabebereitschaft für Volk und Vaterland alles zu geben, sie haben völlig neue, früher undenkbare Berufe, diese Kriegsfrauen. Sie sind Schaffnerinnen, Briefträgerinnen, Kontoristinnen bei der Gemeindeverwaltung, Gertrud Bäumer hat jüngst aus gegebenen Anlass auch einige Vorschläge dazu gemacht, was mit den paar Pazifistinnen und sonstigen Vaterlandsverräterinnen zu tun wäre, die womöglich zum Internationalen Friedenskongress der Frauen reisen wollen, der zur Zeit in Den Haag stattfindet: Man sollte ihnen die Pässe wegnehmen und sie an der Ausreise hindern. Und notfalls muss man sie eben gewaltsam an der Grenze festhalten,

Sollen deutsche Frauen ihren Männern, die ihre nationale Pflicht tun, in den Rücken fallen mit pathetischen Erklärungen über den »Wahnsinn«, in dem sie befangen sind? Nur eine unbegreifliche Gefühlsverwirrung kann eine solche innere Loslösung der Frauen von der Aufgabe ihres Vaterlandes vollziehen,

Clara steht nicht mehr an ihrem Fenster.

Sie sitzt auf dem Fußboden. Sie hat versucht, ein paar Schritte zu gehen. Sie hat versucht, in Bewegung zu geraten, und ist prompt zusammengeknickt, Claras Beine sind eingeschlafen.

Sie prickeln und brennen, Clara reibt ihre Knöchel. Sie ächzt leise, während sie ihre Beine massiert, hat Clara kein Stehvermögen? Clara auf dem Fußboden ihres Zimmers hat den Arm ausgestreckt.

Sie hat das Foto von der Kommode genommen: Clara Immerwahr, im Alter von zwanzig. Die angehende Lehrerin Clara Immerwahr, die Hand voll leerer Blätter, wie zart sie war. Wie jung. Wie entschlossen, keine Lehrerin zu werden: Aber das einzige, womit sie je Geld verdient hat, waren ihre belehrenden Vorträge. Nur sie können wirklich als Arbeit gelten: Nur für sie ist Clara richtiggehend bezahlt worden, pro Vortrag bot man ihr fünfzig Mark. Clara sagte zu, auch wenn die Männer natürlich hundert bekamen, Frau Professor Engler sprach die einleitenden Worte.

Klärte die Eigentums- und Bildungsverhältnisse: Clara Haber, Gattin des eminenten Professors Fritz Haber, selbst promovierte Chemikerin, Frau Professor Haber würde heute über Naturwissenschaften im Haushalt sprechen. Es versprach ein sehr lohnender Vortrag zu werden, dem die Zuhörerinnen, hierin den Zielen und Absichten des Vereins Volksbildung folgend, sicher mit großem persönlichen Gewinn lauschen würden, der Verein war ja gegründet worden, um durch veredelnden Genuss das seelische Gleichgewicht des Volksgemüts wiederherzustellen.

Die Frische und Fröhlichkeit des Volksgemüts: die die Last der Akkordarbeit, der lange Aufenthalt in ungesunden Aufenthaltsräumen und die schweren wirtschaftlichen Kämpfe massiv zu untergraben drohten, und hierbei durfte man nicht nur an die männlichen Arbeiter denken. Man musste auch um ihre Frauen besorgt sein. Auf ihnen lastete doch eigentlich der Hauptteil der Beschwernisse der Zeit. Auf Frau Professor Englers und Frau Professor Habers Geschlechtsgenossinnen in den niederen Ständen: Ihnen oblag ja nicht nur die

Pflege von Haushalt und Kindern, die sich bei äußerst geringen Mitteln schon schwierig genug bewältigen ließ, nein, sie rieben sich oft genug daneben auch noch in ermüdender Fabrik- oder Heimarbeit auf, hier galt es unbedingt, helfend einzuschreiten.

Hier mussten die Damen der besseren Kreise bemüht sein, das harte Leben ihrer Schwestern mit einigem Bildungsgenuss zu versüßen, sie zu Reinlichkeit und Sparsamkeit anzuleiten, sie zu belehren, wie man auch mit geringsten Mitteln ordentlich wirtschaften konnte, und vor allem sie dazu anzuhalten, ihre Männer von jenem umstürzlerischen Gedankengut fernzuhalten, mit dem diese ihre Familien traurigerweise so oft ins Unglück stürzten, an dieser Stelle applaudierten die Damen. Aus einer der hinteren Reihen ertönte ein herzliches Lachen,

Bloß gut, dass es die armen Arbeiterinnen gibt, was? An wem würdet ihr euch denn sonst verwirklichen? Ihr armen gelangweilten Damen der Gesellschaft. So überflüssig wie Hundeflöhe,

Erschreckt fuhr man herum. Eine junge Frau saß da, hutlos und aufrecht, mit einem fahl-blassen Gesicht,

Ihr müsst den Arbeiterinnen doch wirklich dankbar sein. Was tätet ihr sonst denn den ganzen Tag? Ihr wüsstet doch nicht wohin mit euch. Ihr müsst ja keine Kerzen mehr ziehen, kein Brot mehr backen, kein Bier mehr brauen. Es gibt Wasserleitungen und Gasherde, Corned Beef und Liebig's Fleischextrakt. All die Segnungen von Industrie und Wissenschaft! In der Familie machen sie euch überflüssig, und außerhalb der Familie dürft ihr nicht mitspielen. Nur dank der Arbeiterinnen könnt ihr euch noch einreden, dass euer Leben einen Sinn hat,

Zuerst war alles still. Dann brach der Sturm los: Hundeflöhe? Die freche Unverschämtheit. Es war nicht zu glauben, was redete diese Frau? Und welch Dummheit obendrein, welch Blindheit, hatte sie denn keine Augen im Kopf?

Zu Claras Vortrag waren ja gar keine Arbeiterinnen gekommen!

Hier saßen ausschließlich angesehene Damen der Bürgerschaft, außer der Querulantin selbst natürlich, die Arbeiterinnen waren doch gänzlich interesselos. Sie wollten sich gar nicht veredeln lassen. Ihnen fehlte vollkommen der Sinn für alles, was nicht ihre allernächste Notdurft betraf: und noch etwas!

Eine üppige Matrone hatte sich erhoben,

Meine Liebe! Bei all Ihren zweifellos interessanten Ausführungen vergessen Sie völlig die Dienstbotenfrage. Ich habe im Leben kein Wasser geholt, auch nicht vor der Erfindung der Wasserleitung, und meine Mutter und meine Großmutter ebensowenig. Nicht uns ersetzt also die Industrie, sondern das Personal. Die Dienstmädchen, die Köchinnen, die Mägde. Und dann eines Tages die Arbeiterinnen. Ihresgleichen wird obsolet werden, mit dem Voranschreiten der menschlichen Bildung, davon können Sie ausgehen. Und was tun Sie dann? Sie verfügen über keinerlei Kapital! Lassen Sie sich sagen, Sie sind dumm dran. Sie haben keinerlei Anlass zum Spott,

Die Querulantin lachte wieder.

Na! Warten wir's ab. Wir werden ja sehen, wo Sie und Ihresgleichen landen. Auf dem Müllhaufen der Geschichte werdet ihr landen, wenn erst einmal die Arbeiterschaft –

Nun brach der Tumult los.

Die Damen waren sämtlich aufgesprungen. Überschrien einander, gestikulierten wild mit den gedruckten Programmzetteln, Clara stand noch eine Weile am Rande. Dann verschwand sie durch die Hintertür, still und unbemerkt, natürlich war es Frau Professor Engler sehr peinlich.

Sie suchte Clara persönlich auf, gleich am nächsten Tag. Sie konnte nur im Namen des Vereins um Verzeihung bitten und Clara versichern, dass dergleichen nicht wieder vorkommen würde. Man würde solch zweifelhafte Personen gar nicht mehr in den Saal hineinlassen, am Tag, an dem Claras zweiter Vortrag angesetzt war, bekam Fritz eine Gallenkolik.

Clara musste also leider absagen.

Fritz bestürmte sie natürlich zu gehen: Aber das war völlig unmöglich, es war nun einmal ihre Aufgabe, ihn zu pflegen.

Also würde sie ihn pflegen.

Sie würde ihn pflegen, ob er das wünschte oder nicht, als nächstes bekam das Kind Masern. Clara steckte sich an, und prompt bekam Fritz eine Magen-Darm-Infektion. Clara erlitt einen Weinkrampf, und der Arzt musste kommen, mit Laudanum und Brom, es hatte gar keinen Sinn, dass Clara ständig Vorträge plante, die sie dann doch nicht halten konnte.

Sie legte sich zu Bett, mit ihren Medikamenten, sie würde fortan keine Vorträge mehr halten. Sie würde sich fortan auf ihren Aufgabenkreis konzentrieren, Clara hatte mehr als genug Pflichten. Sie musste sich um ihren Mann kümmern, sie musste den Haushalt versorgen, die Küche, die Gäste, sie musste die immerwährende anstrengende Pflege des Kindes in den Griff bekommen, sie musste alles endlich in den Griff bekommen.

Sie ließ sich keine Schwachheiten durchgehen, sie war nicht so erzogen. Sie musste an alles denken, sie musste sicher sein, dass sie alles im Griff hatte.

Sie musste sicher sein, dass alles zusammengebrochen wäre, ohne sie, es wäre alles zusammengebrochen!

Es bricht schon alles zusammen, andauernd, ständig. Die Bedürfnisse der anderen umstehen sie wie eine Armee von bösartigen Gnomen: die hinter ihrem Rücken zerstören, was sie aufbaut, die kappen, was sie zum Blühen bringt, die umwerfen, was sie aufrichtet, die ihr auf den Leib rücken, sie bedrängen, beengen, Clara hat manchmal so viel zu tun, dass sie Fritz' Gäste in einer Schürze empfängt, mit aufgelösten Haaren, glänzender Nase.

Sie weiß durchaus, dass ihn das ärgert.

Es ärgert ihn sogar unglaublich. Es fällt ja glatt auf ihn zurück, wenn seine Frau in solcher Verfassung ist. Die Frau von Professor Fritz Haber: Sie muss doch auch mal ein wenig repräsentieren. Sie muss doch nicht immer nur ackern, malochen, hat sie das etwa nötig? Hat sie womöglich nicht genug Dienstboten? Die Gattin des Entdeckers der Ammoniaksynthese, von unten fluten die Stimmen von Fritz' Gästen herauf, ebben wieder ab.

Dann eine einzelne explosive Gelächtersalve: Männergedonner mit einer Spur weiblicher Schrille, was ist es nur mit diesen jungen Frauen?

Mit Frauen wie Charlotte Nathan: Sie lachen eine Menge. Sie lachen lauter. Sie geben sich freier, gelassener. Sie gehen allein in Lokale, sie rauchen Zigaretten. Sie lassen sich nichts sagen: nicht von ihren Männern, nicht von ihren Vätern. Nicht von den älteren Frauen. Sie betrachten sie zweifelnd, ihre älteren Geschlechtsgenossinen, mit verhüllten Blicken des Misstrauens, oder ist es Verachtung? Mitleid? Trotz? Wollen sie ihnen bedeuten, dass sie sie nicht mehr nötig haben, all die verbiesterten Kämpfe ihrer Vorgängerinnen? Und wissen sie denn nicht, dass sie betrogen werden?

Es ist alles Gerede, falsche Hoffnung, dummes Zeug und Schönfärberei. Man gaukelt ihnen vor, sie hätten nun Rechte: Aber sobald ihre Männer aus dem Krieg zurückkommen, werden sie sich umgucken. Sobald sie ihr erstes Kind bekommen, werden sie sich verwundert die Augen reiben, all diese selbstbewussten Charlotte-Nathan-Frauen: Und werden sie Clara dann anerkennen?

Werden sie dann Abbitte leisten? Eine Mutter ist nie, nie, niemals gleichberechtigt, und wenn sie noch so erbittert darum kämpft: Und ist es eigentlich fair, den Frauen dies auch noch aufzuhalsen?

Sie sind doch mit Haushalt, Kindern, Beruf und der zusätzlich von ihnen in allen Lebensbereichen geforderten Pflege ihrer Schönheit schon mehr als übergenug belastet. Kann man wirklich von ihnen verlangen, auch noch für das Recht zu kämpfen, sich dieser Belastung überhaupt aussetzen zu dürfen, Clara jedenfalls war nie Aktivistin.

Sie war nie eine Frauenrechtlerin. Ihr ging es nicht um das Grundsätzliche: Sie wollte immer nur ihren eigenen inneren Menschen entwickeln. Sie wollte nur ihren ureigensten Betätigungsdrang ausleben, und zwar dort, wo es sie mit aller Inbrunst hinzog: in den Naturwissenschaften. Sie wollte hinausfahren aufs offene Meer, ihrem Stern folgend, so gut sie es vermochte: Aber sie konnte noch nicht einmal ihr armes kleines Boot zu Wasser lassen. Es war ja leck. Es war rostig. Schlimmer: Es war von Grund auf ungeeignet, von grundsätzlich falscher Konstruktion, mit diesem Ding wollte sie sich auf große Fahrt wagen?

Allenfalls eignete es sich dazu, ein wenig auf dem Ententeiher herumzuplanschen, der Vater lachte. Der Vater ermutigte sie,

Kind, man hat Möglichkeiten. Man hat doch immer seine Möglichkeiten, ich helfe dir. Wir werden Schritt für Schritt vorgehen,

Der Vater sprach mit dem Schulleiter des Realgymnasiums. Er sprach mit der Behörde, er ebnete ihr den Weg, zusammen erwirkten sie die Genehmigung, dass Clara als Externe die Einjährig-Freiwilligen-Prüfung ablegen durfte. Ehrfurchtsvoll schritt Clara die Schulstufen des Gymnasiums am Zwinger empor, inmitten lärmender Jungen, die ein Jahrzehnt jünger waren als sie, nun würde es sich zeigen, was die Jahre bei Fräulein Palm, die Jahre des Privatunterrichts, die Jahre im Lehrerinnenseminar tatsächlich wert gewesen waren.

Sie bestand, mit Auszeichnung. Und schon war ihr Schifflein wieder auf Grund gelaufen. Steckte fest, zwang sie an Land zurück, Clara nahm wieder Privatunterricht. Am Morgen bekleidete sie sich, frühstückte mit dem Vater. Dann kam ein Lehrer. Dann trug sie Sorge für die Bereitung des Mittagessens, dann lag der lange Nachmittag vor ihr, manchmal wachte sie nachts auf, schweißgebadet. Hatte geträumt, dass sie in einen Kasten eingesperrt worden sei. Dass sie durch trübes Wasser waten müsse, das ihr bis zum Halse stand. Dass sie einen Singvogel besaß: eine schwarze Amsel, die in ihrer Hand lag, aus dem Herzen blutete, es gab Nachmittage, da konnte sie sich nicht dazu finden, irgendetwas zu tun.

Es gab Vormittage, da schickte sie den Lehrer wieder aus dem Haus. Sie saß dann am Fenster, sah auf die Straße hinaus. Sah in den Herbststurm, sah in den Frühlingshimmel, betrachtete gleichgültig den Schneefall, den Sonnenglast über der Stadt, warum war sie hier?

Wann endete dies?

Die bleierne Zeit. Das Leben ein ewiger Novembernachmittag in der Pferdebahn: anfahren, stehenbleiben, wieder anfahren, ein unendliches Dahinzockeln durch den trüben Nebel, immer auf derselben Strecke, mit denselben Passagieren, die gleichgültig vor sich auf den Boden starrten, im Dunst nasser Wollsachen, dünstender Felle, besudelter Gamaschen, es gab kein Ziel, keine Endhaltestelle. Man kam niemals an. Der Schaffner rief, die Passagiere stierten aneinander vorbei. Die Pferde zogen die Bahn durch die Ewigkeit: die Gespensterbahn, und dann mit einmal beschied der Herr Minister eine Anfrage des Vereins Frauenwohl dahingehend, dass er zwar Bedenken trage, im Besitze eines Lehrerinnenzeugnisses befindliche Damen generell zu Vorlesungen zuzulassen, dass er es aber für unter Umständen denkbar erachte, es dem Universitätsrektor sowie dem einzelnen Professor anheimzustellen, ob er gütigst die eine oder andere Dame an einzelnen Vorlesungen würde teilnehmen lassen wollen.

Vater und Tochter entschlüsselten diesen Bescheid gemeinsam. Da stand, dass Clara studieren durfte.

Sie durfte nun tatsächlich studieren. Sie durfte in Deutschland studieren, in Breslau sogar. Sie musste nicht fort. Sie musste sich nur bemühen, eine individuelle Bewilligung der Schulbehörde zu erwirken, die es ihr gestattete, sich als Externe des Realgymnasiums auf die Reifeprüfung vorzubereiten. Dazu hatte sie zu jedem neuen Semester wieder eine Genehmigung des königlichen Universitätskuratoriums zum gastweisen Vorlesungsbesuch einzuholen. Diese war dann den Professoren vorzulegen, bei denen sie hören wollte, woraufhin sie die schriftliche Erlaubnis selbiger Professoren zum Vorlesungsbesuch beantragen konnte. War die erfolgt, konnte sie im Rektorat um Erteilung eines Rektoratserlaubnisscheins einkommen: mit dem dann wiederum der verbindlichen Anmeldung zu besagten Vorlesungen nichts mehr im Wege stand.

Das einzige, was dann ihre tatsächliche Teilnahme am Unterricht noch verhindern konnte, waren die Herren Studenten, die die Anwesenheit von Frauen im Hörsaal nicht in jedem Falle zu dulden geneigt waren: So hatten sie etwa bei einer Vorlesung über Geschlechtskrankheiten und die medizinischen Gefahren der Prostitution mit ihren Trommel- und Pfeifkonzerten ein solches Tohuwabohu angerichtet, dass der

Professor sich nicht mehr anders zu helfen gewusst hatte, als Charlotte Sackur und zwei Mitstudentinnen zum Verlassen des Hörsaals zu nötigen.

Die beiden Kommilitoninnen Charlottes waren äußerst empört gewesen. Es waren gestandene Damen Mitte fünfzig, Unterstützerinnen eines Vereins, der sich der an Syphilis erkrankten Prostituierten annahm, warum wurden sie ausgesperrt, wenn junge Männer aus völlig fachfremden Kreisen teilnehmen durften? Die Vorlesung wurde ja geradezu überrannt, von Studenten anderer Fachrichtungen, von durchaus seriösen Geschäftsleuten und einer Menge kleiner Ladenbengels. Den Gatten der Damen, einem Justizrat und einem bekannten Industriellen, gelang es denn schließlich auch, eine Entschuldigung des Professors zu erwirken. Aber da waren die Vorlesungen natürlich längst vorbei, Clara wollte als erstes Vorlesungen in Experimentalphysik belegen.

Sie waren zu zwölft. Zwölf Frauen, die jüngste 21, die älteste sechzig, die meisten wollten Kunstgeschichte und deutsche Literatur hören. In der Chemie und in der Physik war Clara deshalb meistens ziemlich allein,

Ah, Fräulein Immerwahr. Sie wollen bei mir Experimentalphysik treiben? Eine hübsche junge Frau wie Sie. Das haben Sie doch überhaupt nicht nötig! Was sagt denn der Herr Vater dazu? Macht er sich denn da gar keine Sorgen,

Bei mir studieren? Nun, äh, chm, kaum. Ich muss sagen, ich habe mir in den Jahren meiner Tätigkeit eine, äh, Offenheit der Sprache angewöhnt, die für Damenohren denkbar, chm, ungeeignet erscheint. Und ich gedenke nicht, meine Gewohnheiten wegen, äh, Fräulein Immerwahr neu zu überdenken,

Clara bettelte und rang, flehte und bat von Semester zu neuem Semester. Würden der hochverehrte Herr Professor Schaum die Güte besitzen, Fräulein Immerwahr ausnahmsweise zu seiner Vorlesung zuzulassen? Wären der hochverehrte Herr Professor Pflaum unter Umständen bereit, gütigst die Anwesenheit eines Weibes in seinem Laboratorium zu tolerieren?

Bei den Laborversuchen umdrängten sie die Männer.

Versuchten in ihre Nähe zu gelangen, zogen Lose, wer diesmal mit ihr zusammenarbeiten durfte: Das verriet ihr ganz angelegentlich einmal Otto Sackur, Charlottes kleiner Bruder. Der junge Otto, an den sie sich halten konnte, wenn sie schier verzweifelte mitten in den Fluten der Männer. Überall waren Männer. Auf den Gängen, in den Sälen, in den Hallen, in den Höfen: Horden gaffender, flirtender, höhnender, ritterlicher Männer, die es nicht gewohnt waren, hier in ihren Hallen ein Weib vorzufinden, die nicht wussten, was man mit einem Weib tat jenseits des Ballsaals, sie flirteten mit Clara, sie waren galant.

Sie machten ihr Komplimente, umwarben sie: Das war es, was sie beherrschten, wehe ihr, wenn sie einen Mann sachlich zurückwies.

Beim kleinsten Zeichen von Ablehnung loderte unverblümter Hass auf. Dann rächten sie sich. Ließen die Tür so vor ihr zufallen, dass sie ihr beinahe ins Gesicht schlug. Besetzten alle Plätze im Hörsaal, notfalls mit Jacken und Taschen, die sie extra dafür von zu Hause mitgebracht hatten,

Tut mir sehr leid, Frollein. Aber dieser Platz ist doch ganz offensichtlich nicht frei,

Sodass sie stand, als einzige stehen musste, während auf der Hälfte der Stühle Wanderrucksäcke und Wintermäntel Platz genommen hatten. Oder man demütigte sie mit schleimigem »Schöne-Jüdin«-Getue, die Studenten waren 19, 20 Jahre alt.

Clara ging auf die dreißig zu. Sie trug keine Kleider in lindgrün und rosé mehr.

Keine der Studentinnen trug so etwas: Sie alle trugen

hochgeschlossene dunkle Gewänder, als hofften sie, so unbemerkt in der Menge der jungen Männer unterzugehen,

Die Dummköpfe, sagte Charlotte. Die Schwächlinge. Was bilden sie sich denn bloß ein. Die sollten doch erst mal versuchen, in einer feindlichen Umwelt zu überleben, so wie wir das hier machen müssen. Die sind hier doch alle wie die Fische im Wasser. In der Universität, in ihren blöden Verbindungen, in ihren Debattierklubs, überall sind sie in ihrem Element. Aber wir müssen nicht nur überleben wie die Fliege im Teich, wir sollen auch noch besser schwimmen als die Hechte. Und weißt du was? Wir können es sogar,

Manchmal fand Clara Charlotte ermüdend.

Manchmal träumte sie.

Sie stand in einer engen Gasse, an deren Ausgang sich mit einmal eine meterhohe Wasserwand erhob. Sie stand in einer engen Gasse, und ein Fahrzeug raste auf sie zu, mit durchgegangenen Pferden, sie fuhr hoch, mit angstrasendem Herzen. Es wurde zu spät! Die Zeit drängte. Ihr Leben verrann. Die Jahre verrannen: die Möglichkeiten, noch etwas Sinnvolles zu leisten, Clara durfte keine Zeit mehr verlieren: Und dann beschloss das Kultusministerium, den gastweisen Besuch von Vorlesungen als Studium anzurechnen.

Jubel über Jubel!

Clara und Charlotte Sackur umarmten einander. Stießen miteinander an, im Salon der Immerwahrschen Wohnung, stießen mit dem Vater an, mit Otto Sackur, fuhren einander lachend durch die fliegenden Tituskopflöckchen, nun stand ihnen nichts mehr im Wege. Nun lag es vor ihnen, das offene Meer. Nun galt es nur noch, genau 32 Professoren zu finden, die ihre Promotionsgesuche unterstützen würden: Und glaubten die Herren sich eigentlich selbst?

Glaubten sie es, die Professoren, wenn sie behaupteten, Frauen wären schwach, dumm, zerbrechlich, schonungswürdig wie Porzellannippes? Hatten sie nie eine Magd in der Mittagssonne auf dem Feld gesehen, während daneben die Köter sich paarten? Hatten sie nie eine Fabrikarbeiterin am Ende einer Vierzehnstundenschicht heimgehen sehen, um die Bettwäsche zu waschen und eine kranke Mutter zu versorgen: Und wenn sie sich glaubten, wie konnten sie solche Strapazen des weiblichen Geschlechts dann überhaupt zulassen?

Das war nicht denkbar. Also glaubten sie sich nicht.

Sie glaubten sich selbst kein Wort: Aber sie redeten dennoch weiter. Sie logen. Sie logen nicht einmal: Die Wahrheit war ihnen schlicht egal.

Dies waren Professoren, denen die Wahrheit gleichgültig war. Dies waren Männer der Wissenschaft, denen es um etwas anderes als um die Wahrheit ging, aber worum? Die Dinge schwankten. Man geriet in den Sumpf. Man verlor den Grund unter den Füßen. Man watete durch trübes Wasser, das einem bis zum Halse stand,

Sie dürfen sich nicht alles so zu Herzen nehmen, Fräulein Immerwahr. Sie haben eine unglückselige Weichheit, die dazu führt, dass Sie sich alles zu sehr zu Herzen nehmen,

Das sagte Abegg.

Professor Richard Abegg, Claras Doktorvater. Fritz' alter Freund. Claras Schutzschild und Schirm und Sicherheitsleine, der ganz frisch nach Breslau gewechselt war, was für ein Glück! Was für eine Erleichterung: einen Mann an seiner Seite zu wissen,

Sie müssen ein wenig abgebrühter sein, Clara. Sie lassen sich zu leicht ins Bockshorn jagen. Sie verfallen immer gleich in Traurigkeit und in Selbstzweifel, besser wäre es, Sie würden einmal zornig,

Er hatte natürlich recht. Am Zorn wuchs das Selbstbewusstsein: Ein alter Professor, dem die Haare aus Ohren und Nase wuchsen wie Seegras, verwehrte ihr schroff den Besuch seiner Vorlesung. Ein anderer wies sie nach den ersten paar Stunden doch lieber hinaus, aufgrund von Protesten männlicher Studenten, das Selbstbewusstsein wuchs an der Entdeckung der Fehlerhaftigkeit anderer. Sie machten Fehler, diese Männer! Sie kochten auch nur mit Wasser, und allzu oft mit niedrig temperiertem, das Selbstbewusstsein wuchs am Trotz. Es wuchs daran, dass man morgens besser etwas aß: Die Aufenthaltsräume, in denen die männlichen Studenten sich ausruhten, gehörten alle zu Studentenverbindungen, in denen Frauen nicht zugelassen waren. Dafür trank man besser nichts: Es gab ja keine Damentoiletten, das Selbstbewusstsein wuchs am überwundenen Selbstzweifel. Sie begann zu wissen, dass sie etwas wusste.

Wenn sie etwas wusste, war sie schlagfertig, zu ihrer eigenen Verblüffung. Schlagfertig auch mit leiser Stimme: die man anfangs in den hintersten Reihen nicht hören konnte,

Lauter, bitte!

Sie sprach lauter. Immerhin wollte man hören, was sie sagte. Immerhin durfte sie forschen, experimentieren, sich in ihrer Arbeit verlieren, sorgfältig baute sie ihre Apparaturen auf, sorgfältig bereitete sie ihre Versuche vor. Wog verschiedene Salze genauestens ein, löste sie in Wasser in einem Glaskolben, stellte von Lösungen Verdünnungen her, es war wunderbar, sich in Tätigkeit zu verlieren.

Es war wunderbar, Ergebnisse zu erhalten und sorgfältig ins Messprotokoll einzutragen, um sie mit früheren Ergebnissen zu vergleichen, waren die gemessenen Werte zu erwarten gewesen? Konnte man aus ihnen weitergehende, verallgemeinernde Schlüsse ziehen? Würde es ihr gelingen, Gesetzmäßigkeiten abzuleiten?

Sie erklomm Berge, sie ließ den Blick schweifen. Sie war allein hier oben, auf sich gestellt. Die Niederungen des Alltags lagen tief unter ihr: die Banalitäten, die Zufälligkeiten, sicher, die Wissenschaft war eine strenge Göttin. Sie verlangte Einsamkeit, Abgeschiedenheit, Opfer.

Sie verlangte völlige, ausschließliche Hingabe, wie eine schöne Frau, die ihren Wert kennt, sie erwartete den Verzicht auf flüchtige Launen und die Lust des Augenblicks, damit ihr Verehrer ganz in ihrem Dienst aufging. Aber dafür entführte sie den Adepten aus der Ödnis des Alltags.

Dafür entkam man den Fesseln der ewig wechselnden Triebe und Sehnsüchte, die alle anderen Menschen bestimmten. Man ließ die trostlosen Gefilde hinter sich zurück, in denen das Leben vor sich hintickte wie eine billige Uhr, statt in hohen freien Rhythmen zu schwingen, zu forschen war Hingebung. Es war Verliebtheit: Wo die anderen vor Mühsal ächzten, von grauer Pflicht seufzten, für ihre karge Freizeit lebten, da kehrte der Forscher ungeduldig zu seinen Fragen zurück, sehnsüchtig wie ein Liebhaber, der die Rückkehr zum Ort seiner tiefsten Hoffnungen, seiner schlimmsten Enttäuschungen, seiner ureigensten brennendsten Interessen kaum erwarten konnte, Clara ging ohne Hut in die Universität.

Sie ging allein auf der Straße, am Fluss entlang. Sie ließ sich den Wind durch die Haare wehen, sie war allein! Sie war frei, war das denn möglich? War das erlaubt? Durfte das sein? Es war ein Risiko, was sie hier tat.

Jeder Schritt war ein Risiko. Es war immer ein Risiko, etwas allein zu tun: Aber das Risiko selbst gab ihr die Zuversicht, etwas riskieren zu können, jeder Schritt gab ihr den Mut, den nächsten zu wagen. So ging sie: einen winzigen Schritt nach dem anderen, es war auch ein Glück, mit anderen sein Wissen zu teilen.

Es war ein Triumph, seinen Beitrag zu leisten. Es war ein Triumph ohnegleichen, die Früchte der eigenen Arbeit gedruckt zu sehen,

Clara Immerwahr: »Potentiale von Cu-Elektroden in Lösungen wichtiger Cu-Niederschläge«, Zeitschrift für anorganische Chemie,

Ihre erste Veröffentlichung. Der Vater applaudierte, umarmte seine Jüngste. Seine Begabteste, seine Klügste, auf die er über die Maßen stolz war, er konnte ihre Arbeit würdigen: Er war ja selbst Chemiker.

Claras Bruder Paul war Chemiker, ihr guter Freund Paul Krassa war Chemiker. Abegg, Otto Sackur: Sie waren alle Chemiker, Clara war nicht allein. Sie gehörte zu einer großen, einer weltumspannenden Gemeinde, die aus Menschen bestand, die träumten, nachdachten, suchten, die tasteten, bis unerwartet Türen aufsprangen, neue Welten sich ihnen darboten, sie war ein Teil dieser Gemeinschaft.

Der Gemeinschaft der Wissenschaftler, die international war, global, Clara beschloss, sich taufen zu lassen.

Sie spekulierte nicht auf Karrierevorteile. Sie glaubte auch nicht plötzlich daran, ein Geist in Gestalt einer Taube hätte einst eine Jungfrau geschwängert, die daraufhin einen Gott zur Welt gebracht hätte, der zwar später gestorben, dann aber wieder auferstanden und in Richtung Milchstraße entflogen sei. Also bitte! Nein. Clara ging es um etwas anderes. Es ging hier allein um sie, Clara Immerwahr.

Es ging darum, wer sie war: Und sie war keine Jüdin. Was verband sie denn mit einer altertümlichen orientalischen Stammesreligion? Clara Immerwahr lebte nicht in Zelten, sie war keine Nomadin. Sie zog nicht mit den Herden durch die Wüste und tränkte ihre Schafe am Brunnen: Sie war eine Wissenschaftlerin. Sie war eine moderne Frau, Teil der modernen europäischen Welt, genau deswegen war die Taufe zwingend.

Clara teilte dem Vater ihren Entschluss beim Mittagessen mit, über dem Kirschdessert. Versuchte zu erklären: Es war im Grunde doch genau so, wie es Mommsen gesagt hatte. Das Christentum und die Christenheit waren zwei verschiedene Dinge. Das Christentum war eine intellektuelle Zumutung, natürlich. Aber die Christenheit war identisch mit der einzigen modernen internationalen Zivilisation, die es auf der Welt gab, der Vater nickte. So dachten die Jungen.

Dies war die moderne Zeit, das neue Jahrhundert: Auch Claras Geschwister hatten ihre Kinder taufen lassen, wenn sie auch selbst nicht konvertiert waren, Clara ließ das Dessert abtragen.

Fuhr sich mit den Fingern durch die leichten Locken, winkte dem Vater. Ging zurück in die Universität, um Abegg im Laboratorium zu assistieren, er war nicht nur ihr Doktorvater: Er war ihr Freund.

Er war ein echter Freund. Ein Vertrauter, an den sie sich mit allem wenden konnte, sie war nun von lauter Freunden umgeben: So also war es, wenn man sich seinem Ziel näherte. Abegg war ihr Doktorvater, Otto Sackur war ihr Opponent bei der Verteidigung ihrer Doktorarbeit, er zwinkerte ihr zu, wenn er nachfragte, ihr widersprach.

Clara schlug sich wacker. Sah in sein offenes Gesicht, dachte an all die gemeinsam mit Charlotte verbrachten Nachmittage, sie bestand *magna cum laude*.

Sie war leuchtend stolz. Glühte. Strahlte. Schwor den Eid, freiwillig auf Lateinisch: So schien es ihr würdiger, sie beherrschte das Lateinische nicht. Hatte die Worte schlicht auswendig gelernt, wusste aber natürlich, was sie bedeuteten,

Ich schwöre, dass ich niemals in Wort oder Schrift etwas lehren werde, was meiner Überzeugung widerspricht. Dass ich vielmehr die Wahrheit fördern und das Ansehen und die Würde der Wissenschaft nach Kräften zu heben bestrebt sein werde,

Ihre Brust schwoll, jawohl, ihre Brust! Dies hatte sie nun also erreicht,

Unser erster weiblicher Doktor, eine zierliche Erscheinung mit dunkelblondem Tituskopf und geistvollen Gesichtszügen, Helene Clara Immerwahr, evangelischer Konfession, Tochter des Rittergutsbesitzers und jetzigen Direktors der Trachenberger Zuckersiederei, hat das Thema ihrer Inaugural-Dissertation nebst den beigefügten Thesen gegen die Opponenten cand. phil. Franz Goldschmidt und cand. phil. Otto Sackur nach den Worten des Dekans »wacker und tapfer wie ein Mann« verteidigt und zeigte sich überaus gewandt und schlagfertig, eine wahrhafte doctissima virgo,

So stand es am nächsten Tag in der Zeitung, Clara war nicht allein. Der Kern, das Herz, das Innerste der modernen Zivilisation war die Gemeinschaft der Wissenschaftler, zu der Clara gehörte.

Zu der sie noch immer gehört! Man kann aus dieser Gemeinschaft doch nicht so einfach ausgeschlossen werden? Aus der Internationale der Forscher: Aber von welcher Internationale redet sie denn?

Clara auf dem Boden in ihrem Zimmer, im ersten Stock der Haberschen Dienstvilla, die Forschung ist nicht mehr international. Die Forscher, die dort unten im Wintergarten sitzen, heißen Kerschbaum und Geiger, Otto Hahn, Lise Meitner und Franck, hier in Berlin sind sie alle deutsch.

International waren sie in Karlsruhe. In Fritz' Laboratorium in Karlsruhe, wo die Mitarbeiter Le Rossignol und Eilif Platou hießen, Gilbert W. Morden und Arkady Wolokitin, H. J. Hodsman und Setsuro Tamaru, Fritz zog Wissenschaftler aus aller Welt an. Zu seinen berühmten Kolloquien strömten die Kollegen aus Japan, aus England, aus Russland heran:

Und wird es jemals wieder so sein? Wird diese Internationalität der Wissenschaft je wieder entstehen, aus den Ruinen dieses Krieges,

Im Frieden für die Menschheit, im Krieg für das Vaterland! Ich bitte dich, Clara. Im Kriege dient ein jeder dem Vaterland,

Natürlich. Auch Clara liebt ihr Vaterland. Clara hat nichts gemein mit Albert Einstein. Mit dem Ekel Einstein, Fritz' Kollegen und Freund, der neuerdings so gern vom Ideal der Geistesgemeinschaft faselt. Von einer grenzenlosen Nation, einem internationalen Dorf des Anstands und der Begabung, Albert und Anstand? Wer Albert Einstein Anstand unterstellt, spricht Frauen die Menschenwürde ab: Aber freilich, von Gemeinschaft zu reden ist allemal leichter, als einen einzigen Menschen in unmittelbarer Nähe anständig zu behandeln.

Die Menschheit zu lieben ist ein Kinderspiel, im Vergleich zu der ungeheuren Aufgabe, die eigene Frau zu respektieren,

Wie kannst du nur mit ihm befreundet sein, Fritz? Wie kannst du nur, nach allem, was er Mileva angetan hat,

Aber in diesem Punkt kann sie Fritz nichts vorwerfen. Fritz hat sich redlich bemüht zu vermitteln. Er hat sich sehr bemüht, die Einsteinsche Ehe zu retten, aber ohne jeden Erfolg,

Weißt du, Fritz, verglichen mit den Weibern ist doch jeder von uns ein König,

Einstein hat das gesagt, bei einem seiner letzten Besuche.

Mileva war längst fort. Einsteins Frau Mileva: die er einen Tag vor Kriegsausbruch zurück nach Zürich gejagt hat, mitsamt seinen beiden Kindern, er wollte endlich seine Ruhe haben. Er wollte diese Leute los sein, die ihn bei seiner Arbeit störten, bei seiner Affäre mit seiner Cousine Elsa, er setzte sie in Berlin in den Zug und ging davon.

Seitdem hat er sie alle drei nicht mehr gesehen. Clara hat gehört, sie hätten noch immer keine Wohnung. Sie irren noch immer von Pension zu Pension, immer noch hoffend, alles könnte sich zum Besten wenden oder irgendetwas könnte sich irgendwie wenden, vor ein paar Wochen standen Einstein und Fritz nebeneinander im Wintergarten.

Sie hörten nicht, wie Clara hereinkam. Clara hörte Einsteins Stimme,

Wirklich, Fritz, verglichen mit den Weibern ist doch jeder von uns ein König. Jeder von uns steht halbwegs auf eigenen Füßen, ohne immer auf etwas außer ihm zu warten, um sich daran zu klammern. Jene aber warten immer, bis einer kommt, um nach Gutdünken über sie zu verfügen. Geschieht dies nicht, so klappen sie zusammen,

Clara blieb stehen. Sie hustete. Die Männer wandten sich um. Fritz sah schuldbewusst aus. Einstein verneigte sich leicht. Ihm war es sichtlich vollkommen gleichgültig, dass sie seine Bemerkung gehört haben musste: Aber ihm ist ja alles gleichgültig. Er nimmt alles hin, als ginge es ihn nichts an. Als stünde er über den Dingen, schwebte über den Sorgen gewöhnlicher Sterblicher: Und am gleichgültigsten sind ihm seine Kinder. Am allergleichgültigsten ist ihm seine Frau,

Der säuerliche Sauertopf. Die humorlose Kreatur, der Wurm. Was ist sie mir? So viel wie eine Hausangestellte, der man nicht kündigen kann. Sie hat selbst nichts vom Leben, und darum muss sie andren ihren Lebensgenuss versauern,

Das hat er seiner Cousine geschrieben: Elsa Löwenthal, Elsa hat Clara die Briefe gezeigt. Natürlich hat sie es im strengsten Vertrauen getan. Sie hat es getan, um sich vom Ruch der Verführerin, der Familienzerstörerin reinzuwaschen,

Ich gebe ja zu, dass ich ihn liebe! Aber ich habe seine Ehe nicht zerstört. Er trennt sich nicht meinetwegen von Mileva. Er hätte sie auf jeden Fall verlassen. Er liebt sie nicht mehr, und ist es denn ein Wunder? Sie ist ja fast vier Jahre älter als er. Sie ist alt und hässlich, und sie hat Rheuma,

Mileva war 39, im letzten Jahr.

In den letzten Julitagen 1914, sie hockte auf der Haberschen Chaiselongue und heulte. Sie hatte sich bei Clara einquartiert. War mit den Kindern zu Clara geflohen, weil Albert ihr das Leben gänzlich unerträglich machte, weil er drohte, sie aus dem Haus zu werfen, nun hoffte sie verzweifelt auf eine Versöhnung mit ihm. Aber wie konnte sie hoffen?

Der Wurm. Das Kreuz,

In manchen Briefen hatte er sie so bezeichnet. In manchen hatte er ihr nicht einmal mehr ein Schimpfwort gegönnt, sondern nur ein Zeichen gesetzt,

Mein +, das ich tragen muss,

War Mileva denn blind? War sie taub? Aber auch Mileva hatte Briefe vorzuweisen.

Auch sie konnte Clara Briefe von Albert zeigen,

Du mein einziges süßes Weiberl! Du mein Alles, mein Lüderchen, mein geliebtes Frätzchen. Schelmin, Pupperl, Gassenbub du. Geliebtes Miezchen. Wilde Hex. Mein süßer Engel. Du bist und bleibst mir ein Heiligtum, in das keiner dringen darf,

Mileva saß auf der Chaiselongue im Haberschen Salon und hörte nicht auf zu weinen. Mileva Maric, einst Alberts Kommilitonin in Zürich: wo Frauen damals schon längst studieren durften, Mileva lehnte an Clara und erzählte und erzählte. Erzählte Clara alles, alles, Albert hatte Mileva geliebt!

Clara konnte es sich lebhaft vorstellen: Albert und Mileva stiegen gemeinsam in die Schweizer Berge. Sie fuhren zusammen über den See. Sie lernten zusammen, sie forschten zusammen: Aber schwanger wurde Mileva allein.

Das stellte Albert zweifelsfrei klar. Die Schwangerschaft hatte mit ihm nichts zu tun, da würde Mileva sich zu entscheiden haben. Mileva entschied sich. Fiel durchs Diplom, fuhr heim zu ihren Eltern nach Novi Sad und brachte dort das Lieserl zur Welt, allein und in aller Heimlichkeit, Albert schrieb ihr natürlich. Er schrieb ja immer schon gerne Briefe,

Was hat es denn für Augerl? Wem von uns sieht es mehr ähnlich? Hat es auch Hunger? Gellst und ein vollständiges Glatzerl hats. Ich habe es so lieb und kenns doch gar nicht,

Und hat es auch niemals kennengelernt. Befand es nicht der Mühe für wert, Mileva beschwor Clara.

Er wollte sie ganz bestimmt besuchen! Er hat darunter gelitten, dass er sie nie besucht hat, bestimmt hat er darunter gelitten,

Ja, natürlich. Und wenn man jemandem ins Gesicht schlug, tat einem hinterher selbst die Hand weh, Clara hielt nur mit Mühe an sich. Mileva sprach kummervoll, ohne jeden Vorwurf, sie durfte damals zu Albert zurückkehren. Natürlich nur allein. Sie wäre ja selbst nie auf die Idee gekommen, das Kind mitzubringen,

Es war doch verständlich. Es hätte ihm geschadet. Ich wollte ihm doch nicht schaden, er hat gelitten, bestimmt. Auch wenn er es nie gesagt hat. Auch wenn er es nie geschrieben hat. Er wollte das Lieserl bestimmt kennenlernen, ich bin ganz sicher,

Clara starrte auf den Brief in ihrer Hand.

Was hat es denn für Augerl? Wem von uns sieht es mehr ähnlich? Ich habe es so lieb und kenns doch gar nicht,

Und reichte es nicht, dass einem Mann seine Tochter gleichgültig war? Musste er darüber hinaus auch noch lügen? Aber Einstein log ja nicht einmal. Ihm war die Wahrheit schlicht vollkommen gleichgültig.

Er interessierte sich nicht für seine eigene Fühllosigkeit. Clara war es, als liefe das Kind durchs Zimmer.

Das kleine Lieserl: Clara vermeinte seine geisterhaften kleinen Füßchen zu hören, es wäre so alt wie Hermann gewesen, wenn es gelebt hätte. Mileva auf der Haber'schen Chaiselongue schrie auf vor Schmerz. Das Lieserl war am Scharlach gestorben, mit noch nicht zwei Jahren.

Mileva war mit dem Kind allein gewesen. Albert hatte sie allein nach Novi Sad reisen lassen, zu seiner sterbenden kleinen Tochter,

Schuld ist aber nur seine Mutter! Ich habe immer gehofft, seine Mutter würde vielleicht ein Wort sagen. Sie würde doch ihr erstes Enkelkind einmal sehen wollen? Aber das war natürlich Unsinn. Sie hasst mich. Die ganze Familie hasst mich, und sie hassen auch die Kinder,

Es waren schließlich anständige Leute. Alberts Mutter war eine anständige Frau. Sie war früher jedesmal ganz hysterisch geworden, wenn einer Mileva auch nur erwähnt hatte: diese Serbin, noch dazu vier Jahre älter als Albert, wie konnte ihr Albert das antun?

Er war ihr Sohn. Er war das einzige, was sie in ihrem Leben geschafft hatte. Er war ihre eine, einzige Lebensleistung, was, wenn er sein Leben nun ruinierte? Dann war auch sie, Pauline Einstein geborene Koch, zu gar nichts nütze gewesen. Dann hinterließ sie kein Werk, auf das sie mit Stolz zurückblicken konnte, Albert war betreten. Albert, das verzogene Muttersöhnchen,

Aber Clara, das darfst du nicht sagen. Er hat mich am Ende ja geheiratet. Er hat mich geheiratet, auch gegen ihren Willen. Er hat seinem Vater die Genehmigung abgepresst, gerade noch eben rechtzeitig, als der schon auf dem Sterbebett lag,

Mileva weinte und weinte.

Was hatte sie nur falsch gemacht? Am Anfang hatte sie Albert doch inspiriert. Am Anfang hatte Albert sie gebraucht. Er hatte ihr Gesicht gebraucht, wenn er redete, redete. Er hatte sie als Gegenüber gebraucht: als schweigendes Gegenüber, das verstand, was er sagte, sodass er das Echo seiner Gedanken in ihrem Schweigen hören konnte. Als stumme Begleiterin, die jeden seiner gedanklichen Schritte mitging. Die ernsthaft und glühend nur an seiner Seite schreiten wollte, ohne je auf eigene geistige Abwege zu geraten,

Mein liebes Weiberl, wir wollen recht eifrig zusammen wissenschaftlich arbeiten, dass wir keine alten Philistersleut werden, gellst? Wenn ich die anderen sehe, weiß ich erst, was ich an dir habe. Wie glücklich und stolz werde ich sein, wenn wir beide unsere Arbeit über die Relativbewegung siegreich zu Ende geführt haben,

Das hatte sie schriftlich. Das hatte er ihr geschrieben,

Ich brauche meine Frau. Sie löst alle meine mathematischen Probleme für mich,

Das hatte er immer wieder verkündet,

Doxerl, gellst, bist lieb, rechnest mir das bitte aus,

Und sie war lieb. Schwieg und hörte zu und verstand und rechnete, stolz und glücklich, Albert helfen zu können, er brauchte sie. Er liebte die Mathematik eben nicht. Er hatte keine Lust, lange herumzurechnen: Das ließ er sie tun, sie sorgte für alles, wenn die Runde seiner Freunde sich bei ihm einfand. Dann kochte sie, bewirtete die Gäste, sie war so stolz auf ihren wunderbaren Mann. Albert Einstein strahlte im Ruhm.

Albert, der Muttersohn: Anders als Fritz hatte er nie kämpfen müssen. Anders als Fritz war ihm alles in den Schoß gefallen. Anders als Fritz war er nahezu von Anfang an berühmt gewesen, mühelos, er sonnte sich gelassen in den Huldigungen.

Er fand, die Huldigungen, die Würdigungen stünden ihm zu. Er stand im Licht: Und je heller es strahlte, desto tiefer wurde der Schatten, den er auf seine Frau warf,

Was habe ich falsch gemacht? Was habe ich nur falsch gemacht, Clara,

Mileva hörte nicht auf zu hoffen. Nicht einmal, nachdem Albert ihr das Abkommen vorgelegt hatte. Die Bedingungen, unter denen er möglicherweise geneigt war, sie und die Kinder wieder zurückzunehmen,

A. *Du sorgst dafür*

1. *dass meine Kleider und Wäsche ordentlich imstand gehalten werden.*

2. *dass ich die drei Mahlzeiten im Zimmer ordnungsgemäß vorgesetzt bekomme.*

3. *dass mein Schlaf- und Arbeitszimmer stets in guter Ordnung gehalten sind, insbesondere dass der Schreibtisch mir allein zur Verfügung steht.*

B. *Du verzichtest auf alle persönlichen Beziehungen zu mir, soweit deren Aufrechterhaltung aus gesellschaftlichen Gründen nicht unbedingt geboten ist.*

Insbesondere verzichtest Du darauf,

1. *dass ich zu Hause bei Dir sitze.*

2. *dass ich zusammen mit Dir ausgehe oder verreise.*

C. *Du verpflichtest Dich ausdrücklich, im Verkehr mit mir folgende Punkte zu beachten:*

1. *Du hast weder Zärtlichkeiten von mir zu erwarten noch mir irgendwelche Vorwürfe zu machen.*

2. *Du hast eine an mich gerichtete Rede sofort zu sistieren, wenn ich darum ersuche.*

3. *Du hast mein Schlaf- bzw. Arbeitszimmer sofort ohne Widerrede zu verlassen, wenn ich darum ersuche.*

D. *Du verpflichtest Dich, weder durch Worte noch durch Handlungen mich in den Augen meiner Kinder herabzusetzen,*

Mileva unterschrieb, ohne einen Moment zu zögern. Betrachtete Clara, die außer sich war, schüttelte leicht den Kopf, was regte sich Clara denn bitte so auf? Im Grunde unterschrieb doch jede Frau genau dieses Dokument, wenn sie heiratete.

Im Grunde verlangte Albert nichts anderes als das, was unausgesprochene Grundlage jeder Ehe war: Die Frau war verpflichtet, sich um den Haushalt zu kümmern und das Ansehen des Mannes bei seinen Kindern hochzuhalten. Dafür durfte sie auf seine liebevolle Zuwendung hoffen, auch auf eine gewisse Teilnahme an seinem Leben, aber sie besaß keinen verbrieften Anspruch darauf, keinerlei einklagbares Recht, nicht dass ihre Unterschrift Mileva noch etwas geholfen hat.

Albert war endgültig fertig mit ihr. Auch die Schlichtungsversuche seines Freundes Fritz konnten daran nichts mehr ändern,

Die Weiber, Fritz. Was ist es schon mit ihnen? Verglichen mit denen ist doch jeder von uns ein König. Sie warten immer, dass einer kommt, um nach Gutdünken über sie zu verfügen. Und kommt er nicht, so klappen sie zusammen,

Aber wie kann Albert Einstein nur so etwas behaupten?

Clara hat Fritz' ersten Antrag ausgeschlagen!

Clara hat nie von einer Heirat geträumt. Sie ist nie dem Rat der Köchin gefolgt: Nie hat sie zu Andreas am 30. November einen Apfel geschält und dann den dünnen langen Streifen der Schale hinter sich geworfen, um aus seinem Fall das Initial ihres Zukünftigen zu erraten, der Apfel hätte sich wohl auch schwer getan. Wie hätte er wohl den Buchstaben F nachgebildet,

Es tropft! Es tropft!

Dass ihm die Stickstoffsynthese gelungen war, erfuhr Clara erst, als er abends nach Hause kam.

Er kam spät: Er hatte verständlicherweise erst noch etwas gefeiert, mit Kollegen und Mitarbeitern, er war aufgeregt, animiert. Er war nicht mehr ganz nüchtern. Ging im Salon auf und ab, die Zigarre im Mund, man musste nun Überlegungen anstellen, wie im weiteren zu verfahren war. Man brauchte die Industrie. Engler würde sich gleich morgen an den Aufsichtsratsvorsitzenden der BASF wenden, Clara roch den Wein in seinem Atem.

Er hatte nicht Bescheid gegeben, dass er nicht zum Essen heimkommen würde. Sie hatte Kartoffelsalat und Würstchen gemacht. Sie hatte den Kartoffelsalat selbst gemacht, mit ihrer guten Mayonnaise, die die Köchin nie hinkriegte. Mayonnaise aus einem Eigelb und Öl, die man mit dem Schneebesen schlagen musste. Man musste das Öl in Tröpfchen zufügen, sonst gerann alles. Man schlug, schlug und schlug, bis die Mayonnaise fest wurde, natürlich hatte sie den Salat wegwerfen müssen.

Sie war schließlich Wissenschaftlerin. Sie wusste sehr gut, wie Mayonnaise nach ein paar Stunden unter einem Mikroskop aussah, selbst wenn man sie nach draußen aufs kühle Fensterbrett stellte. Darwins Evolution des irdischen Lebens konnte noch einmal von vorn beginnen, aus einem einzigen Löffel übernächtigten Kartoffelsalats, natürlich erwähnte sie den Salat mit keinem Wort.

Natürlich gratulierte sie Fritz, freute sich mit ihm. Natürlich war sie sehr stolz auf ihn: Und hatte er denn auch etwas gegessen?

Sein Erfolg war überwältigend: Aber dachte er dennoch vielleicht hin und wieder an seine Gesundheit?

Wenigstens im Hinblick auf seine Familie. Wenigstens im Hinblick auf Clara, wer hatte denn die Malessen, wenn seine Magen- und Gallenprobleme sich wieder verschärften, weil er so unregelmäßig aß? Und er hatte ein Kind, das krank im Bett lag. Wollte er sich nicht wenigstens erkundigen, wie es seinem Sohn ging, die Freude wich aus seinem Gesicht.

Er wandte sich ab. Ging hinaus, wortlos, überquerte die Diele und ging auf sein Arbeitszimmer zu, sie wünschte plötzlich, sie hätte geschwiegen. Aber hatte sie nicht recht? War sie denn nicht im Recht?

Ich freue mich jedenfalls sehr, Fritz, sagte sie.

Rief ihm nach: Ich freue mich, wirklich! Ich bin doch nur besorgt um dich,

Seine Tür fiel zu.

Das Kind rief. Sie hatten es nun auch noch geweckt, Clara ging über den Flur in Hermanns Zimmer. Der Junge litt unter einer seiner ewigen Ohrenentzündungen. Clara machte ihm einen Wickel. Setzte sich dann an sein Bett, um ihm eine Geschichte vorzulesen,

Es war einmal ein altes Schloss mitten in einem großen dicken Wald, darinnen wohnte eine alte Frau ganz allein

Es war einmal ein Soldat, der hatte dem König lange Jahre treu gedient

Es war einmal ein bitterarmer Junge, dessen Mutter gestorben war, und er hatte nichts von ihr geerbt als ein kleinwinziges Hirsekörnlein,

Das Kind lag in ihrem Arm, fieberheiß. Sie beugte sich über ihn. Atmete seinen bittersüßen Kindergeruch ein, legte die Wange auf seine blonden Locken.

Auf ihre eigenen Locken: die Tituskopf-Locken, die einst ihr eigenes Gesicht umflogen hatten, damals, als sie noch Studentin gewesen war, Clara muss hinuntergehen und nach ihrem Kind sehen!

Clara, auf dem Boden ihres Arbeitszimmers: Sie sitzt im Dunkel. Es ist offensichtlich spät. Sicher ist es längst Schlafenszeit für Hermann, Clara kann hier nicht sitzen bleiben.

Sie ist am Boden, sie muss sich aufraffen. Sie muss sich ihren mütterlichen Pflichten stellen: Aber Hermann liegt wahrscheinlich ohnehin längst im Bett. Martha wird ihn in der Küche abgefüttert und dann nach oben geschickt haben, und warum ist er dann nicht zu Clara hereingekommen? Warum hat er seiner Mama nicht gute Nacht gesagt,

Gut Nacht, gut Nacht, ihr Blumen all,

Neulich hat sie ihn mit einem anderen Kind verwechselt.

Sie kam von irgendwoher zurück. Sie ging den Faradayweg entlang, und mit einmal kam ihr ihr Kind entgegen, was tat denn der Junge hier? Er musste doch in der Schule sein. War er womöglich unwohl, hatte man ihn nach Hause geschickt? Aber der Junge dort hüpfte und sprang.

Sang dabei vor sich hin, selbstversunken, seine langen blonden Locken flogen. Sie stand schon im Begriff, seinen Namen zu rufen,

Hermann!

Da sah sie, dass es gar nicht Hermann war.

Wie hatte sie ihn überhaupt mit ihrem eigenen Sohn verwechseln können? Dieser Junge da sah nicht im geringsten aus wie Hermann. Er trug nicht Hermanns Kleidung. Er hatte ein vollkommen anderes Gesicht: ein spitznasiges mausartiges kleines Gesicht, mit fast farblosen Augen, vor allem aber war er kaum mehr als sieben oder acht Jahre alt, während Hermann am 1. Juni dreizehn wird. Hermann wäre höchlichst beleidigt gewesen, über diese Verwechslung mit einem Kinde, er ist ja kein richtiges Kind mehr.

Er ist auch kein Mann.

Er ist unterwegs, irgendwo auf der Strecke dazwischen. Er entfernt sich von Clara: manchmal hüpfend und singend wie ein Gassenjunge, manchmal aufrecht und ernst, in militärischer Haltung. Manchmal mit den Händen in den Hosentaschen, dem schleppenden, übellaunigen Gang eines alten Mannes,

Mama, lass mich. Jetzt lass mich doch,

Er entschwindet. Vielleicht wird er eines Tages ganz verschwunden sein: nicht mehr als ein kleiner dunkler Punkt, irgendwo fern am Horizont. Und Clara wird allein zurückbleiben und rufen und winken,

Mein Sohn! Warte doch! Hermann! Komm zurück, mein Sohn,

Vielleicht liegt es aber auch an ihr.

Vielleicht ist sie es, die ihm entschwindet. Neulich hat sie ihn nicht erkannt. Es war nur ein Moment. Nur ein winziger Moment, sie trat in den Garten hinaus. Eine Menge Jungen spielten dort Ball: Er hatte Schulkameraden eingeladen, ihr Blick glitt über die Jungen hinweg. Über diesen Haufen zukünftiger Männlichkeit, laut und lärmend, der einem Ball nachjagte, Hermann musste irgendwo mitten darunter sein. Ihr Blick erfasste ihn, glitt dann gleichgültig weiter: Und dann, einen Sekundenbruchteil später, überfiel sie das Wiedererkennen.

Es war ein Schreck. Ein eisiger Schreck, durchdringend, wie ein Schluck Säure, wie war dies möglich? Wie hatte sie ihr Kind nicht erkennen können, ihr eigenes Kind?

Seine Haare waren so dunkel.

Seine Locken waren abgeschnitten: ihre Tituskopflocken, Hermann bückte sich. Packte den Ball, holte aus. Warf ihn schwungvoll, wie beflügelt von diesem einen Moment, in dem seine Mutter ihn freigegeben hatte: Aber wo war denn ihr Kindchen hin? Was mochte nur aus ihm geworden sein?

Es war fort. Es war für immer verloren. Es war ausgetauscht

worden, gegen diesen stämmigen Jungen dort: dem nun ein Freund auf den Rücken schlug, dass es hallte, Hermann ist kräftig, für sein Alter. Er wird einmal eine ähnliche Statur haben wie sein Vater. Er gleicht seinem Vater von Tag zu Tag mehr. Er wechselt das Lager, er läuft zum Feind über,

So ein großer und berühmter Mann, und quält ein kleines Kind so!

Clara auf dem Boden ihres Zimmers erinnert sich an das Gelächter der Erwachsenen. Sie erinnert sich an das empörte Gesicht ihres Sohns: Hermann war damals vielleicht fünf gewesen, womit hatte Fritz wohl seinen Sohn gequält?

Vielleicht hatte er ihm das Lärmen untersagt. Vielleicht hatte er ihn ermahnt, nicht mit den Fingern in die Zuckerdose zu greifen. Vielleicht hatte er verlangt, dass Fritz endlich seine Scheu überwand und auf ein Pferd stieg, das war bei einem Urlaub in Pontresina gewesen.

1910. Im Sommer 1910,

Das Ende.

1910 war der Anfang vom Ende: Und wie ist es möglich, dass zwei Menschen verheiratet sind, in einem Haus leben, einen Sohn miteinander haben und dennoch zwei so völlig verschiedene Leben führen, als trennten sie Kontinente, als lebten sie in verschiedenen Kulturen oder zu verschiedenen Zeiten? Aber auch Wasser besteht aus zwei brennbaren Gasen,

Drei Lilien, drei Lilien,

Im April 1910 starb Richard Abegg, bei einem Unfall mit einem Heißluftballon. Der Ballon »Schlesien«, dessen Führer er gewesen war, hatte sich beim Landen aus der schon festgezurrten Vertäuung gerissen. Hatte alle Passagiere von Bord geschleudert, hatte allein Abegg mit sich in den Himmel hinaufgezogen, dann war er abgestürzt, aus großer Höhe.

Richard Abegg war noch am selben Tag seinen schweren Kopfverletzungen erlegen. Clara war drei Tage lang taub, stumm und blind. Bei der Beerdigung stand sie an der Seite von Abeggs Frau Lina. Dies war durchaus der Platz, der ihr zukam: Richard war ihr Doktorvater gewesen.

Er war ihr Freund gewesen, ihr Vertrauter, ihr Schutz und Schild, er war der Freund ihres Mannes gewesen und der Pate ihres Sohns und auch der, mit dem sie damals zu Fritz nach Karlsruhe gereist war: Und lag das wirklich erst neun Jahre zurück?

Waren tatsächlich schon neun Jahre vergangen, seit Ellis Mann Siegfried tot in der Kutsche zusammengebrochen war, auf der Fahrt von Breslau nach Oswitz?

Siegfried Sachs, der erste der Toten, ein paar Wochen nach Richard Abeggs Beerdigung folgte Hubert Sachs seinem Vater nach. Ellis fünfzehnjähriger Sohn, Claras Neffe: Er starb an einer Hirnhautentzündung. Elli kehrte Oswitz den Rücken und übersiedelte nach Breslau. Gab das Gut auf, mit einem Schulterzucken, wollte es nie wieder sehen, Fremde lebten nun im Herrenhaus und nannten es das ihre.

Fremde speisten unter dem Kronleuchter. Fremde nahmen den Kaffee im Wintergarten, als wären sie da zu Hause, spazierten dann hinunter zum Entenweiher,

Papa, was ist das Schicksal?

Und dann starb Claras Vater.

Es war der Herbst 1910. Philipp Immerwahr war nicht mehr: Und Clara kehrte zurück zu dem lieben Herrn Dr. Lasker, mit seinen fünf Mahlzeiten,

Juvivalleralleralala!

Und was bitte wirft Clara ihrem Mann denn vor?

Hat Fritz etwa nicht geweint, am Grab seines alten Freundes Richard? War er etwa nicht ehrlich erschüttert, über den Tod des kleinen Hubert, zutiefst betrübt über den seines Schwiegervaters?

Zu Beginn des Jahres 1910 wusste er es endgültig: Er war auf dem richtigen Weg.

Sie waren auf dem richtigen Weg. Fritz Haber von der Karlsruher Hochschule, Carl Bosch von der BASF und Boschs Assistent Alwin Mittasch: Sie näherten sich nun tatsächlich dem Ziel. Die Bindung des Luftstickstoffs in industriellen Maßstäben konnte gelingen. Die Gewinnung von Ammoniak in einem katalytischen Hochdruckverfahren, das den Grundstein für die gesamte technische Hochdruckchemie legen würde, Mittasch hatte endlich den richtigen Katalysator gefunden. Er hatte entdeckt, dass das billige und praktische Eisen dem zuvor verwendeten Uran und Osmium gleichwertig war, die BASF meldete den Haber-Bosch-Prozess zum Patent an. Im März hielt Fritz einen Vortrag im Naturwissenschaftlichen Verein zu Karlsruhe.

Er sprach generell. Er philosophierte über den Stickstoff, aus dem jede Pflanze das pflanzliche Eiweiß aufbaut, das Mensch und Tier als Nahrung dient. Er sprach über die Lufthülle der Erde, die zu über 70 % aus Stickstoff besteht. Er erwähnte den Fehler im Gefüge der Schöpfung, der es Pflanzen unmöglich macht, den Luftstickstoff unmittelbar zu nutzen, sodass ihre Stickstoffversorgung abhängig war von Mikroorganismen im Boden, Knöllchenbakterien in den Wurzeln etwa von Bohnen, elektrischen Entladungen bei Gewittern und natürlich der Düngung mit Chilesalpeter. Und schließlich deutete er an, die Brillanz menschlicher Geisteskraft könnte womöglich ein Verfahren entwickelt haben, das diesen Fehler der Natur insoweit korrigierte, dass es zwar nicht den Pflanzen, wohl aber dem Menschen die gelenkte Nutzung des Luftstickstoffs möglich machte, er beließ es bei diesen Andeutungen.

Der Vortrag wurde nur in Auszügen veröffentlicht: Aber die Auszüge und Andeutungen genügten vollständig. Was war das, was hörte man da? War das wahr? Hatte Fritz Haber tatsächlich eine Möglichkeit gefunden, mittels der Stickstoffbindung Salpetersäure in unbegrenzten Mengen zu gewinnen?

Fritz verweigerte alle Auskünfte.

Hob bedauernd die Hände: An ihm lag es nicht. Er hatte der BASF Geheimhaltung geschworen, er durfte nichts sagen: Aber der Haber-Bosch-Prozess war nun kein Geheimnis mehr.

Fritz war kein Geheimnis mehr. Er war ein Lied auf allen Lippen, ein Name im Munde der gesamten Fachwelt. In den Sommerferien in Pontresina erhielt er einige äußerst bedeutsame Besuche.

Die Herren gingen miteinander auf Bergtour. Sie lunchten zusammen, sie führten sondierende Gespräche, im Herbst wurde es dann ganz offiziell. Fritz Haber sollte nach Berlin kommen.

Clara nahm Wannenbäder bei Dr. Lasker, und Fritz wurde der Direktorenposten für ein noch zu gründendes Forschungsinstitut für physikalische Chemie und Elektrochemie in Berlin angeboten: Das hatte Leopold Koppel zur Bedingung gemacht.

Der schwerreiche Bankier und Industrielle, Mäzen junger Künstler und Gelehrter: Er wollte sehr gern ein paar Millionen für die Grundlagenforschung ausspucken. Aber nur, wenn Fritz Haber die Leitung übernahm. Anderenfalls gäbe es keinen Pfennig: Und was war Fritz nun sein Leben in Karlsruhe? Was waren ihm die Jahre an der Hochschule, was die Abende im Stadtgarten, bei einem Bier mit Freunden, Kollegen? Was war ihm die Tischgesellschaft? Was die große schöne Wohnung? Gut, in Berlin würde er nicht mehr lehren müssen. Er würde Grundlagenforschung betreiben können, so viel er wollte, er würde nur noch der reinen Wissenschaft verpflichtet sein: Aber er hatte doch gern gelehrt. Er hatte nie an die reine Wissenschaft geglaubt. Er hatte immer den praktischen Nutzen gesucht, warum blieb er nicht, wo er war?

Warum genoss er nicht, was er sich aufgebaut hatte, Fritz war in Karlsruhe wohlhabend geworden. Er war hier berühmt geworden, weit über die Grenzen Deutschlands hinaus. Seine Studenten verehrten ihn, sein Laboratorium zog Mitarbeiter aus aller Welt an,

Ihr Wolken, wandert ohne Rast,
Deckt nur den Himmel zu,

Es gab keine Rast. Fritz konnte nicht stehen bleiben. Er konnte nicht in Gelassenheit genießen, so wenig wie Dr. Faust oder Kapitän Ahab oder der Fliegende Holländer: Und hatte er Clara nicht früh genug gewarnt?

Hatte er es nicht deutlich genug gesagt, schon damals bei den Tanzstunden im Hause seines Onkels,

Dieser Drang, sich herauszureißen aus den engen Verhältnissen der Umgebung. Den Hafen hinter sich zu lassen um jeden Preis und hinauszufahren in das unbegrenzte Meer des Lebens und der Zukunft, von keinem anderen Richtstern geleitet als dem eigenen Willen und Streben,

Und nun war es eben wieder soweit. Nun setzte er wieder die Segel. Nun endlich nahm er Kurs aufs offene Meer, auf die unbekannte Leere hinter dem Horizont. Und Leopold Koppel würde ihm seine Santa Maria erbauen: Das Institut, das ganz nach seinen Wünschen gestaltet werden sollte, im Sommer 1911 siedelten die Habers nach Berlin über, damit Fritz den Bau seines Instituts und seiner Dienstvilla besser beaufsichtigen konnte. Im Herbst 1912 wurde das Institut eröffnet. Das Kaiser-Wilhelm-Institut für physikalische Chemie und Elektrochemie, wie es nun hieß,

Die Wehrmacht und die Wissenschaft sind die beiden starken Pfeiler der Größe Deutschlands!

Zum Präsidenten der Gesellschaft wurde von Harnack gewählt, der diese Worte einst in seiner Denkschrift formuliert hatte. Zur Einweihung erschien der Kaiser höchstpersönlich. Die Damen hatten den Hofknicks geübt, die Herren waren im Schwalbenschwanz, hinterher winkte Fritz ungeduldig ab.

Ja, nun ja, sicher. Der Kaiser. Die Macht. Aber darum ging es ja nicht. Deutschland, das war mehr als der Kaiser. Deutsche Wissenschaft war mehr als der Kaiser, worum es ging, das war Fritz' eigenes Institut. Dieses Institut würde ihn endlich frei machen. Es würde ihn endlich unabhängig machen: Aber Fritz selbst war ja nicht unabhängig.

Man hatte ihn doch vor allem gewählt, weil er der Industrie so nahe stand, vielleicht gab es überhaupt keine Unabhängigkeit.

Vielleicht gibt es sie nicht. Vielleicht gibt es allenfalls eine Balance unterschiedlicher Interessen. Eine so haarfeine Balance, dass es beinahe wie Unabhängigkeit aussieht, weil die Abhängigkeiten einander auszutarieren scheinen, Fritz' Institut war ja nur die erste von vielen Forschungsstätten der Kaiser-Wilhelm-Gesellschaft. Der preußische Staat stiftete die Grundstücke und die Beamtenstellen für die Direktoren, aber auch Industrie, Landwirtschaft, Bankiers und grundbesitzender Adel taten das ihre, jeder wollte mit dabei sein, freilich bestand völlige Freiheit der Forschung!

Das war doch überhaupt der Sinn der Sache: Aber Spenden konnten ja wohl auch zweckgebunden sein. Zuwendungen konnten unter Bedingungen erfolgen, die Stimmen der einzelnen Institutsbeiräte mussten entsprechend ihrer Bedeutung gewichtet werden,

Dein Institut!

Das sagte Fritz zu Koppel.

Klopfte ihm auf die Schulter, erhob sein Glas,

Na, mein Lieber. Auf dich. Soll ich dir mal in Kürze berichten, was wir gerade so treiben, an deinem Institut,

Es war die Silvesternacht 1913/1914. Sie saßen in einer Loge im Berliner Sportpalast. Koppel hatte geladen, zu Berlins größter Silvesterfeier: Er wollte das neue Jahr diesmal ganz populär einläuten, in einem öffentlichen Rahmen, in der Arena tanzte das Volk. Amerikanische Tänze zumeist: Ragtime, Tango, Twostep, Cakewalk,

Seit Tango uns bekannt ist,
Berlin ganz plümerant ist,
Es wird der Großberliner
zum Tangoargentiner,

In der Loge gab es Champagner, Austern. Hummermayonnaise. Einer der Herren beugte sich zu den anderen vor,

Es ist doch im Grunde alles nur eine wirtschaftliche Frage, meine Herren. Es geht um Rohstoffe, es geht um Märkte. Es geht um die Notwendigkeit deutscher Weltmachtpolitik, ohne die unsere Wirtschaft nicht wächst, wir müssen global denken! Mag ja sein, dass die Zeit der Eroberungskriege vorbei ist, aber was ist mit dem Export? Der Export ist für Deutschland lebenswichtig. Und der Schutz des Exports verlangt nun einmal unbedingt die weitere Verstärkung der Kriegsmarine,

Wehren wir uns entschieden gegen die friedliche Unterjochung durch die Amerikaner! Das hat uns Rathenau schon 1908 dringend ans Herz gelegt, in seinen »Reflexionen«. Der

Mann hat schon damals gesehen, dass Europa wirtschaftlich mehr und mehr zurückfallen wird. Und innerhalb Europas fällt Deutschland zurück. Wenn wir so weitermachen, verschwindet Deutschland von der Karte der wirtschaftlich bedeutenden Nationen. Wenn wir so weitermachen, dann sind wir in ein paar Jahren ein Freilandmuseum. Dann lösen die Mitglieder der erfolgreicheren Wirtschaftsnationen an den Grenzen der alten Welt eine Eintrittskarte, und wir müssen unseren üblichen Tätigkeiten obliegen, als wäre es ernst. Wir dürfen dann den Amis oder den Japanern oder sonst wem unsere Tänze zeigen und unsere traditionellen Handwerkstechniken, und sie sehen uns dabei zu, wenn wir heiraten und feiern und trauern und unsere Mütter und Väter zu Grabe tragen. Und wenn wir sie gut unterhalten haben, bekommen wir vor ihrer Abreise Trinkgeld,

Die globalen Räume müssen gerechter verteilt werden, darum geht es. Wir brauchen die Hochrüstung. Wir brauchen den wirtschaftlichen Aufschwung, und den bringt die Hochrüstung, und davon wird langfristig auch der Arbeiter profitieren,

Deutschland wird sich den großen Aufgaben der Moderne nicht versagen! Wir spielen mit, mit uns wird man rechnen müssen, Deutschland ist nicht länger zerrissen. Es ist wieder vereint. Es ist wieder eine einige Nation, wir gehen unverkrampft um mit unserem Volkstum. Wir gehen gänzlich unverkrampft um mit der Vergangenheit, der Deutsche an sich ist friedliebend! Aber wir müssen unsere weltpolitische Verantwortung wahrnehmen. Wir müssen die Interessen unserer Verbündeten wahren,

Das hohe Gemütsleben des Deutschen gibt ihm das Recht, mitzuspielen in der Weltpolitik! Unsere Werte. Unser Fleiß, unsere Kunst, unser Pflichtbewusstsein. Treue Ehre Stärke der Nation,

Das deutsche Volk ist wie eine große Familie. Innerhalb einer Familie gibt es schon einmal Unfrieden oder Missstimmigkeiten. Aber wehe, wenn Gefahr von außen droht! Dann rückt man zusammen, dann steht man zueinander. Wenn die große Familie der Nation in Gefahr ist, dann wird jedes ihrer Mitglieder kämpfen bis zum Letzten,

Die Nation ist ein Organismus! Ein Organismus, im Kampf ums Dasein, für den nichts zählt als das Recht des Stärkeren. Diesen Organismus gesund zu erhalten, dem muss unser ganzes Streben gelten. Die derzeitigen innenpolitischen Querelen und Gegensätze sind doch nichts anderes als Krankheiten, die ein Krieg schnell kurieren würde,

Das deutsche Volk ist bei der letzten Teilung der Welt zu kurz gekommen. Weg mit den Polen! Weg mit den minderwertigen Völklein der Tschechen und Slowenen. Lasst sie getrost ihr für die Zivilisation nutzloses Dasein einbüßen, das deutsche Volk braucht Lebensraum im Osten! Und was, wenn es zum Krieg kommt? Der Krieg ist eine ökonomische und biologische Notwendigkeit zur Weiterentwicklung der deutschen Rasse, ein Akt schöpferischer Lebenskraft, der große Arzt und Gärtner, der die Menschheit auf ihrem Wege zur Höherentwicklung begleitet. Er stärkt die alten deutschen Tugenden: Fleiß, Pflichterfüllung und bodenständigen Konservativismus. Und als erstes sage ich: Weg mit den Juden,

Plötzlich Stille.

Die anderen rutschten von dem Sprecher ab. Wer hatte denn den da mitgebracht? Einen Antisemiten. Einen offensichtlichen Anhänger des Alldeutschen Verbands, dessen Parolen aus jedem seiner Wort klangen, wusste der Kerl denn nicht, wo er war? Wusste er nicht, wie man sich hier benahm? Was man sagen konnte und was keinesfalls ging, in der Loge von Leopold Koppel: der ihn nun natürlich kühl hinauskomplimentierte,

Seit Tango uns bekannt ist,
Berlin ganz plümerant ist,
Es wird der Großberliner
zum Tangoargentiner,
Und warum wohl darf Duisberg immer überall bleiben?

Carl Duisberg, Herr der Farbenfabriken Bayer Leverkusen und Gründer der Interessengemeinschaft Farben: Ihn wirft niemand irgendwo hinaus. Für ihn fliegen alle Türen auf. Carl Duisberg ist natürlich auch kein Mitglied des Alldeutschen Verbands. I wo! Er fördert ihn nur mit großen Summen. Das Geschrei überlässt er tunlichst dem Fußvolk, Carl Duisberg war bei den Versuchen in Köln-Wahn dabei. Er war auch letzte Woche in Ypern dabei,

Er ist widerwärtig, Fritz, siehst du das nicht? Er ist eiskalt, dein Duisberg. Der ist ein Antisemit, aber er verstellt sich, der duldet dich doch nur, solange er dich braucht! Du wirst es noch sehen. Kerle wie die von der IG Farben! Du wirst es noch erleben, wie sie sich gegen dich wenden, für die zählen nur ihre Gewinne. Denen würde es gar nichts ausmachen, wenn du selbst an dem Gas ersticktest, das sie nach deinen Rezepten brauen,

Und wie konnte Clara so etwas sagen?

Fritz war außer sich geraten.

Wie konnte sie seinen Freund Duisberg beleidigen, den König von Leverkusen? Einen der wenigen Industriellen, der ein Herz für seine Arbeiter hatte, Clara verkannte ihn ja vollständig! Sie wusste gar nicht, wie viel großherzige Wohlfahrtsunternehmen Duisberg für seine armen Arbeiter geschaffen hatte: die deshalb auch niemals gegen ihn aufzumucken, gar irgendwelche Rechte einzufordern gewagt hätten, was hatte denn Clara diesem Mann vorzuwerfen? Er war ja inzwischen auch Fritz' persönlicher Freund: Und ist es Fritz wirklich egal, von wem er geliebt wird?

Glaubt Fritz tatsächlich blindlings und dankbar jeglicher Sympathiebezeugung? Verliert er sofort seine kritischen Fähigkeiten, über ein wenig menschlicher Wärme, wie ein nach Zuneigung hungerndes Kind,

In den Jugendjahren eines jeden deutschen Juden gibt es einen schmerzlichen Augenblick, an den er sich zeitlebens erinnert, wenn ihm zum ersten Male voll bewusst wird, dass er als Bürger zweiter Klasse in die Welt getreten ist und keine Tüchtigkeit und kein Verdienst ihn aus dieser Lage befreien kann. Und daran wird auch dieser Krieg nichts ändern. Im Gegenteil. Je mehr Juden in diesem Kriege fallen, desto nachhaltiger werden ihre Gegner beweisen, dass sie sämtlich hinter der Front gesessen haben, um Kriegswucher zu betreiben,

Das hat Rathenau neulich gesagt. Fritz hat ihm leidenschaftlich widersprochen. Hat sich einmal mehr heftigst erregt,

Wie kann der Mann das sagen? Wie kann er die Motivation deutscher Juden zunichtemachen, sich in den Dienst am Vaterland zu stellen,

Aber das wird Rathenau kaum beabsichtigt haben. Der jüdische Präsident der AEG Walther Rathenau: ein ebenso begeisterter Preuße wie Fritz, er hat die Kriegsrohstoffabteilung gegründet, zu der auch Fritz Haber als Chef der Zentralstelle für Chemie gehört hat. Inzwischen hat Fritz das Amt aber wieder niedergelegt. Er hat Querelen mit Rathenau vorgeschoben: Aber in Wahrheit war ihm der Posten als solcher lästig, nun ist er wieder nur noch Professor Haber, Beirat des Kriegsministeriums.

Nun ist wieder nur noch er selbst wichtig, nicht das Amt: Das Kriegsministerium hat Fritz die Aufgabe übertragen, zusammen mit den Vertretern der großen Chemiefirmen den

Ausbau der Ammoniak- und Salpeterproduktion zu koordinieren, Fritz selbst ist die Macht. Seine Persönlichkeit ist es, die alles trägt, nicht irgendeine Stellung, deren personelle Besetzung austauschbar wäre, Clara sitzt noch immer auf dem Boden.

Auf dem Boden in ihrem Zimmer, über den Räumen, in denen sie Fritz feiern, er ist ein Koloss. Er erdrückt sie. Zerdrückt sie, hält sie nieder, bei Kriegsausbruch war er gerade zur Kur in Karlsbad, krank an Gemüt und behaftet mit Gallensteinen.

Er kehrte sofort wieder zurück. Stellte sich sofort der Armee zur Verfügung, zusammen mit seinem Freund und Kollegen Willstätter: Und diesmal brauchte man ihn tatsächlich. Diesmal machte man ihn zum Offizier. Genau wie er es sich gewünscht hatte, damals als Einjährig-Freiwilliger zu den Zeiten der Breslauer Tanzabende, als er in Militärstiefeln ins philosophische Seminar gestapft war,

Junge Leute von Bildung, welche sich während ihrer Dienstzeit selbst bekleiden, ausrüsten und verpflegen, und welche die erworbenen Kenntnisse in dem erforderlichen Umfange dargelegt haben, werden nach einjähriger Dienstzeit zur Reserve beurlaubt. Sie können nach Maßgabe ihrer Fähigkeiten und Leistungen zu Offiziersstellen der Reserve und Landwehr vorgeschlagen werden,

Damals hatte man ihn abblitzen lassen. Aber um manche Dinge des Herzens musste man eben zweimal ersuchen,

Wehrkraft und Wissenschaft! Die Pfeiler der Größe Deutschlands!

Fritz hatte Tränen in den Augen, als er die Ernennung zum Hauptmann bekam. Hatte die Hand gegen die Brust gepresst, wie ein übererregbarer Backfisch: Und hatte er als junger Mann etwa den militärischen Dienst genossen? Hatte es ihm Spaß gemacht zu dienen? Clara Immerwahr trug ein Kleid in

Lindgrün und Rosa, im großen Salon von Onkel Hermann. Lauschte Fritz Haber, der mit Max Hamburger sprach,

Ah, Max. Die geräuschvolle Einsamkeit des Schießplatzes. Da muss man sich in die Tiefen des Wortes Wurschtigkeit hineindenken. Mit der Devise »auch egal« kann dann ja beinahe kommen, was will,

Jetzt steht Fritz Haber in vorderster Front.

Jetzt reitet Fritz Haber über die Felder von Flandern, er fürchtet nichts. Er ist energiegeladener denn je. Der Krieg beflügelt ihn. Das Wilde, das Geballte. Das Ungeheure des Tötens und Überlebens, das seinen Hunger nach starken Reizen befriedigt, nach ungeheuren, grundsätzlichen Dingen, nach dem Verschwinden der Kleinlichkeiten, er liebt die Konzentration all seiner Kräfte auf das Wesentliche. Er genießt den Rausch, alle verfügbaren Energien einzubringen für die eine Sache, an die er mit Leib und Seele glaubt: Deutschland, er hat sein Institut ganz und gar für den Krieg organisiert.

Der Krieg hat den Radius all seiner Möglichkeiten erweitert. Einst hatte er fünf Mitarbeiter, nun sind es 1500. Einst war er ein Forscher vor einer Laboratoriumsapparatur, nun ist er ein Gründer von Industrien, ein Retter des Vaterlands: An dem er hängt wie ein Heimatloser, und bildet er sich ein, er gehört jetzt dazu?

Meint er, jetzt hätte er es endlich allen bewiesen, dass er mit Leib und Seele ein Deutscher ist, ein aufrechter Preuße und glühender Patriot,

Sie kommen nicht mehr um mich herum! Um mich kommt man heute nicht mehr herum, ich bin einer der mächtigsten Männer Deutschlands, Clara. Ich weiß nicht, ob du dir das überhaupt klarmachst. Ob du dir die Verantwortung klarmachst, die auf mir lastet, ich bin mehr als ein großer

Heerführer, mehr als ein Industriekapitän. Ich bin ein Gründer von Industrien. Meine Arbeit ist wesentlich für die wirtschaftliche und militärische Expansion Deutschlands. Alle Türen stehen mir offen, und warum? Weil die weiteren Kriegsaussichten im Grundsatz mit meiner Arbeit stehen und fallen,

Viele Finger strecken sich nach den Subventionsmillionen des in die Enge getriebenen Reiches aus. Allzu viele Finger: Die bayerischen Stickstoffwerke bilden sich ein, ihr Caro-Verfahren durchdrücken zu können, bei dem Kalkstickstoff entsteht, wenn Calciumcarbid bei hohen Temperaturen mit dem Lufstickstoff reagiert. Nun und? Das Verfahren ist viel zu teuer. Und dann muss der Kalkstickstoff erst noch in Ammoniak zurückverwandelt werden, damit man in einem weiteren Schritt Salpetersäure gewinnen kann, die Sache ist vollkommen unwirtschaftlich! Allerdings steht hinter den Bayern ein Konsortium unter Führung der Deutschen Bank. Das ist nicht zu unterschätzen. Und einer dieser Leute wiederum hat irgendwas mit den Beamten vom Landwirtschaftsministerium zu tun, die mit dem Kalkstickstoff etwas anzufangen wüssten, auch die Gewinnung von Zechenammoniak ist noch immer nicht vom Tisch.

Aber hier sind die Mengen doch nicht beliebig zu steigern, hat man das nicht inzwischen oft genug durchgesprochen? Muss das denn immer wieder aufgewärmt werden, nein, das ist alles Schnee von gestern. Alle diese Wege zur Salpetergewinnung sind überholt. Sie alle haben sich längst als Sackgassen erwiesen: Bewähren kann sich nur das Haber-Bosch-Verfahren, natürlich können die Beamten des Ministeriums das allein überhaupt nicht durchschauen. Was weiß ein Staatsbeamter denn von Chemie? Und wie will er sich ohne Hilfe im Geflecht der wirtschaftlichen Interessen zurechtfinden? Die Zechenbarone, die Farbenchemie, die Kalkstickstoffindustrie und die Deutsche Bank, dazu eine ganze Reihe von Einzelpersonen: Jeder kocht sein eigenes Süppchen, ohne Fritz wäre der Staat verloren.

Das Ministerium braucht Fritz Haber: der den Weg vorgibt. Der energisch die Richtung weist: genau die, in der die Interessen der BASF liegen, er unterrichtet auch die Leitung der BASF über alles, was im Kriegsministerium vertraulich verhandelt worden ist.

Er macht nicht einmal ein Geheimnis daraus. Er hat das Ministerium ganz korrekt darauf hingewiesen, dass ihm persönlich daran gelegen ist, die Salpeterproduktion nach dem Haber-Bosch-Verfahren anzukurbeln. Er hat es klar und deutlich gesagt: An jedem Kilo des so erzeugten Ammoniaks verdient er 1,5 Pfennige, und wie viel wird zur Zeit produziert?

Das Ziel liegt bei 25 Millionen Kilo Salpeter im Monat. Im Kriegsministerium hat man Fritz' Äußerungen zur Kenntnis genommen. Aber man glaubt, auf Professor Fritz Habers Sachverstand unmöglich verzichten zu können: Und ist es denn verwerflich, wenn Fritz sich für das Haber-Bosch-Verfahren einsetzt? Ist es verwerflich, wenn er seinem eigenen Verfahren zum Sieg verhilft, es ist doch tatsächlich das beste!

Es ist das einzig brauchbare. Es ist das einzige, das dem Staat die benötigten Mengen garantieren kann, sicher, ohne den Krieg wäre es vielleicht nie in großem Stil zum Einsatz gekommen.

Im Frieden wäre das Haber-Bosch-Verfahren kaum wettbewerbsfähig gewesen, gegen die Konkurrenz des ausländischen Chile-Salpeters. Aber nun schützt die englische Blockade dieses zarte Pflänzchen deutscher Wissenschaft vor den rauhen Winden des internationalen Marktes: Und zusätzlich begießt es der Staat mit Millionen. Die BASF erhält Staatszuschüsse, billige Darlehen für die schnellstmögliche Errichtung riesiger Salpeteranlagen. Die Mitarbeiter der BASF sind vom Dienst an der Front freigestellt. Alles geschieht, was erforderlich ist, natürlich hat der Staat auch die Abnahme garantiert. Die BASF trägt keinerlei unternehmerisches Risiko.

Der Staat wird ihr jedes Gramm Kunstsalpeter aus den Händen reißen, da muss sich die Firma gar keine Sorgen machen, im Gegenzug hat Carl Bosch ein Versprechen abgelegt.

Er hat dem Kaiser persönlich Salpeter versprochen: so viel Salpeter, wie das Reich benötigt, selbstverständlich wird man unter Verzicht auf Gewinn liefern, zum Selbstkostenpreis von 1,10 Mark für das Kilo. So ist es vertraglich festgelegt, natürlich hat sich die BASF nicht zu den wahren Herstellungskosten geäußert. Die aber ohnehin sinken werden, wenn mehr und immer mehr Salpeter produziert wird, wie immer der Krieg ausgeht, die BASF hat schon gewonnen.

Das Haber-Bosch-Verfahren hat gewonnen: Es wird die Salpeterproduktion der Welt dominieren, vor allem, nachdem die BASF sich nun bereit erklärt hat, ihr Know-how zum Wohle des Vaterlandes freizügig mit Duisbergs Bayer und der Agfa zu teilen. Mit den anderen beiden Firmen der Interessengemeinschaft Farben: der bedeutendsten Konzentration in der deutschen chemischen Industrie, die es je gab, sie hätten niemals nach Berlin gehen sollen.

Das ist es vielleicht.

Sie hätten die Hauptstadt meiden und in Karlsruhe bleiben sollen, in der Provinz, fern der Macht: Und könnte Clara Mileva folgen?

Könnte sie gehen?

Könnte sie freiwillig gehen? Könnte sie Berlin verlassen: das kalte, graue Berlin mit seinen düsteren Wohnquartieren, mit seinen schrillen Vergnügungen, seinen wüsten Festen in Weinlokalen und Musikcafés, mit den Soldaten an den Straßenecken, noch verdreckt vom Grabenkrieg, verstümmelt, verunstaltet, von ihrer ewigen Angst geschüttelt, könnte Clara fliehen? Könnte sie nach Hause fliehen, zurück nach Breslau,

Ihr Wolken, wandert ohne Rast,
Deckt nur den Himmel zu,
Clara sitzt nun nicht mehr auf dem Boden.

Sie ist aufgestanden, wieder ans Fenster getreten. Unten fällt der Widerschein des Lichts aus Wintergarten und Speisezimmer auf den Rasen, wohin könnte Clara sich flüchten?

Wohin würde der Wind ihren Ballon tragen, wenn sie die Seile kappte, alle Bindungen löste, Clara sitzt nicht mehr am Boden: Die leisen Schritte der Toten huschen über den Boden.

Der Vater, die Mutter, der Schwager, der Neffe. Abegg, das Lieserl und Otto Sackur, würde Otto noch leben, wenn Fritz in Karlsruhe geblieben wäre? Otto war ein Freund, ein Verbündeter.

Abegg war ein Verbündeter: Aber es ist an der Zeit, auch diese Lüge fallen zu lassen. Es ist bitter, bitter. Sich dies einzugestehen schmerzt fast unerträglich: Aber die Wahrheit darf jetzt nicht mehr egal sein. Es darf jetzt nicht mehr gleichgültig sein, wie irgendetwas in Wirklichkeit ist: Und wie oft hatte Abegg keine Zeit für Clara, bei seinen Besuchen?

Sie freute sich immer unmäßig, wenn er sein Kommen nach Karlsruhe ankündigte. Dies war der richtige Besuch. Dies war der allzeit Willkommene, sie kochte, buk, wusch, putzte, polierte, schmückte das Haus mit Blumen. Richard kam auch richtig an, er begrüßte alle. Hatte für alle etwas mitgebracht, hielt Claras Hand, umarmte Fritz. Scherzte und lachte mit dem kleinen Hermann, sie tranken miteinander

Kaffee. Abegg erkundigte sich nach Claras Befinden. Richtete Grüße von Lina aus, berichtete das Neueste aus der Familie. Erzählte den neuesten Breslauer Klatsch, erzählte ein wenig von den Entwicklungen an der Universität, dann empfahlen sich die Herren auf einen Spaziergang, um eine Zigarre zu rauchen.

Oder wollte Clara mitkommen?

Sie war natürlich herzlich eingeladen. Aber sie gingen nur eben auf einen Sprung hinüber in Fritzens Laboratorium, sie würden ohnehin gleich wieder da sein, Clara lehnte ab. Sie wollte doch, dass es Abegg gefiel. Sie wollte, dass Abegg wiederkam. Er sollte sich hier so wohl wie nur möglich fühlen.

So wohl wie zu Hause. So wohl und daheim, wie man sich auf Gut Oswitz zu fühlen pflegte, wo die Mutter zuverlässig für alles sorgte, während der Vater mit den Gästen hinunter zum Weiher schritt, sie wusste, dass Richard Abegg sich auf den wissenschaftlichen Austausch mit seinem Freund Fritz freute.

Sie wusste, die beiden alten Freunde genossen es, gemeinsam im Stadtgarten noch ein Glas Bier zu trinken, Clara kümmerte sich derweil um das Abendessen.

Ging in die Küche, legte selbst mit Hand an, die Männer freuten sich über das Festmahl, wenn sie zurückkamen. Abegg sprach allen Gerichten ausführlich zu. Richard Abegg, ihr Doktorvater: Er pries entzückt Claras Kochkunst. Und wie oft fuhr er am nächsten Tag wieder ab, ohne auch nur eine halbe Stunde für sie übrig gehabt zu haben?

Obwohl er doch wusste, dass es ihr sehnlichster Wunsch war, mit ihm unter vier Augen zu reden. Aber es hatte sich eben wieder einmal nicht machen lassen, die Zeit war einmal mehr zu knapp bemessen gewesen. Es tat ihm leid, sicher dann beim nächsten Mal, sie kann es ihm nicht einmal vorwerfen, dass er ihr auswich.

Freilich war Fritz ihm der interessantere Gesprächspartner.

Die Stimme des Siegers klingt immer angenehmer. Sie klingt voll und weich, nicht dünn und schrill wie die Stimme des Besiegten: Aber tut sie Abegg nicht unrecht?

Sie tut ihm noch nicht unrecht genug.

Er wich ihr nicht aus, nicht einmal das. Er erkannte ganz einfach nicht die Stärke ihres Wunsches. Er bemerkte es nicht, dass sie sprechen musste, mit ihm sprechen musste, er bemerkte nichts. Er war satt: Und der Satte versteht den Hungrigen nie. Der Hungrige kann nicht Freund des Satten sein, niemals, unter keinen Umständen: Und hat sie dann wenigstens Otto auf ihrer Seite gehabt?

Otto Sackur, ihr Opponnent bei der Verteidigung ihrer Doktorarbeit in Breslau. Charlottes Bruder: der an der Tür klopfte, um zu sehen, woher das wilde Gelächter im Zimmer seiner Schwester stammte, Charlotte stand da, inmitten ihrer langen schwarzen Haarsträhnen, die den Boden um sie bedeckten. Das Skalpell hatte sie noch in der Hand. Otto starrte sie an. Dann brach auch er in Gelächter aus,

Lotta! Wie siehst denn du aus. Und Fräulein Immerwahr auch! Aber das nenne ich doch einmal mutig. Und es hat Schick. Es hat Schneid, das kurze Köpfchen, das muss ich sagen,

Otto hat Fritz in allem unterstützt.

Er hat Seite an Seite mit Fritz gearbeitet. Er hat für Fritz gearbeitet, er hat Fritz verehrt. Er forschte drüben im Institut, über die Entartung idealer Gase, Fritz brachte ihn manchmal abends mit nach Hause. Auch über diese Besuche freute Clara sich immer, natürlich richtete er bei Tisch seine Worte eher an seinen Chef als an seine ehemalige Kommilitonin.

Natürlich hatte er Clara längst abgehängt. Hatte sie wissenschaftlich weit hinter sich gelassen,

– sieht man doch, dass die Entropie der Logarithmus des von dem Teilchen eingenommenen Volumens ist, und zwar in Einheiten von λ3,

Und würde Otto noch leben, wenn Clara Fritz nicht geheiratet hätte? Otto ist noch nicht lange tot. Er ist am 17. Dezember 1914 gestorben, dort drüben im Institut, zu dessen blinden dunklen Fenstern Clara hinüberblickt,

Aber er war nicht gleich tot. Er war nicht sofort tot,

Clara schluchzt auf, einmal, trocken. Es klingt wie ein nervöses Atemholen. Wie ein Fisch auf dem Trockenen, der an den Gasen der Luft erstickt, was wäre geschehen, wenn Clara keine Verbindung zwischen Otto und Fritz hergestellt hätte?

Dann hätte es sicher Abegg getan. Hatten Claras Handlungen also keinerlei Einfluss? Was wäre denn geschehen, wenn Clara Fritz Haber niemals geheiratet hätte?

Alles wäre genauso gekommen.

Für die Männer wäre alles ganz genauso gekommen. Für Fritz hätte sich überhaupt nichts geändert: Er hätte nur häufiger außer Haus gespeist, und ist es also gleichgültig, dass Clara ihn geheiratet hat? Ist es ohne Bedeutung, dass sie an seiner Seite gelebt hat? Sind demnach ihre Opfer, ist ihr ganzes Leben ohne Bedeutung gewesen, vielleicht ist dies die entscheidende Frage.

Vielleicht ist es das, was sie sich fragen muss: Hat es einen Unterschied gemacht, dass Clara Immerwahr gelebt hat, Clara ist eine Wissenschaftlerin! Sie muss diese Frage beantworten können.

Sie muss einen Schritt nach dem anderen tun. Sie hat das gelernt. Sie hat gelernt, systematisch vorzugehen, sie kann zeitliche Abfolgen erkennen, Ursache und Wirkung unterscheiden, Clara gehört zum Innersten der modernen Zivilisation. Zur Gemeinschaft der Wissenschaftler: oder vielleicht auch nicht.

Vielleicht hat sie nie dazugehört.

Vielleicht war sie nie eine Wissenschaftlerin. Denn wenn ein Ding wirklich etwas Bestimmtes ist, wie kann es dann aufhören, dieses Bestimmte zu sein? Wie kann es aufhören zu sein, was es durch und durch ist, ohne gänzlich aufzuhören zu sein?

Und Clara ist noch am Leben.

Das ist der Beweis. Das spricht gegen sie. Clara ist immer noch da: Also ist sie keine Wissenschaftlerin, und sie war es nie, nun also, fort auch damit! Wissenschaft ist nichts anderes als ein weiteres Werkzeug in den Händen des Weltenerschaffers. Er lacht sicher vor Freude. Dieser Gott mit seiner Vorliebe für Wortspielereien: Er ist bestimmt beglückt, dass Fritz Haber ihm auf die Schliche gekommen ist. Ihm und seiner Salpetersäure: mit der man das Kornfeld so gut bedient wie das Schlachtfeld, den Kartoffelacker wie den Totenacker, ist das nicht poetisch? Wäre es nicht schade gewesen, wenn das unentdeckt geblieben wäre?

Oder vielleicht ist Clara auch schlicht im falschen Jahrhundert geboren. Von Ort und Stunde der Geburt hängt doch alles weitere ab. Was, wenn Clara erst hundert Jahre später zur Welt gekommen wäre, am 21. Juni 1970?

Was, wenn heute der 1. Mai 2015 wäre? Wenn sie zu Beginn eines neuen Jahrtausends an diesem Fenster stünde, wäre dann auch Krieg? Oder werden im Mai 2015 längst alle Waffen abgeschafft sein? Wird Alfred Nobel recht behalten haben?

Der Erfinder des Dynamits: der zu Berta von Suttner gesagt haben soll, sehr gern wolle er ihr zuliebe noch einen Nobelpreis für besondere Bemühungen um den Frieden einrichten. Aber wahrscheinlich würde doch sein Dynamit mehr Kriege verhindern als ihr Friedensnobelpreis. Denn wozu noch kämpfen, wenn beide Gegner über dieselben furchtbaren Waffen verfügen? Wozu einen Krieg führen, wenn der volle Einsatz der Waffengewalt zwangsläufig zur vollständigen Vernichtung beider Kriegsparteien führen muss?

Aber der Krieg geht ja weiter, trotz Nobels Sprengstoff, trotz Fritz Habers Gas. Die Waffen sind also noch nicht furchtbar genug. Welche Waffe wäre so furchtbar, dass die nackte Angst vor ihr den permanenten Weltfrieden herbeizwingen könnte? Und ist es denn denkbar, dass solche Waffen in hundert Jahren existieren?

Aber vielleicht existiert dann ja auch eine Maschine, mit der man der Gegenwart entfliehen kann. Eine Zeitmaschine, mit deren Hilfe ein jeder frei durch Vergangenheit und Zukunft schweifen kann, auf der Suche nach einer Epoche, die ihm mehr zusagt als seine eigene: Oder kommt alles ganz anders?

Werden in hundert Jahren Frieden und Überfluss herrschen, überall auf der Welt? Natürlich, so muss es kommen. Sicher schreitet doch die Entwicklung voran. Sicher schwingt sich die Menschheit zu immer Höherem, Besserem, Schönerem auf, 2015 wird Fritz' Salpetersäure nur noch dazu dienen, allen Menschen genug Nahrung zu verschaffen.

Jeder Mensch wird frei sein, sich so zu entfalten, wie es seinem innersten Wesen entspricht. Jeder wird dem Lande angehören, zu dem er selbst sich in Freiheit bekennt, unabhängig von Geschlecht, Herkunft und Religion. Sogar in Deutschland muss niemand mehr deutsch-protestantisches Blut von seinen Eltern geerbt haben, um ein vollwertiger Bürger zu sein. Frauen werden so viel besitzen wie Männer, dieselben Freiheiten haben wie Männer, die Frauen des Jahrgangs 1970 werden Clara auslachen!

Sie werden auf Clara herabsehen, wie auf das Spezimen

einer lange ausgestorbenen Affenart. Sie werden sich kopfschüttelnd fragen, wie die Frauen damals das Leben aushielten. Wie sie es anstellten, ihre Unfreiheit, ihre Abhängigkeit vom Urteil der Männer auch nur einen Moment lang zu ertragen, und, glaubt Clara das?

Natürlich nicht. Clara Immerwahr, geboren am 21. Juni 1870: dem letzten Tag des Sternzeichens Zwillinge,

Planet: Merkur. Element: Luft. Charakter: Intelligent, geistig beweglich, phantasievoll. Eigenwillig, impulsiv, nicht immer überlegt. Stark und schwach zugleich. Braucht viel ermutigende Bestätigung,

Clara glaubt nicht an Astrologie. Clara glaubt nicht an Christus, sie glaubt nicht an Jehova. Sie glaubt nicht an die Zukunft. Sie glaubt an gar nichts. Sie weiß nichts. Sie weiß nicht, ob sie je etwas geglaubt, je etwas gewusst hat, alles ist Lärm, Qualm und Verwirrung.

Alles ist begraben unter der Bilderflut. Unter den gefrorenen, zerborstenen Bildern. Bilder schieben sich übereinander wie Eisschollen, versperren ihr den Weg zurück, den Weg nach vorn, sie kann nirgendwohin! Sie kann nicht zurück. Sie kommt nicht von der Stelle. Sie steht am Fenster und hält die leeren Hände hinaus in den nachtschwarzen Garten: in die Zeit, die vor dem Fenster verfließt, sie versucht die Körner der Zukunft in den Fingern zu sieben, auf der Suche nach einem Stäubchen Hoffnung auf Hoffnung, aber sie kann ihre Vorstellung nicht über diesen Krieg hinausheben.

Dies ist der Untergang. In diesem Krieg wird Europa ausgelöscht. Alles stürzt: die Throne, die Reiche, alles wird zu Staub. Zu einer vergifteten Wüste, durch die die Stämme der Barbaren ziehen werden, das alte Europa wird zu Asche. Die Welt wird zu Asche: Das Ende Europas ist das Ende der Welt. Was ist die Welt, wenn Europa nicht mehr ist? Wenn Europa versinkt, untergeht, überrannt wird,

Von russischen Horden und Serben, mit denen sich die verbünden, die sich als Verteidiger europäischer Zivilisation gebärden und der Welt das schmachvolle Schauspiel bieten, Mongolen und Neger auf die weiße Rasse zu hetzen,

So stand es im *Aufruf an die Kulturwelt.* Fritz hat unterschrieben, wie die meisten seiner Kollegen. Willstätter, Engler, Ostwald, Fischer, Nernst, von Laue, Max Planck, Wilhelm Röntgen. Aber natürlich auch Richard Dehmel, Gerhard Hauptmann, Max Liebermann, Franz von Stuck, Max Reinhardt, Friedrich Naumann, der liberale Strafrechtler und Verfassers des Lehrbuchs für Völkerrecht Franz von Liszt: 93 große Forscher und Dichter und Denker haben erklärt, dass Deutschland keinerlei Schuld an diesem Krieg trägt. Dass Deutschland weder die Neutralität Belgiens verletzt noch die Gesetze des Völkerrechts missachtet hat, dass deutsche Kultur und deutscher Militarismus eine unverbrüchliche Einheit darstellen: Und was droht, wenn Deutschland verliert?

Wenn unsere Kultur ganz zerfallen ist, werden die Frauen und die Juden übernehmen, wie die Würmer eine Leiche übernehmen,

So hat sie es neulich in der Zeitung gelesen. Und rechtfertigt eine solche Gefahr Fritz' Waffen? Oder bedeuten diese Waffen, dass es gar nichts mehr gibt, wofür es sich zu kämpfen lohnt? Dass die Barbarei das Reich von innen nach außen zerfrisst wie ein Wurm eine Knospe, dass sie das Wesen des Deutschen Reiches ist und also das Reich, Europa, die Welt schon verloren sind, ganz egal wie der Krieg ausgeht,

Wir sind Barbaren und rühmen uns dessen!

Da ist es, das Wort. Das ist das Wort, vor dem sie flieht,

Vaterlandsverrat

Der Vorhang bewegt sich. Das Ungeheuer dahinter richtet sich auf. Das Unabänderliche. Das Wirkliche: Es wartet auf sie,

Und sterbe ich noch heute, so bin ich morgen tot,
dann begraben mich die Leute im Morgenrot,

Das eigene Land zu verraten ist das Schlimmste. Es ist das Undenkbare. Es ist wie ein Verbrechen an der eigenen Familie. Wie ein Verrat an den eigenen Eltern, Clara ist keine Verräterin! Sie liebt ihr Land. Sie ist Patriotin. Deutschland ist im Krieg, jetzt wird jeder gebraucht: jeder Mann, jede Frau. Jetzt muss jeder das Seine leisten,

Bis zu dem letzten Hauch!
Was gilt's, dass er mein Kaiser ist,
mein Vater ist er auch,

Um Sein oder Nichtsein des Reiches handelt es sich jetzt. Um Sein oder Nichtsein der großen Familie der Nation, die die Väter sich neu gründeten, um Sein oder Nichtsein deutschen Lebensstils, deutscher Traditionen, deutscher Errungenschaften,

Wer auf Preußens Fahne schwört,
hat nichts mehr, was ihm selbst gehört!

Clara ist Preußin. Sie hält zu ihrem Land. Jedes Wanken, jedes Zögern wäre Verrat! Deutschland muss diesen Krieg gewinnen. Nur einen Siegfrieden kann man akzeptieren: Und warum nur muss Clara bei diesem Wort immer an ihren Schwager denken? An Ellis Mann Siegfried: der röchelnd zusammenbrach, in der Kutsche, und als sie das Gut erreichten, da war er schon tot,

Drei Lilien, drei Lilien,

Clara steht noch immer, wo sie steht.

Und glauben die anderen sich eigentlich selbst?

Glauben sie sich ganz ernstlich, was sie sagen? Nehmen sie sich ein Wort davon ab? Wenn der Kaiser morgens vor dem Spiegel steht und sich seinen Bart dreht, denkt er dann: Hort des Vaterlands? Wenn er seine Hosen herablässt und sich auf seine erlauchteste Kloschüssel setzt, denkt er dann: Heldenthron, Welt von Feinden? Denkt er: *Es muss denn das Schwert nun entscheiden*, gut, er ist der Kaiser.

Keiner sagt ihm übermäßige Intellektualität nach. Dergleichen ist auch unnötig: Es behindert nur beim Regieren, aber auch der Kaiser muss doch wissen, dass Schwerter im 20. Jahrhundert nicht mehr allzu gebräuchlich sind. Er muss wissen, dass heutzutage Granaten, Gewehre, Kanonen und Giftgas eingesetzt werden, er tut ja auch nur so, als wüsste er es nicht. Er will nicht hören, wie sein Satz wirklich heißt,

Es muss denn das Giftgas nun entscheiden,

Es muss denn die Bombe nun entscheiden,

Und wie, wenn sie tatsächlich nichts von dem glaubten, was sie sagen? Clara weiß nicht, was gespenstischer wäre, Clara verwirrt sich!

Sie dreht sich im Kreis. Sie kommt nicht von der Stelle. Sie weiß nicht einmal mehr, worum es eigentlich geht.

Was sie aufdröseln, entknoten, begreifen muss: ihr Leben, den Krieg? Fritz' Arbeit, ihre Verantwortung? Die Hunde, Otto Sackur, ihr Entsetzen, ihre Verantwortung als Mutter, ihre Pflichten als Preußin, als deutsche Wissenschaftlerin und Patriotin, es ist verpfuscht!

Es ist alles so ineinandergehakt, so voneinander durchdrungen, dass sie nicht weiß, wo sie anfangen soll, sie kann keine säuberlichen Kistchen mehr bilden. Sie kann nicht mehr Ursachen und Wirkungen unterscheiden, wie, wenn die Minister, die Politiker, die Militärs, die Industrie, die Journalisten, alle Entscheidungsträger und die gesamte Öffentlichkeit, wie, wenn jeder Einzelne ganz genau wüsste, dass sich kein einziger von ihnen auch nur ein Wort selbst glaubt?

Wenn aber Tag für Tag, Stunde für Stunde jeder vorgäbe zu glauben, dass es den anderen mit der Bedeutung ihrer

Worte ernst wäre, während er doch weiß, dass es nicht so ist und auch, dass die anderen sich durchschaut wissen und ihn ebenso durchschauen wie er sie: Und dennoch reden und debattieren und streiten und verlautbaren sie unverdrossen weiter, Gespenster!

Nichts als Gespenster. Alles Gespenster: ein Gespensterreich, in dem nichts Bedeutung hat, die Welt ufer- und grundlos ist, eine schattenlose Leere ohne Horizont, warum wird dieser Krieg geführt? Kann man wahrhaftig töten, ohne sich selbst die Gründe zu glauben, die man dafür vorgibt: Und wird der Tag kommen, wo man sich für seine Vaterlandsliebe schämt wie für die Liebe zum falschen Mann?

Wird der Tag kommen, wo Fritz, wo Deutschland für dieses Gas belangt wird? Der Tag, wo Deutschland angeklagt wird, Menschen vergast zu haben wie Ungeziefer: sodass man sich schämt, ein Deutscher zu sein, Clara darf so nicht denken.

Sie ist verwirrt. Sie kann den Knoten nicht mehr entwirren: Sie ist der Knoten. Ein Gordischer Knoten: Sie muss durchtrennt werden, die Nachtluft draußen ist kalt geworden.

Der Himmel vor dem Fenster ist dunkel, von preußischem Blau, Otto Hahn hat Fritz gewarnt, dass er gegen geltendes Völkerrecht verstößt. Aber auch er war in Köln-Wahn dabei. Der Mistkerl Einstein hat Fritz gewarnt: Aber Fritz hat ihm erklärt, nichts könne gegen die Haager Landkriegsordnung verstoßen, was helfe, diesen Krieg frühzeitig zu beenden,

Was weiß der gemeine Soldat schon vom Krieg? Der wagt sein Leben, tapfer und treu, im geregelten Dienst, mit begrenzter Verantwortung. Denn diese Verantwortung, die ist das Fürchterliche. Das Bewusstsein, dass jeder versäumte Tag Blut kostet, dieser Krieg muss beendet werden, so schnell wie möglich. Und immer die Angst, dass ich es nicht aushalte. Dass ich die Riesenlast nicht trage,

Ihr Helden und ihr Dichter aus alter Zeit!
O nehmt mich, nehmt mich mit in die Reihen auf,
Damit ich einst nicht sterbe gemeinen Tods,
Umsonst zu sterben, lieb ich nicht, doch
Lieb ich, zu fallen am Opferhügel
Fürs Vaterland, zu bluten des Herzens Blut

Für die Heimat. Heimat ist Zuflucht, Geborgenheit. Heimat ist, wo sie einen nicht wegschicken können. Wo man sich in Sicherheit weiß: Aber Clara wiegt sich nicht mehr Sicherheit.

Sie hat keine Zuflucht mehr. Es gibt keine Zuflucht, keinen Ort der Sicherheit: Das Gas kriecht durch alle Ritzen, es findet immer und überall seinen Weg,

Seit dem 22. April 1915 ist der Mensch ein Ungeziefer!

Clara muss fort.

Sie muss an den Anfang zurück: Polkendorf. 21. Juni 1870. Das Deutsche Reich ist noch nicht gegründet. Es existiert noch gar nicht. Es ist um einige Monate jünger als Clara, was also ist Claras Vaterland?

Vielleicht das Land. Die Erde. Das Stück Erde unter ihren Füßen. Der Boden, auf dem ihre Füße stehen, und der unter ihr weit in die Tiefe reicht. Die nackte Erde selbst,

Nun grüßt ihr freundlich den geringen
Fremdling, und brüderlich ist's hier unten,

Oder es ist ein Bündel Erinnerungen. Der Glanz der frühen Jahre: als noch alles möglich war, als der Schatten des Todes noch nicht über allem lag, der Verwesungshauch, der den Dingen die Strahlkraft nimmt wie die Oxidation dem Silber, die Sommer verbrachten sie auf dem Gut.

Die Winter verbrachten sie in Breslau. Im Winter liefen sie Schlittschuh und tranken heiße Schokolade in der Küche der Großmutter. Im Sommer fuhren sie ins Riesengebirge.

Fuhren die Lindenallee hinunter, in einer offenen Kutsche, klippklapp klippklapp, die Fahrbahn war in der Mitte noch grasbewachsen. Das grüngoldene Licht flimmerte über sie hin, während sie sangen,

Juvivalleralleralleralleła,

Im Sommer fuhren sie an die See. Gingen stundenlang am Strand entlang und sammelten Muscheln. Wateten ins Wasser hinaus, in Schwimmkostümen, die übers Jahr jedesmal wieder zu klein wurden,

Mama, kannst du mich messen? Mama, wie groß bin ich? Mama, warum bin ich die Jüngste? Wird Elli immer älter sein als ich? Werde ich nie so alt sein wie Lotte,

Man sollte doch meinen, wir klammern uns an jede vergängliche Stunde.

Das sagte der Vater.

Er saß in seinem Sessel am offenen Fenster. Eine Rose lugte herein. Der Vater betrachtete die perfekte Blüte. Entfernte vorsichtig eine Laus, blickte dann über die weite Rasenfläche von Gut Oswitz, nach dem fernen Gebirge,

Das Leben ist so überaus kurz. Man sollte doch meinen, wir suchten, jeden Moment festzuhalten, jeden Augenblick auszukosten, der uns hier auf dieser schönen Welt beschieden ist. Aber stattdessen kann es uns nicht schnell genug gehen. Vorwärts, vorwärts! Weiter, weiter! Wenn ich erst dies habe, wenn erst das geschehen ist, immer sind wir unruhig. Immer voll Sehnsucht. Immer im Glauben, die schönen Tage kämen erst noch,

Aber sie hofft auf keine schönen Tage mehr.

Clara, am Fenster in ihrem Zimmer in der Haberschen Dienstvilla, erkennt zu ihrem Erstaunen, dass sie auf keinerlei zukünftiges Glück mehr hofft. Sie hat das all die Jahre ihres Lebens getan,

Wenn ich nur aufs Gymnasium gehen könnte

Wenn ich nur studieren könnte

Wenn ich erst promoviert habe

Wenn ich erst wissenschaftlich arbeiten kann

Wenn Fritz Ordentlicher Professor ist

Wenn das Kind größer ist

Wenn das Kind aus dem Gröbsten heraus und nicht mehr immer so kränklich ist

Wenn Fritz beruflich seinen Weg gemacht hat

Wenn wir am Ziel sind,

Nun ist sie am Ziel.

Am Ende.

Sie hofft auf kein Glück mehr, sie fürchtet keinen größeren Schmerz. Sie könnte nun große Taten vollbringen: Sie hofft nicht mehr auf Lohn, sie fürchtet weder Strafe noch Scheitern, nun öffnet sich der Vorhang.

Das Entsetzliche dahinter ist eine schwarze Wand.

Mehr nicht.

Das Entsetzliche ist das Wirkliche. Das Unabänderliche. Das, was nicht ungeschehen gemacht werden, nicht ins Ungeschehene zurückgenommen werden kann, die Zukunft kann es nicht heilen.

Die Zukunft wird es wiederholen.

Sie wird es zehnfach, hundertfach, tausendfach wiederholen, das Geschehene zerstört die Zukunft. Wo einst die Zukunft war, steht schwarz die Wand. Das Geschehene zerstört die Vergangenheit: die Zeit, die Clara an diesen Punkt geführt hat, an dieses Fenster über dem dunklen Garten, im Sommer fuhren sie ins Gebirge.

Klippklapp klippklapp gingen die Hufe der Pferde, das Licht in der Lindenallee war grün und golden. Paul und Elli und Lotte sangen. Clara sang mit,

Drei Lilien, drei Lilien, die pflanzt' ich auf mein Grab,
Da kam ein stolzer Reiter und brach sie ab.
Juvivalleralleralleralleła!

Clara am Fenster möchte zu ihrem Vater. Sie weiß, wo ihr Vater ist. Der Vater ist tot,

Und sterbe ich noch heute, so bin ich morgen tot.
Dann begraben mich die Leute ums Morgenrot,

Clara möchte zu ihrer Mutter.

Sie sehnt sich nach Polkendorf. Nach dem Frieden. Danach, heimkommen zu dürfen, nur noch ein einziges Mal heimkommen zu dürfen: über den grünen grünen Rasen zu laufen, auf das Herrenhaus von Gut Oswitz zu, und oben im ersten Stock öffnet sich die Glastür zum Balkon, und die Mutter erscheint, lächelnd und winkend,

Mein Kind! Da bist du ja! Kommst du endlich heim,

Clara kann das Gras riechen, unter ihren Füßen. Sie kann die Luft des Sommerabends spüren, das Leuchten des Kleides der Mutter sehen, in der blassen Dämmerung,

Mama! Mama, ich komme! Warte, Mama,

Sie erlaubt sich diesen einen kurzen Moment der Sehnsucht wie eine schädlich-köstliche Nascherei.

Dann ruft sie sich zur Ordnung: Diese Sehnsucht ist eine Kindersehnsucht. Es ist eine unpassende Sehnsucht. Sie ist zu eng, wie ein Kinderschuh: Ein Erwachsener kann ihn sich nicht mehr anziehen, er mag sich zwängen und winden, wie er will, Claras Mutter ist schon lange tot. Und selbst wenn sie noch lebte, könnte Clara nicht mehr zu ihr gelaufen kommen wie zu einem Ziel, wohin kann Clara laufen?

Wohin kann sie tragen, was sie tragen muss?

Nirgendwohin. Die Last lässt sich nirgendwo abladen, niemals mehr. Es kann sie ihr auch niemand abnehmen, so wenig wie ein Krebsgeschwür, im Hause von Fritz' Onkel Hermann wurde getanzt. Clara Immerwahr trug ein Kleid in Lindgrün und Rosa.

Sie trug einen spinnwebdünnen Schal mit französischen Spitzen, einen Briséfächer gegen die Hitze des Tanzes, es roch nach Parfüm und Puder, nach dem Wachs warmer Kerzen und Punsch.

Die Väter hatten sich zum Whist verzogen oder politisierten in den Ecken. Die Mütter belegten die Fauteuils und Sofas, Fritz' Mutter war nicht dabei. Sie war tot. Fritz hatte seine Mutter gar nicht gekannt: Sie war wenige Tage nach seiner Geburt gestorben, er tat Clara so leid! Aber auch Claras Mutter war nicht dabei.

Anna Immerwahr: Ihr eigener Körper hatte sich gegen sie gewandt. Ihre eigenen Zellen hatten ihr den Krieg erklärt, hatten begonnen zu wachsen, zu wuchern, sich rasend zu vermehren, der Vater drängte darauf, wieder hinaus nach Gut Oswitz zu ziehen.

Er hoffte, die Landluft würde der Mutter guttun, die geliebte Umgebung, mit den ersten Schneeglöckchen wandte man der Stadt den Rücken. Der Doktor erschien täglich. Die Mutter sollte sich schonen, so riet er: Aber sie wollte doch ihren Aufgaben nachkommen, die Mutter ließ sich keine Schwachheiten durchgehen. Sie stützte sich auf den Tisch, wenn sie das Leinen kontrollierte. Sie hielt sich an der Wand fest, wenn sie mit dem Mädchen sprach.

Stützte sich auf das Geländer, wenn sie die Treppe erklomm, ächzte manchmal leise, den Kopf vornüberhängend wie abgeknickt. Aber gleich ging es wieder. Sie war tapfer, bezwang sich. Sie wollte nicht zur Last fallen. Sie wollte den anderen nicht die Lebensfreude nehmen, mit ihrem Sterben, regelmäßig kam Fritz mit ein paar Freunden nach Oswitz heraus.

Dann waren alle fröhlich, auch der Vater. Dann sorgte Clara für große Mahlzeiten, für Ausritte, Spiele, lange Spaziergänge, Fritz hielt sich immer eng neben ihr.

Er sah sie an. Er hatte eine Art, sie anzusehen. Einmal glitt sie auf einem nassen Stein aus, auf dem Weg hinunter zum Entenweiher. Die anderen waren ihnen schon ein Stück voraus. Fritz fing Clara auf. Hielt sie länger als nötig, zog sie mit einmal an sich, fest, sie erschrak, mit einem neuen fremden Schrecken. Er war ihr näher als jemals einer zuvor, sie machte sich los.

Lief davon, suchte eilig Anschluss an die anderen, den Rest des Tages ging sie ihm aus dem Weg. Er drängte nicht. Aber er sah sie an. Er hatte eine Art, sie anzusehen. Sie spürte den Blick, seine Gegenwart, sie wollte ihm weiterhin aus dem Weg gehen.

Sie wollte, dass er sie weiter ansah, es war ein körperliches Gefühl, nervös und angenehm-unangenehm, wie zu viel Kaffee. Am nächsten Morgen fuhr er nach Breslau zurück, Clara hatte ein schlechtes Gewissen: Sie durfte die Mutter nicht vernachlässigen.

Sie musste sich um die Mutter kümmern.

Sie musste sich um den Vater kümmern: Sie war schließlich die einzige, die noch im Haus war, die Mutter schleppte sich vom Bett zum Stuhl, vom Stuhl ins Bett.

Stand dann nicht mehr auf.

Lag im Bett, Clara saß daneben. Sie enthäutete eingeweckte Pflaumen für die Mutter. Fütterte sie mit kaltem Pflaumensaft, flößte ihr lauen Tee ein, dünne Suppe, die Mutter war sehr schwach. Sie weinte manchmal. Sie weinte lautlos. Rang die Hände, wie in großer Angst, der Arzt kam. Der Arzt ging. Die Tage und Nächte kamen und gingen, die Mutter wurde still. Weinte nicht mehr, aß nicht mehr, sie war knochendünn. War nur papierdünne Haut, über gewichtslosen Knochen, dann trank sie nicht mehr. Sie sah Clara an.

Sah durch Clara hindurch.

Hörte auf zu sprechen, sah an Clara vorbei, Clara wischte die Speichelfäden vom Kinn ihrer Mutter. Puderte die aufgelegenen Stellen am Rücken, die Mutter verlor das Bewusstsein. Sie kämpfte einen Tag und eine Nacht lang. Nahm im Sterben ein Stück von Clara mit: die Reste von Claras Kindheit, Clara sah zu, wie die Mutter starb. Die Mutter rang um Atem. Sie hatte solche Mühe. Ihr Brustkorb hob und senkte sich, hob und senkte sich, unaufhörlich, ohne Pause, ihre Hände zuckten über die Decke, unaufhörlich, ohne Pause, dies also war der Tod.

Dies also war das Leben. So endete es. Mit diesem langen, angst- und qualvollen Kampf: den man kämpfen sollte, obwohl doch von Anfang an alles verloren war, man musste ihn aber dennoch führen. Der Kampf ließ sich nicht überspringen. Es gab keine Möglichkeit, ihn zu umgehen. Man konnte nicht die Waffen strecken, sich von vornherein für besiegt erklären, aber warum nicht?

Wozu musste man Schmerzen fühlen, die zu nichts mehr gut waren?

Denn das hat Clara einstmals gelernt. Clara, die Wissenschaftlerin: Sie hat gelernt, der körperliche Schmerz hätte einen großen Nutzen. Er sei ein Warnsignal des Körpers, der solcherart dem Menschen zu Bewusstsein bringe, dass etwas kaputt sei und der Reparatur bedürfe: Aber das ist nichts als eine weitere schöne Lüge. Auch die Wissenschaft ist nichts anderes als Brom, Laudanum und Opium, für das Menschenseelchen, das einsam im leeren All schlottert.

Die hehre Göttin Wissenschaft: Auch sie ist nur fünf Mahlzeiten am Tag und Bettruhe und die dumme Kinderhoffnung, die Welt wäre trotz allem schon irgendwie ganz in Ordnung, sie wäre im Grunde sinnig und vernünftig, wohlgeordnet wie ein Werkzeugkasten, der Krebs der Mutter hatte anfangs ja gar nicht geschmerzt.

Der Schmerz hatte die Mutter gar nicht gewarnt. Er setzte erst ein, als der Feind schon innerhalb der Mauern stand, das Innerste des Reiches besetzt, längst auf ganzer Breite gesiegt hatte,

Clara. Der Schmerz. Es ist furchtbar. Als ob Hunde in mir fressen,

Da war er also wieder, der Weltenerschaffer: dessen Schöpfung darauf beruhte, dass seine Kreaturen einander fraßen und vernichteten,

Ein Ende! Macht ein Ende!

Das flehte die Mutter. Wahrscheinlich johlte der Gott vor Behagen: Und wie kam doch gleich noch einmal das Böse auf die Welt? Clara, weinend und hilflos am Bett ihrer Mutter, erinnerte sich daran, wie sie diese Frage einst dem Dekan in der Krug'schen Töchterschule gestellt hatte. Und der Dekan hatte sie gütig und weise belehrt,

Das Böse ist durch den Menschen gekommen, kleine Clara. Gott hat uns die Freiheit der Entscheidung geschenkt. Er wollte uns nicht zu Sklaven machen, sondern er wollte es uns freistellen, wie wir handeln, ob gut oder böse,

Mehr Laudanum, mehr Brom. Mehr streichelwarme Wannenbäder und Wiegenlieder, hatte denn die Mutter sich für ihren Krebs entschieden? Entschied sich das Opfer, Opfer zu sein, wenn der Mörder die Flinte hob,

Möglichkeiten, mein Kind! Man hat doch immer noch Möglichkeiten,

Auch der Vater. Auch von ihm stand Wahrheit nicht zu erwarten. Auch hier alles Lüge, das Opfer entschied nicht. Nur der Mörder entschied. Nur den Tätern war die Freiheit der Entscheidung gegeben, die Opfer hatten in Empfang zu nehmen, was für sie angerichtet worden war. Es blieb ihnen allenfalls die Wahl, sich abzufinden. Es blieb ihnen allenfalls die gerechte Begeisterung, mit dem Finger zu zeigen: Der da ist böse, bevor ihnen der Arm abgehackt wurde, in den Morgenstunden starb die Mutter und hatte es hinter sich. Der Vater wanderte verloren im Hause umher, und Clara begann die Koffer zu packen, Clara an ihrem Berliner Fenster sieht hinaus in den Garten.

Sie steht noch immer am Fenster, reglos. Ist sie denn Lots Weib? Wonach hat sie sich umgedreht, was hat sie zur Säule erstarren lassen,

Der Tod reit' auf einem kohlschwarzen Rappen,
Er trägt ein undurchsichtig Kappen,

Die Füße der Toten huschen über den Boden. Siegfried, Mutter, Vater, Richard Abegg,

Der Tod reit' auf einem lichten Schimmel,
schön wie ein Cherubin vom Himmel,

Hubert, Lieserl, Otto Sackur. Der kleine Ludwig Willstätter,

Der Tod kann auch die Trommel rühren,
du kannst den Wirbel im Herzen spüren,

Tot. Tot. Sie sind alle tot,

Der Tod trommelt laut, er trommelt fein,
Gestorben, gestorben, gestorben muss sein,

Und warum lebt dann Fritz noch? Fritz ist letzte Woche an

der Westfront gewesen. Fritz ist über Flanderns Felder geritten, bei Ypern,

Flandern in Not!

Er hat nicht viel darüber gesagt. Aber sie weiß ja auch so, was bei Ypern geschehen ist,

In Flandern reitet der Tod!

Es stand ja in den Zeitungen. Die Zeitungen prahlten damit, was Fritz getan hatte,

Montag, 26. April. Das Tagesgespräch sind die »deutschen Dämpfe« bei Ypern. Es soll sich also um Chlordampf handeln; genauere Analyse fehlt, bis sie von den armen Opfern des Schnupfenqualms selber gemacht wird. Soviel wir hören, geschieht gar nichts Lebensgefährliches, sondern nur ein hässlicher Zustand von etwa vier Stunden. Die Engländer sind rührende Gesellen: setzen alles daran, uns in den scheußlichsten Tod der Heimatbevölkerung hineinzutreiben, und lamentieren nun über etwas geschwollene Schleimhäute. Und nachdem sie die Völkerrechtsbeschlüsse nicht unterschrieben haben, verlangen sie, dass wir sie halten sollen. Gut Dampf!

Clara weiß aber, was wirklich geschieht.

Er hat sie in Geheimnisse eingeweiht. Auch jetzt noch ist sie eingeweiht, trotz all ihrer Gegnerschaft, warum? Warum hat er ihr Militärgeheimnisse anvertraut, es war kurz vor der Fahrt nach Köln-Wahn. Er sagte, er wolle sie vorbereiten. Setzte sie in einen Sessel, im Wintergarten, ging dann vor ihr auf und ab wie im Hörsaal,

Die Hauptproduktion von Salpetersäure liegt im Moment bei der BASF. Die Kampfstoffproduktion ist hauptsächlich von Bayer übernommen worden, Duisberg hat ein reges persönliches Interesse an der Sache. Seine Anlagen stehen ja so gut wie still. So günstig die englische Blockade sich auf die Salpeterproduktion auswirkt, so dumm ist es für Bayer, der Farbenverkauf an die englische Textilindustrie ist logischerweise vollständig zum Erliegen gekommen. Andererseits sind die Anlagen bei Bayer ganz hervorragend geeignet für die Produktion von Kampfstoffen, und die Kapazitäten sind nun frei, unsere ersten Angriffe werden wir mit Chlorgas führen. Du bist Chemikerin, Clara, ich muss das wohl nicht weiter erklären,

Das musste er nicht. Die wesentliche Wirkung würde die einer Säureverätzung der Lunge und der Schleimhäute sein. Zu Beginn würden die Augen, die Nase, der Rachenraum brennen. Dann würde quälender Husten einsetzen, oft begleitet von blutigem Auswurf. Sekundär bronchopneumatische Herde wären sicher häufig, also Lungen- und Herz- und Kreislaufschäden nach anfänglicher Beschwerdefreiheit. Wenn die Opfer starben, dann erlagen sie einem Lungenödem. Sie ertranken sozusagen an Land, Fritz zündete sich eine Zigarre an. Begann wieder auf- und abzuschreiten,

Es klingt alles schlimmer, als es ist, Clara, wirklich. Ich beschwöre dich. Die Gasattacken sind in den seltensten Fällen tödlich. Ihre Wirkung liegt eher darin, Terror zu verbreiten. Ich selbst habe mir kürzlich eine ordentliche Dosis eingefangen, weil der Wind gedreht hat, erst Konzentrationen von etwa 0,5 Prozent in der Atemluft gelten als lebensgefährlich. Zudem ist man zwangsläufig vorgewarnt. Chlorgas ist bräunlich-grün, und es verströmt einen beißenden Geruch. Genau aus diesem Grund würde Duisberg persönlich ja eben Phosgen bevorzugen,

Er blieb stehen, blickte in den Garten hinaus. Nahm dann seine Wanderung wieder auf, seinen Vortrag, der sich immer weniger an Clara zu richten schien,

Phosgen ist farblos, und es riecht ähnlich wie modriges Heu. Es hat auch den Vorzug, wesentlich giftiger und weitaus unangenehmer zu sein, allerdings dauert es oft Stunden, bis die Wirkung eintritt. In dieser Zeit können die Opfer also noch kämpfen. Aber dann verliert die Lunge zusehends ihre Fähigkeit, Sauerstoff aufzunehmen. Der Gasaustausch ist behindert, die Haut verfärbt sich aschen. Lippen und Nägel werden blau. Die Opfer ersticken. Der Erstickungskrampf kann bis zu 48 Stunden dauern, bei einem Auswurf von zwei Litern gelber Flüssigkeit pro Stunde aus den Lungen, Phosgen ist wirklich sehr wirkungsvoll. Aber es gibt ein offensichtliches Problem. Es ist sehr leicht, es verflüchtigt sich zu schnell. Wir erwägen deshalb, es mit dem schwereren Chlorgas zu mischen. Wobei das Gasblasen insgesamt nicht der Weisheit letzter Schluss ist. Zur Zeit denken wir über Granaten nach. Ich führe bereits streng geheime Verhandlungen über den Bau von Füllanstalten. Das Reich wird sie finanzieren, und die Industrie soll sie leiten. Aber es ist auch daran gedacht, dass in Zukunft meine Wenigkeit die Errichtung weiterer Anlagen überwacht und das Militär sie direkt verwaltet, wobei die Firmen der IG uns durch die Entsendung von Chemikern unterstützen sollen, möglicherweise sollen diese Abfüllanlagen von Strafgefangenen betrieben werden. Ich persönlich, das will ich dir nicht verhehlen, habe dabei meine Bedenken. Man neigt dazu, solche armen Menschen auszunützen, sie nicht anständig zu verpflegen und so weiter und so weiter. Das wäre mir fatal. Es mögen ja wohl rechte Galgenschwengel darunter sein, das will ich nicht leugnen, aber es sind doch Deutsche, und es gebührt ihnen eine anständige Behandlung,

Er verstummte einen Moment. Auch Clara sagte nichts. Hütete sich, ihn zu unterbrechen: den Fluss seiner Gedanken durch einen Hinweis auf ihre Anwesenheit zu stören,

Ein weiteres Problem sind die zu erwartenden Masken. Für jedes Schwert erfindet der Mensch sich ja sofort einen Schild. Für jede neue Waffe gibt es alsbald einen neuen Schutz: Und es muss auch erst ein geeigneter Filter für unsere eigenen

Truppen entwickelt werden, bevor an einen Phosgen-Einsatz gedacht werden kann, wir haben deshalb erste Versuche mit Kampfstoffen vom Typ Lost unternommen. Senfgas. Gegen Senfgas wird dem Gegner kein Luftfilter helfen. Es wirkt ja nicht in erster Linie über die Atemwege, sondern über die Haut. Es diffundiert durch Textil, Leder, Gummi, nach gebührender Dauer auch durch Schutzanzüge. Es klebt, es lässt sich schwer entfernen, die Vergiftung wird meist erst gar nicht bemerkt. Die erste Wirkung ist die einer starken Verbrennung. Es bilden sich große, stark schmerzende Blasen, die schlecht heilen. Dazu kommen zeitweilige Blindheit, Kopfschmerzen, Lungenentzündung, zerstörte Bronchien, und dann nach Tagen tritt wohl auch der Tod ein, aber auch hier sind die Probleme enorm. Das Gas ist sehr schwer. Im Gelände schlägt es sich ölig nieder und führt zur Verseuchung. Ein Lost-Angriff kann deshalb nicht einfach durch Infanterie unterstützt werden. Geeignet wäre dieses Mittel vor allem, wenn man den Gegner daran hindern will, ein Gebiet erneut in Besitz zu nehmen. Alternativ könnte man gegen die zukünftigen Phosgen-Gasmasken des Gegners noch Nasen-Rachen-Kampfstoffe einsetzen. Einen die Atemfilter durchdringenden Schwebestoff, der wegen seiner Reizwirkung zum Abnehmen der Gasmasken zwingt,

Er blieb vor ihr stehen. Lachte auf, wie verblüfft darüber, dass sie hier noch immer herumsaß, warf seine erloschene Zigarre in den Aschenbecher,

Habe ich dir erzählt, dass wir die verschiedenen Substanzen inzwischen auch farblich kennzeichnen? Grünkreuz sind Lungenkampfstoffe, Gelbkreuz sind Hautkampfstoffe und Blaukreuz die besagten Maskenbrecher, ich habe gehört, irgendein Militär hätte neulich einen verrückten Ausdruck kreiert. Als davon die Rede war, man könnte Soldaten mit Blaukreuz dazu bringen, dass sie die Masken abnehmen und sich selbst einem Grünkreuzangriff aussetzen, hat er von »Buntschießen« gesprochen,

Warum hat er ihr das erzählt?

Warum hat er sie eingeweiht? Trotz ihrer Gegnerschaft hat er sie eingeweiht, hat er nicht befürchtet, sie könnte anderen etwas verraten? Sie hat sich aber nur Paul Krassa und seiner Frau Zinaide anvertraut, und ihrer Schwester Elli, Zinaide hat ihr Mut zugesprochen,

Es wird schon werden. Du darfst nicht verzweifeln. Es ist eben Krieg. Und Fritz ist ein Wissenschaftler. Er stellt jetzt in der Not eben sein gesamtes Wissen in den Dienst am Vaterland, das ist doch seine Pflicht,

Auch Elli hat ihr Mut zugesprochen.

Es ist eben Krieg. Und er ist dein Mann, du musst zu ihm halten. Du musst zu deinem Sohn halten, dein Sohn ist noch am Leben. Sei du doch froh, wenn dein Mann den Krieg abkürzen kann. Sei froh, wenn er es hindern kann, dass womöglich auch Hermann noch drankommt. Dass solch Graus wie Langemarck noch einmal geschieht,

Froh?

Stroh. Lichterloh. Manche Worte sind leer, wie Erbsenschoten. Sie bedeuten nichts mehr. Sie rascheln vor Dürre, wenn jemand sie verwendet. Und warum hat Fritz sie eingeweiht?

Warum hat er sie mit nach Köln-Wahn genommen: auf das Versuchsgelände, auf den Truppenübungsplatz Köln-Wahn, hat Fritz wirklich geglaubt, was sie dort sähe, würde sie beruhigen? Hat er geglaubt, es würde sie von der Richtigkeit seines Tuns überzeugen? Hat er allen Ernstes geglaubt, sich ihrer Zustimmung versichern zu können, wenn sie nur erst begriff, was wirklich geschah?

Wenn sie begriff, wer alles mitmachte: Otto Hahn war da, James Franck, Geiger, Westphal, alles Professoren und hochkarätige Wissenschaftler, nun und, was beweist das? Dass sich der Kaiser das Beste leisten kann: Aber vielleicht geht es um etwas anderes.

Vielleicht stellt sie die Frage falsch. Vielleicht müsste sie fragen, unter welchen Bedingungen eine Reaktion stattfindet, vielleicht geht es darum, dass er es hasst, mit ihr in Unfrieden zu leben. Vielleicht will er sie überzeugen, von der Rechtmäßigkeit seines Tuns, ganz offenbar ist es so! Und das heißt, sie hat noch Einfluss auf ihn.

Sie kann mit ihm reden. Sie muss nur hinuntergehen. Sie muss nur die richtigen Worte finden, sie darf ihn nicht gleich wieder verprellen. Sie darf ihn nicht in die Defensive drängen. Sie darf nicht immer ihm allein alle Schuld geben und selbst das Unschuldslamm spielen,

Fritz. Fritz, bitte. Sag mir, was habe ich falsch gemacht?

Sag, warum bist du nicht glücklich, Fritz?

Fritz, wärst du glücklich, du tätest das nicht –

Nein! So geht es nicht. So geht es auch nicht. Nichts geht, solange sie sich seine Antworten selbst geben kann,

Ich bitte dich, Clara. Es war doch nur eine Frage der Zeit. Noch ein wenig abgewartet, und die anderen hätten den Erstschlag getan. Wir sind ihnen nur etwas vorausgeeilt, die Front ist schon vor Monaten bei Ypern erstarrt. Es muss Bewegung in diese Front kommen, die Menschen lassen dort ihr Leben für nichts, und meinst du denn im Ernst, ein anderer Tod wäre angenehmer? Meinst du wirklich, es wäre vergnüglicher, an einem Bauchschuss zu sterben, in einem Erdloch halb voll mit flüssigem Schlamm? Meinst du, es wäre ein feinerer Spaß, wenn einem eine Granate das Gesicht wegreißt, und den Rest seiner Tage klemmt man sich eine Maske aus Zelluloid an die Ränder seiner Nasenhöhle oder ans Gestell der Blindenbrille, damit die Kinder auf der Straße nicht brüllend vor einem davonrennen, nein, meine Liebe, dieser Krieg muss so schnell wie möglich beendet werden, das sage ich dir. Und jedes Mittel dazu soll mir recht sein,

Was also kann sie ihm überhaupt vorwerfen? Geldgier, Ruhmessucht? Oder womöglich persönliche Feigheit,

Der Mann nimmt ja überhaupt keine Rücksicht auf sich!

Das hat Kommandeur Petersen gesagt. Er stand hinter Clara, im Speisesaal des Kölner Hotels, zusammen mit Reserve-Oberleutnant Herrmann, in Zivil Direktor der IG-Farben,

Dieser Hauptmann Haber. Er nimmt keinerlei Rücksicht auf sich und sein Leben. Ein glühender Patriot, das muss ich sagen. Ein hervorragender Reiter, die reine Kaltblütigkeit und Todesverachtung, die einzige Angst, die der Mann hat, sind die Telefondrähte. Zu recht! Überall sind die Dinger über das freie Feld gespannt, genau in Kehlkopfhöhe eines normalen Reiters. Ich habe mich beinahe selbst enthauptet, neulich bei Langemarck,

Die Herren lachten. Dann nahm man Platz. Speiste Bouillon mit Fleischklößchen, Karpfen blau mit Meerrettich, gebratenes Geflügel, Rindfleisch, eine süße Creme, danach Kaffee, Kuchen, Zigarren und Liköre,

Deutsche Frauen! Kocht Kartoffen in der Kochkiste!
Esst wenig Fleisch oder keines! Für den, der den Fleischgeschmack nicht entbehren will, gibt es pflanzlichen Fleisch- und Wurst-Ersatz!
In der Frühe echten Tee oder Bohnenkaffee zu trinken, ist absolut zu verwerfen!
Die vorhandenen Nahrungsmittel reichen voll aus, um uns zu sättigen und uns auch ausreichend zu ernähren! Wenn man etwa Vollmilch abkocht und stehen lässt, bildet sich eine gute,

fette Milchhaut. Diese Milchhaut sammeln wir für den nächsten Mehlspeistag und verwenden sie für alle Arten Mehlspeisen anstatt Butter. Bei gebührender Berücksichtigung der sorgfältigen Zubereitung solcher Gerichte werden die fleischlosen und fettarmen Tage auch für die städtische Hausfrau ihre Schrecken verlieren, und sie wird freudig ihre vaterländische Pflicht der Sparsamkeit an Fleisch und Fett erfüllen und auch dann eine schmackhafte und ausgiebige Küche führen, wenn infolge einer wohldurchdachten Bewirtschaftung der Hauptnahrungsgüter gewisse Nahrungsmittel Einschränkungen im Verbrauche erfahren,

Das Haber-Produkt ist das Produkt W aus einer Gaskonzentration c und der Zeit t. Je kleiner der Wert dieses Produkts, umso giftiger die Verbindungen, der Affe im Laboratorium in Wahn presste die Hände vor das aufgerissene Maul. Die Augen quollen ihm aus dem Kopf, schwollen dann zu, er richtete sich auf, brach in die Knie. Taumelte vorwärts zu der Glasscheibe, hinter der sie standen, schlug mit flachen Händen dagegen, und Clara lief aus dem Raum und erbrach Suppe, Karpfen, Geflügel, Rindfleisch, die Creme und den Kuchen, die Dogge führte Flury selbst in den Gasraum.

Eine schwarze Hündin, mitgebracht aus dem Zwinger des Instituts, sie schnupperte, misstrauisch. Wollte erst nicht weiter, Flury spach beruhigend auf sie ein. Sie glaubte ihm. Trottete neben ihm her, den Kopf aufmerksam zu ihm erhoben, dies war ihr Herr. Ihr lieber Herr,

Sitz. Platz. Guter Hund. Bleib,

Die Hündin lag. Ließ die Zunge aus dem Maul hängen in einer Art Hundelächeln, sah Flury nach, der hinausging, die Tür hinter sich schloss, ließ die Tür nicht aus den Augen. Was würde der Herr ihr wohl mitbringen, wenn er zurückkam und seinen Hund abholte? Der Hahn wurde aufgedreht. Die Hündin witterte. Sprang auf, machte ein paar unruhige

Schritte. Begann zu winseln. Rannte dann zur Tür. Sprang an der Tür hoch. Umkreiste die Kammer, schneller und schneller: suchte nach einem Ausweg, dann sah sie Flury. Sie sprang an der Glasscheibe hoch. Fiel dann auf den Bauch. Lag, fuhr sich mit den Pfoten in beide Augen. Der Husten wrang sie aus. Sie rang um Atem: der mehr Gift in ihre Lungen pumpte, sie versuchte sich aufzurichten. Sah Flury noch einmal an, während erneut Gas in die Kammer strömte, dann begriff sie. Begriff die Größe, das überwältigende Ausmaß dieses Verrats, sie kämpfte nun nicht mehr. Sie wandte sich ab. Fiel auf die Seite, zuckte, das war es, was ihr blieb. Der Rest ihrer Würde: ihrem Herrn im Sterben ihr Gesicht nicht zu zeigen, Clara umklammerte Fritz' Arm. Hing sich an seinem Arm, flehte für den Hund: Clara, die Wissenschaftlerin, sie konnte die anderen seufzen hören. Hauptmann Habers Gattin. Die nervöse Dame, was musste er die auch mitbringen? Wehrmacht und Wissenschaft waren nichts für Frauen, das verstand sich doch von selbst,

Fritz, ich bitte dich. Lass es gut sein. Die Hündin stirbt doch. Sie stirbt doch ohnehin, lasst sie nicht so allein sterben,

Fritz führte Clara an die frische Luft.

Die Dogge wurde aus dem Gasraum geholt und seziert. Später am Nachmittag diskutierten sie die Farbe ihrer Lungenflügel, ihre Verätzungen. Sie hatten auch ihren Schädel geöffnet, ihren Bauchraum,

Die Bronchien enthielten reichlich Gas. Die Lungen ziemlich voluminös. Der rechte Lungenflügel an der Basis in weiten Teilen zusammengefallen. Leber voller Flüssigkeit und fettig. Magenschleimhaut zeigte zahlreiche Blutungen. Die Gehirnmasse unüblich nass und voller Flüssigkeit,

Und mehr fällt Clara nicht ein?

Clara, an ihrem Fenster in der Haberschen Villa, in der sie heute ihren Mann feiern: Das ist alles, worauf sie kommt? Ein Affe mit Schaum vorm Maul, ein vergifteter Köter, Clara presst die Knöchel auf die Lippen, schließt die Augen. Sie muss atmen. Tief einatmen, ausatmen, ein und aus, ein und aus, die Hündin war tot! Sie fühlte keinen Schmerz, als man sie sezierte. Das Tote fühlt nichts: Und warum lebt dann Clara noch?

Otto ist tot. Otto Sackur, der im Gasraum gestorben ist, es war der 17. Dezember 1914. Clara war in der Küche der Dienstvilla, als sie die Explosion hörte. Sie stürzte nach drüben, ins Institut, aus dem Gasraum quoll weißer Nebel und Stille. Dann taumelte Fritz an ihr vorbei, an Kerschbaums Arm,

Gnädige Frau, haben Sie keine Sorge! Professor Haber ist unverletzt,

Drinnen standen sie wortlos im Kreis. Sie erkannte Otto an seinen Hosen, seiner Statur. Ottos Gesicht war weg. Es war eine augen-, mund-, naselose blutige Masse. Das Gehirn lag offen. Der Mechaniker kniete, versuchte, dem Toten den Kragen aufzuschneiden: Und Otto hob den Kopf an, um ihm die Arbeit zu erleichtern.

Wie war dies möglich?

Wie war es möglich, dass in diesem halbzerdrückten Wesen auf dem Boden noch Leben steckte, Bewusstsein. Der Wille weiterzuleben, wie in einem nicht vollkommen zerquetschten Käfer, daran also forschten sie. Dafür also verwendeten sie die Wissenschaft, die der von Leid und Krankheit, von Unwissenheit und Hunger gequälten Menschheit Hilfe und Licht hatte sein wollen: Sie machten den Menschen zum Ungeziefer, Clara an ihrem Fenster würgt.

Sie spuckt in ihr Taschentuch: Aber ihr Mund füllt sich mit bitterer Spucke, wieder und wieder, nein, fliehen kann sie nicht.

Sie kann nicht fliehen. Es gibt keinen Ort, an den sie sich retten kann. Sie kommt nicht weiter. Sie kommt nicht an Fritz Haber vorbei,

Mein Lieb, ich halte dich umfasst,

Es ist Nacht.

Schritte auf der Treppe. Ihr Rücken, ihr Magen krampfen sich zusammen: Aber die Schritte kehren wieder um, klappern die Treppe wieder hinunter, wer war das?

War er das?

Sie muss sich aufraffen. Sie weiß sehr gut, was sie zu tun hat. Sie muss hinuntergehen. Der Stellungskrieg muss ein Ende haben: Sie hat sich eingegraben, er hat sich eingegraben, und nun kämpfen sie um jeden Meter Erde, sie muss es noch einmal versuchen. Sie muss aus dem Stellungskrieg heraus, sie muss in Bewegung geraten. Das ist es: nicht in der Stellung verharren, in Bewegung bleiben, darum geht es, im Krieg und in der Liebe, sie hat zu lange einen Grabenkrieg gefochten. Er wird nicht hervorkommen. Es geht ihm um jeden Meter Raum, den er erkämpft, sie muss sich bewegen. Sie muss übers freie Feld auf seine Stellung zurennen, im Schutz ihrer Verletzlichkeit, die sie umgibt wie eine mittelalterliche Rüstung, sie weiß, was er sagen wird.

Hör mit dem Gerede auf, Clara, ich bitte dich,

Das möchte Clara.

Wie gern sie das möchte. Es ist furchtbar, einem Menschen so auf die Nerven zu gehen. Es ist widerwärtig, zu der Sorte Frau zu gehören, die bittet, beschwört, murrt und nörgelt, so lange, bis der andere aus dem Zimmer rennt, sie will nicht diese Frau sein.

Sie will nicht ein Weib sein, das weint und klagt und ihren Mann verfolgt, sie will nicht diese Stimme haben, die dünn wird und schrill und schließlich bricht, sie würde lieber schweigen.

Sie möchte schweigen. Von nun an schweigen, für immer schweigen: Aber das kann sie nicht, solange sie Atem hat. Wer atmet, lebt, und wenn er daran stirbt, mit einem Mal fällt ihr die Stille auf.

Es ist sehr still. Sie scheinen alle gegangen zu sein. Sie sind fort. Sie ist allein. Wie spät mag es sein? Aber sie schaut nicht auf die Uhr. Sie lässt das Fenster los: den Halt. Sie steht einen Moment, schwankend. Aber sie steht ohne Halt. Sie tut einen Schritt, ihr Blut ist gestockt. Sie taumelt: Ihr wird kein Sturmangriff gelingen. Aber vielleicht kann sie noch durch die Linien schwanken, wanken? Sie tastet sich durch den Raum bis zur Tür. Dort hält sie inne. Sie lehnt an der Tür, versucht zu Atem zu kommen. Sieht zurück. Sieht noch einmal zurück, durch ihr Zimmer zum Fenster,

Gut Nacht, gut Nacht, ihr Blumen all,

Sie öffnet die Tür. Und was wäre geschehen, wenn Clara Fritz nicht geheiratet hätte?

Ein letztes Mal nun noch diese Frage.

Was wäre geschehen, wenn sie Fritz‘ zweiten Antrag abgelehnt hätte wie seinen ersten?

Hermann wäre nicht auf der Welt.

Das kann sie nicht wünschen. Sie kann ihr Kind nicht zurückwünschen ins Niegewesene: nicht ihr Kind. Damit ist diese Frage erledigt, für immer, noch einen Schritt nun. Sie hebt den Fuß. Setzt ihn auf den Boden. Hebt den anderen Fuß, setzt ihn auf, sie steht nun im Flur.

Die untere Diele ist schwach erleuchtet. Ein Lichtschein

scheint aus dem Wintergarten zu fallen, sitzt er noch dort, mit einer letzten Zigarre? Oder ist er schon zu Bett gegangen? Hat er schon sein Schlafpulver genommen: ein wenig Brom, ein wenig Laudanum? Sie wird es gleich wissen, leise zieht sie die Tür hinter sich zu. Dahinter liegt ihr Zimmer, leer. Das Haus scheint zu atmen, in der nächtlichen Stille,

Und wenn sich der Schwarm verlaufen hat
um mitternächtige Stunde,
dann findet unter den Edleren statt
eine würdige Tafelrunde –

Schritte, Schritte.

Schritte die Treppe wieder hinauf. Hastige Schritte, hastiger Lauf, die Tür zu Claras Zimmer fliegt auf. Clara ist zurück. Sie steht einen Moment in der Tür, dann tritt sie ins Zimmer. Schließt die Tür hinter sich, leise, leise, lehnt sich an die Tür, Clara versucht zu Atem zu kommen. Sie war fort, nun ist sie zurückgekehrt, die Gäste sind alle gegangen. Sie sind allein. Sie und Fritz sind miteinander allein, eine kleine Weile noch. Eine Weile gilt es noch durchzuhalten, weiterzuatmen, sie steht und lauscht. Sie hört das Dröhnen ihres Bluts in den Adern. Hört dann seine Schritte. Seinen schweren Tritt, vom Badezimmer über den Flur, dann hört sie die Tür zum Schlafzimmer sich öffnen. Sich schließen,

Weißt du überhaupt, was du getan hast?

Seine Worte.

Weißt du, dass du am Tode Unzähliger schuld bist,

Aber das war das Ende.

Das ist das Ende. Danach kann nichts mehr kommen, sie muss an den Anfang zurück!

Und wenn sich der Schwarm verlaufen hat
Um mitternächtige Stunde,
Sie ist leise die Treppe hinunter gegangen.

Sie stand unten in der Diele. In die Diele fiel Licht: ein schwacher Schein, aus dem Wintergarten, sie ging darauf zu. Sah ihn dort sitzen, allein, in einem Sessel am Fenster. In einem tiefen Korbsessel, der zu eng für ihn war, zu klein mit einer Rückenlehne, die ihn eng umfasste, er sah auf, als sie in die Tür trat.

Ah. Clara. Komm doch näher,
Dann findet unter den Edleren statt
eine würdige Tafelrunde.
Es sind dem Wohle der Menschheit geweiht,

Er nahm eine Zigarre aus seinem Etui. Schnitt die Spitze ab, strich ein Streichholz an. Hielt die Flamme an die Zigarre, zog mit Wangen, die sich nach innen stülpten,

Die Ritter von der Gemütlichkeit,

Er spuckte große Mengen Qualms aus. Sie war schon am Ende. Sie hatte noch gar nicht angefangen und war schon fertig, er richtete sich auf. Straffte sich, sah sie an, von den Wolken der Zigarre umdräut,

Du kommst allerdings etwas spät, für meine kleine Feier,

Sie hatte verloren. Kam nicht an gegen ihn, so wenig wie gegen einen starken Wind. Konnte ihre eigene Stimme kaum hören: die dünn klang wie etwas, das der Wind wegblies. Dünn und schrill, wie Totenstimmchen unter der Erde, die heraufriefen in einem schlimmen Traum,

Fritz, bitte fahr morgen nicht. Fritz, ich flehe dich an, fahr nicht nach Galizien. Tu es nicht, mir zuliebe nicht,

Sie hatte es wieder falsch angefangen.

Aber das hatte sie schon vorher gewusst. Sie hatte von Angang an gewusst, dass sie diese Schlacht verlieren würde, so wie sie alle anderen verloren hat, es ließ sich nun nicht ändern. Sie hatte getan, was sie tun musste: war ins offene Feuer des Feindes marschiert,

Ach Clara, nicht wieder. Was soll das? Ich bitte dich, was weißt du denn vom Krieg,

Sein Abwinken. Seine müde Geste: Aber eine Waffe hatte sie noch. Eine einzige Waffe, eine noch nie verwendete,

Wie viel hast du an Langemarck verdient?

Er sah auf, verblüfft. Damit hatte er nicht gerechnet. Mit Langemarck hatte er nicht gerechnet,

Westlich Langemarck brachen junge Regimenter unter dem Gesange »Deutschland, Deutschland über alles« gegen die erste Linie der feindlichen Stellungen vor und nahmen sie. Etwa 2000 Mann französischer Linieninfanterie wurden gefangengenommen und sechs Maschinengewehre erbeutet,

So hatte es die Oberste Heeresleitung bekanntgegeben, am 11. November 1914. Hatten sie wirklich gesungen, mit dreißig Kilogramm auf dem Rücken, beim Sturm über Rübenäcker? Vielleicht schon. Vielleicht hatten sie gesungen, damit ihre Kameraden sie nicht versehentlich abknallten, wie es im Oktober andauernd passiert war, bei Langemarck hatte die Generalität vor allem blutjunge Reservisten nach vorn geschickt. Bei Langemark. Das -ck war von Journalisten oder der Heeresleitung erfunden worden, vielleicht weil es so schön heldenhaft klang, so nach Bismarck. Die britischen Truppen in den Gräben waren zumeist im Kolonialkampf erfahrene Berufssoldaten. Auf deutscher Seite gab es an jenem Tag zweitausend Tote. An einem einzigen Tag des Krieges, einem einzigen Abschnitt der Front,

Wie viel hast du an Langemark verdient, Fritz? Wie viel Schießpulver ist bei Ypern verbraucht worden? Die Truppen lagen doch schon damals bei Ypern. Die Front war schon damals bei Ypern erstarrt. 1,5 Pfennige bekommen wir pro Kilo Salpeter. Wie viel Kunstsalpeter braucht man für ein Kilo

Schießpulver? Ich will nicht mehr an den Toten verdienen, Fritz,

Fritz sprang auf. Das hielt ihn nicht im Stuhl. Er trat vor sie hin, mit einem schnellen Schritt,

Clara, um Gottes willen. Solch dummes Zeug. So denke doch nach, ich beschwöre dich. Ich verdiene doch nicht am Pulver der Briten. Ich verdiene nicht an der Munition des Feindes, sondern an unserer eigenen Salpetersäure, es ist Krieg, Clara! Deutschland würde hungern, ohne den Haber-Bosch-Prozess. Es hätte längst kein Pulver mehr, um sich noch zu verteidigen,

Ja, Fritz. Dann wäre der Krieg zu Ende. Ohne dich wäre der Krieg schon zu Ende,

Nun war es heraus. Nun war es gesagt. Fritz stand starr. Sie sah auf den Boden, wartete zitternd. Er würde jetzt natürlich einen Tobsuchtsanfall bekommen. Seine Stimme blieb aber ruhig,

Clara. Das meinst du nicht. Du meinst nicht, was du gerade gesagt hat. Du meinst nicht, dass dein Land dir gleichgültig ist. Dass Sein oder Nichtsein Deutschlands dir nichts bedeutet, Deutschland war zerrissen, jetzt ist es einig. Deutschland lag am Boden, nun ist es groß: ein Leuchtturm der Wissenschaften und der Dichtung, weißt du denn nicht, wie die Sieger hausen würden? Weißt du nicht, dass sie dieses Land zerstören würden? Alles, was daran leuchtend und groß ist, was ist denn meine Pflicht? Ich stelle mein gesamtes Wissen in den Dienst am Vaterland. Mein Können, meine Kraft. Mein Leben,

Sie standen voreinander. Sie sah zu Boden. Er sah sie an. Er hatte eine Art, sie anzusehen. Sie sprach sehr leise,

Fritz. Weißt du noch? Wir wollten der Menschheit dienen. Wir haben geglaubt, dass die Wissenschaft dem Segen der Menschheit dienen soll,

Aber sie kannte ja seine Antwort.

Im Frieden für die Menschheit. Im Kriege fürs Vaterland,

Jetzt wusste sie, was sie nicht mehr ertrug. Dies war es, das Unerträgliche: Die Ziele des Vaterlandes standen in Widerspruch zu den Zielen der Menschheit. Man musste sich entscheiden. Man musste Partei ergreifen, sich auf die eine oder auf die andere Seite stellen: Aber wie konnte man das?

Wie konnte man sich gegen das eigene Land stellen, in Zeiten des Krieges? Sie konnte es nicht. Fritz konnte es nicht. Fritz hatte sich entschieden. Er brachte Verderben über die Menschheit, im Namen des Vaterlandes, er ging im Raum auf und ab, auf und ab. Er sagte etwas,

Liebknecht ist in Haft genommen worden. Verstehst du? Er hat gegen die Bewilligung weiterer Kriegskredite gestimmt, mitten in der Not des Vaterlandes. Und Einstein in seiner Schweizer Verblendung hat mit Nicolai einen Appell verfasst, in dem er Deutschland die Schuld am Krieg gibt und explizit Deutschlands Niederlage wünscht, sein Glück ist es, dass sich nur noch zwei weitere Unterzeichner gefunden haben. Das war ihnen wohl lächerlich, also haben sie auf Veröffentlichung verzichtet, sein Glück sind sein Ruhm und seine Schweizer Nationalität. Das schützt ihn. Und freilich bin auch ich der Ansicht, dass die Wissenschaftler dafür eintreten müssen, den Krieg aus dem Leben der Nationen zu verbannen. Selbstverständlich sollten die Wissenschaftler Europas sich für die rasche Beendigung dieses Völkermordes einsetzen: Aber doch nicht um den Preis von Deutschlands Untergang. Deutschland hat diesen Krieg nicht gewollt! Es hat diesen Krieg nicht verschuldet. Aber nun, wo er da ist, werde ich das Meine tun, ihn mit Deutschlands Sieg zu beenden,

Er ging vor den dunklen Scheiben des Wintergartens hin und her, hin und her. Sie stand noch immer da, was war noch zu sagen? Nichts mehr. Immer wieder dasselbe,

Fritz. Fahr nicht nach Galizien. Beende die Gasangriffe. Fritz. Wie erträgst du die Toten, die du verschuldest? Wie erträgst du das Wissen um die Toten von Ypern,

Er war wieder stehen geblieben. Wandte sich ihr zu, mit zusammengezogenen Brauen,

Die Toten von Ypern. Die Toten, die ich verschulde,

Nun war er zornig. Nun kam er näher, Schritt für Schritt näher,

Die Toten, die ich in Ypern verschulde? Ich? Aber ich will dir sagen, was in Ypern geschehen ist. Ich will es dir erklären. Ich will dir ein Licht aufstecken, weißt du überhaupt, was geschehen ist, am 22. April? Ich hatte nicht genug Truppen zur Verfügung. Das ist geschehen. Und warum hatte ich nicht genug Truppen zur Verfügung? Weil man mir nicht geglaubt hat. Man hat an mich nicht geglaubt, man hat an meinen Erfolg nicht geglaubt, und kannst du dir vielleicht denken, warum?

Er wandte sich abrupt ab. Nahm seine Wanderung wieder auf. Ging vor den dunklen Fenstern auf und ab. Biss in seine Zigarre, saugte und spuckte Rauch, sie saß mit einem Mal in seinem Sessel. Sie wusste nicht, wie es kam, aber sie saß in dem zu engen Sessel, saß eingekeilt zwischen seine Lehne und Fritz, der vor ihr marschierte, der sprach, immer lauter sprach,

Das Gas kam wie eine Flüssigkeit. Wie eine Flut. Sie flohen alle, ein gehetzter Mob. Sie jagten über die Felder, zwei, drei Leute auf einem Pferd und dahinter die ganze feindliche Infanterie, es waren Nordafrikaner, Kanadier, Inder. Leute aus allen Teilen der Welt, meinst du denn, die Franzosen und Engländer hätten die Gräben dort mit ihren eigenen Leuten besetzt? Sie hatten das Gas ja mehr oder minder erwartet. Sie haben ja manchmal herübergerufen, was denn nun endlich damit wäre, *He Deutschland! Wo Gas? Kein gutt Wind?* Die Neger und Inder sind gerannt wie Verrückte. Sie haben ihre

Gewehre weggeworfen. Sie haben alles weggeworfen, sogar ihre Kleider, damit sie schneller rennen konnten, Petersen konnte es gar nicht fassen. Er hatte niemals damit gerechnet, dass das Gas eine solche Wirkung entfalten würde, und warum hatte er nicht damit gerechnet? Ich frage dich, warum! Er war in Köln-Wahn dabei! Er war dabei, als wir das Gasblasen übten, er war die ganze Zeit dabei, wir lachten, wir schrien. Wir gratulierten einander, wir sangen. Nichts lag mehr zwischen uns und der See! Alles war frei! Freies Feld, frei bis zum Horizont, die Felder waren grün, Kühe grasten. Dazwischen Bauern, kann man es sich vorstellen? Bauern, mitten zwischen den Stellungen, eine Frau hängte Wäsche auf, hinter ihrer schiefen kleinen Hütte, wir hätten durchmarschieren können! Der Gaseinsatz hätte durch eine Großoffensive untermauert werden müssen, dann hätte das den Sieg bedeutet, das Ende der Kämpfe auf jenem Frontabschnitt, vielleicht das Ende der Westfront. Womöglich gar das Ende des Krieges, und was geschah? Wir hatten keine Leute. Wir – hatten – keine – Leute! Es knallte, und die Hütte war weg. Nur die Wäscheleine hing noch da, ohne Wäsche,

Er stampfte mit den Füßen. Er schluchzte auf,

Auf sechs Kilometern stand nichts mehr zwischen unseren Truppen und den ungeschützten französischen Kanalhäfen! Nichts stand mehr zwischen uns und England,

Er schleuderte seine Zigarre auf den Boden, trat darauf. Jetzt schrie er,

Nichts stand mehr zwischen mir und der See! Und wir hatten keine Soldaten. Keine Soldaten! Man hatte uns nicht vertraut. Mir hat man nicht vertraut, mir, mir hat man nicht vertraut, und du! Du mit deinem verdammten Gerede! Weißt du überhaupt, was du getan hast? Mit deinem verfluchten Gerede hast du das Vertrauen des Militärs in mich erschüttert, sie haben mir nicht geglaubt! Und wie auch? Wer soll mir glauben, wenn mein eigenes Weib mir nicht glaubt und das auch noch lauthals verkündet? Was hast du denn den Generalsgattinnen in Köln-Wahn erzählt? Was hast du hier herumtrompetet, landauf und landab durch die Straßen Dahlems? Du bist mir in den Rücken gefallen. Dem Vaterland bist du in den Rücken gefallen, du bist am Tod Unzähliger schuld. Du bist schuld, wenn die Kämpfe nun weitergehen, wenn das Sterben weitergeht, wir waren aus den Gräben heraus! Und nun geht es wieder hinein. Die verfluchten Gräben, weißt du überhaupt, wie sie aussehen, um diese Jahreszeit, die Gräben in Flandern? Man kann sie nicht schaufeln. Man kann sie nicht graben. Sie sind halb voll mit flüssigem Dreck, mit schwarzem Schlamm und Kloake, und dazwischen immer Fetzen feldgrauen Stoffs, in dem die Körperteile noch stecken,

Und dann das Wort.

Vaterlandsverräterin!

Etwas reift in ihr und wird fester. Das macht der Druck. Das Leichte, das Flüchtige: Es wird fest, unter hohem Druck,

Das ist es, was du bist. Eine Vaterlandsverräterin,

So also endet es. Fritz hat recht. Sie ist eine Vaterlandsverräterin. Sie hat alles verraten: Mann, Kind, Familie und Land. Alle, denen sie Gefolgschaft schuldet,

Dem Kaiser sei mein erstes Lied,
ihm klingt der erste Klang!
Des Vaterlandes Schirm und Hort,
preis ihn mit lautem Sang!
Sein Name füllt mit hoher Lust
jedwedes Deutschen treue Brust,

Ihre Brust ist hohl und leer. Kein Herz schlägt darin, kein Atem geht. Sie schert sich nicht um den Kaiser. Sie schert sich nicht um das Vaterland. Sie schert sich nicht um ihren Mann, vor ihr liegt eine schwarze Wand. Wohin kann sie tragen, was sie tragen muss? Fritz fährt morgen. Sie kann hier nicht bleiben.

Sie kann nicht in diesem Haus bleiben, das vom Tod lebt, in diesem Land, über das der Tod weht, wo kann sie hin? Sie ist heimatlos. Sie ist vaterlandslos. Wer kein Vaterland hat, hat keinen Ort auf der Erde. Sie hat keinen Ort auf der Erde, Clara sitzt an ihrem Schreibtisch. Wie ist sie dort hingekommen?

Vor ihr liegt ein Bogen Briefpapier.

Ein Bogen ihres aufsässigen Briefpapiers: auf dem nicht sein Name steht, sondern ihr eigener, sie sieht, dass sie einen Stift in der Hand hält. Es geht offenbar darum, einen Brief zu schreiben. Sie sieht, dass sie schon damit begonnen hat,

Mein lieber Hermann,

Aber was tut sie da? Was ist sie im Begriff, ihrem Sohn zu schreiben,

Mein liebes, einzig geliebtes Kind,

Sie bricht ab. Sie sitzt an ihrem Schreibtisch. Sie starrt vor sich hin. Der Stift senkt sich wieder auf das Papier,

Mein geliebtes Kind,

wenn du dies liest, bin ich –

– bereit zu gehen. Bereit abzureisen. Ihre Pflichten liegenzulassen, sich zu drücken, sich davonzustehlen, ehrlos zu fliehen: Aber für einen Reisewagen ist es zu spät. Die Grenzen sind dicht, die Wege sind versperrt. Deutschland ist von Feinden umgeben. Clara ist von Feinden umgeben.

Sie ist der Feind: der Feind im Inneren. Sie ist schlimmer als Flury: der dem Tod überantwortet, was das Seine, was in seine Obhut gegeben war,

Mein einziges und über alles geliebtes Kind,

Sie lässt den Stift fallen.

Sie fällt nach vorn, auf die Tischplatte, das Gesicht in den Händen, sie kann dies nicht tun! Sie kann nicht, sie kann nicht. Muss dies wirklich sein? Sie muss zurückgehen! Von vorn.

Von vorn, von vorn, es ist der 21. Juni 1870. Es ist Frühsommer, und das Wetter ist schön.

Es regnet nicht!

Die Rosen blühen, unbefleckt, es muss irgendwo einen Moment geben, zu dem Clara zurückkehren kann: Und wenn sie diesen Moment selbst erfindet, aber tut man das nicht ständig? Erfindet man nicht ständig Traditionen, die weit in die Vergangenheit zurückreichen und die einen Moment zuvor noch gar nicht existiert haben?

Erfindet man nicht ununterbrochen Lügen, die erklären sollen, warum man ist, der man ist: Frau Professor Clara Haber, Protestantin,

Lieber Fritz,

Ich kann es nicht mehr. Ich kann die Pflicht, Dir eine treue Gattin zu sein, nicht länger tragen,

Er war zornig. Er hat im Zorn den Raum verlassen. Ist zornig nach oben gegangen, wird zornig eine seiner Schlaftabletten genommen haben, zornig eingeschlafen sein, und morgen früh wird er erwachen und mit ihr eine Versöhnung suchen: eine wie oberflächlich auch immer wirkende Versöhnung,

Mein lieber Fritz,

Ich werde ein Ende machen. Ich fange von vorn an. Jetzt, hier, am Ende, fange ich noch einmal von vorn an,

Aber es gibt keine Anfänge mehr.

Schon der Anfang war vergiftet. Schon der Anfang war falsch, verfehlt, verdorben vom ersten Moment, Clara kann keinen richtigen Moment mehr finden. Sie kann nicht über den Anfang hinaus, nicht über den ersten Atemzug, wie ist sie vor den Spiegel geraten?

Sie steht inmitten ihres Haars. Das Haar bedeckt den Boden um sie her. Sie hält eine Schere in der Hand. Was sie im Spiegel sieht, ist kein Tituskopfchen. Es ist ein kahler Schädel: der Kopf einer zum Tode Verurteilten, und ist sie das denn?

Muss sie wirklich sterben?

Clara Haber Immerwahr, Dr. phil., geboren in Polkendorf am Vorabend des deutsch-französischen Krieges, gestorben in Berlin, im zweiten Jahre des Großen Krieges, Clara versucht das Wort zu denken. Das eine Wort, das vielleicht auch jetzt noch alles retten könnte,

MORGEN

Clara schluchzt auf, trocken. Es ist aber kein Weinen: Es ist nur ein nervöses Geräusch, sie geht zur Tür.

Sie öffnet die Tür ihres Zimmers, tritt hinaus auf den Flur, es ist sehr still. Kein Lichtschein von unten. Die Habervilla liegt nun ganz im Dunkel. Sie tastet sich die Treppe hinab. Tastet sich über die Diele, zur Garderobe: Da hängt sein Koppel. Darin die Dienstwaffe.

Sie zieht die Waffe. Im Wintergarten ist es etwas heller: das Mondlicht von draußen. Sie öffnet die Tür zum Garten. Sie zieht sie nicht hinter sich zu: dort, wo sie hingeht, wird man ihr nicht durch eine Tür folgen, sie steht auf der Wiese vor dem Haus. Das Mondlicht zeichnet klare Schatten. Wie schwer dies ist!

Wie schwer. Es ist so furchtbar traurig. Das Sterben ist so

unendlich traurig: Aber sie muss sich jetzt zusammenreißen. Sie muss ein wenig Disziplin aufbringen, ein wenig preußische Disziplin, hier am Ende, es ist ja nur ein Moment, und dann ist es vorbei.

Oder kann sie noch umkehren? Kann sie zurückgehen? Zurück ins Haus, den ganzen langen Weg zurück. Die Treppe hinauf, zurück in ihr Zimmer, wieder ans Fenster, zurück an das Fenster, noch einmal ganz an den Anfang zurück: Niemals. Das nicht. Nur das nicht. Nicht noch einmal von Anfang an. Sie ist nun am Ziel.

Am Ende.

Der Vorhang hat sich geöffnet. Das Entsetzliche dahinter ist eine schwarze Wand. Mehr nicht. Es ist das Wirkliche. Das, was nicht ins Ungeschehene zurückgenommen werden kann, sie ist jetzt allein. Sie ist frei. Sie erhofft keinen Lohn mehr, sie fürchtet weder Scheitern noch Strafe. Ihr Schiff liegt bereit. Sie kann nun lossegeln, mitten hinein in den Sturm. Hinein in den offenen Himmel, hinein in den leeren Raum, fort von der dunklen, regennassen Küste der Welt, und soll sie noch eine Tat vollbringen?

Soll sie ihn mitnehmen, wenn sie geht?

Ihr Helden und ihr Dichter aus alter Zeit!
O nehmt mich, nehmt mich mit in die Reihen auf,

Sie hebt die Waffe. Sie blickt hinauf zum Himmel. Da ist kein Schiff. Da ist kein Sturm. Der Himmel ist eine schwarze Wand. Sie hebt die Waffe gegen den Himmel. Der erste Schuss für ihn. Der Knall ist lauter, als sie geglaubt hätte. Sie wird sich beeilen müssen, sonst hindert man sie,

Umsonst zu sterben, lieb ich nicht, doch
Lieb ich, zu fallen am Opferhügel
Fürs Vaterland, zu bluten des Herzens Blut,

In einer Bewegung setzt sie den Lauf aufs Herz und drückt ab. Der Knall erreicht ihre Ohren kaum. Der Schmerz erreicht sie wie etwas Fremdes. Der Wirbel aus Schwindel und Schmerz, ein Strudel, dann die grellweiße Panik noch im Fallen: Sie ist nicht tot!

Warum ist sie nicht tot?

Sie lebt noch. Sie kann nicht sterben. Sie hat es nicht gelernt. Jemand hätte es ihr zeigen müssen, in diesem Moment riecht sie die Erde. Den nassen, schweren Geruch der Maierde, süßbitter in der kalten Frühlingsnacht, die Ankündigung von Sprießendem, von tief unten bei den Wurzeln sich Regendem,

Nun grüßt ihr freundlich den geringen
Fremdling, und brüderlich ist's hier unten

Ein weiterer Schwall süßer Luft, warm fast. Eine Ahnung von Flieder und Rosen, von feuchter Erde, die Welt ist so schön! Sie gibt sich so wundervoll, so farbensatt sanft,

Mama!

Sie ist nicht allein. Natürlich ist sie nicht allein,

Mama!

Näher jetzt. Sie kann nicht sprechen. Sie kann ihn nicht sehen, sie kann nichts sehen. Sie fühlt seine Nähe. Seine Hände, auf ihren Schultern,

Nein, Mama! Nein,

Hebt er sie empor? Es ist wie während der Schwangerschaft. Diese ersten Regungen eines anderen, beglückend, auch wenn sie nicht wusste, ob sie sich wirklich entschieden hatte für das, was nun auf sie zukam. Ob sie dem, was nun kam, überhaupt gewachsen war,

Mama! Nein,

Sie ist blind, stumm. Sie liegt still, geborgen im Schoß ihres Kindes,

Und nun, wie ist so süß die Rast,
Wenn ich im Arm dir ruh,
Mein Lieb, ich halte dich umfasst,

Dann die andere Stimme.

Clara! Clara, was – o Gott. Was hast du – einen Arzt! Einen Arzt, ich rufe einen Arzt,

Die Stimme schwindet. Die Stimmen. Die Bedeutung der Wörter schwindet,

Mama, geh nicht!

Erlischt.

Mama! Warte –

Ich bin so bitter wie nie zuvor ... ich bin in einem Maße deutsch gewesen das ich erst jetzt voll empfinde und ich fühle eine unerhörte Widerwärtigkeit darin, dass ich nicht mehr genug arbeiten kann, um mich eines neuen Amts in einem anderen Lande zu getrauen ... Aus dem ganzen Kreise der I.G.Farben hat sich Niemand gefunden, der mich anlässlich meines Abschiedsgesuchs angesprochen, angeschrieben oder besucht hätte.«

Fritz Haber an Willstätter, Anfang Mai 1933
Archiv der Max-Planck-Gesellschaft

Glücklich wer nicht in der deutschen Welt aufgewachsen ist und künftig aufwächst! Aber die Leute hinter dem Rhein werden die Schulden, die sie jetzt gegen das Menschtum contrahieren, schwerer los werden als sie sich einbilden, und deine Kinder werden an dem Leiden ihrer Eltern für sich und ihre Kinder mehr Gewinn haben als wir am Gedeihen unserer eigenen Vorfahren gehabt haben.«

Fritz Haber an Rudolf Stern, Januar 1934
Archiv der Max-Planck-Gesellschaft

(zitiert nach: Fritz Stern, »Haber und Einstein – Freunde im Widerspruch«)

Zu diesem Text

Der vorliegende Text ist im wesentlichen aus Vorarbeiten zu einem Theaterstück gleichen Namens entstanden, das am 31. März 2007 am Coburger Landestheater uraufgeführt worden ist. Im Prosatext wollte ich vor allem Claras Leben für mich entwickeln. Das Bühnenstück stellt dagegen stärker die Frage nach ihrem Tod in den Mittelpunkt.

War ihr Selbstmord tatsächlich ein Akt des Protests gegen den Gaskrieg? War er wirklich das Fanal, als das er inzwischen gefeiert wird?

Ich denke nicht. Clara Immerwahr war sicherlich intelligent und sensibel, eine begabte Wissenschaftlerin und eine Vorkämpferin des Frauenstudiums. Aber sie war keine Bertha Suttner. Sie war keine Heldin der Friedens- oder der Frauenbewegung. Sie war ganz und gar unpolitisch. Sie war in eben dem Sinne sehr modern, dass sie vor allem ihre eingene Persönlichkeit weiterentwickeln, sich selbst verwirklichen wollte.

Natürlich ist richtig, dass sie den Gaskrieg als Pervertierung der Wissenschaft angesehen hat. Womöglich hat sie sogar den Krieg ganz generell abgelehnt, auch wenn mir bisher kein einziges Zitat bekannt geworden ist, das darauf hinweist. Aber sie hat jedenfalls keinen Versuch gemacht, am Internationalen Frauenfriedenskongress in Den Haag teilzunehmen, der zufällig genau an dem Tag zuende ging, an dem sie sich erschossen hat. Tatsächlich hat sie im Institut ihres Mannes einen Kindergarten für Soldatenkinder eröffnet, um sich, ganz im Sinne des Deutschen Frauenbundes, in den nationalen Dienst der Frauen an Volk und Vaterland zu stellen.

Über diesen Zusammenhang hat sie allerdings bestimmt gar nicht nachgedacht. Sie wollte einfach den Frauen helfen, die im Krieg auf sich gestellt waren. Sie wollte das beste, auch für ihren Mann, den sie bis zuletzt unterstützt zu haben scheint, wo sie nur konnte. Fanale jedenfalls lagen ihr sicher nicht.

Im Übrigen: Wer ein Fanal beabsichtigt, schleicht sich dazu doch nicht heimlich in den Garten. Ein Fanal verlangt nach Öffentlichkeit. Die hätte Clara auch zur Verfügung gestanden, allerdings ein paar Stunden früher, als ihr Haus noch voll gegenwärtiger und zukünftiger Nobelpreisträger war. Aber sie hat gewartet, bis alles still war. Und dann hat sie sich aus dem Weg geräumt, mit einem Minimum an Ungemach für die Nachwelt.

Hier und da wird manchmal auch behauptet, sie hätte Abschiedsbriefe hinterlassen, die Fritz Haber dann heimlich vernichtet haben soll. Mir erscheint diese Unterstellung romanhaft. Was für gefährliche Geheimnisse, was für aufrüttelnde neue Enthüllungen sollen denn diese Briefe enthalten haben? Und warum hat Clara sie dann nicht irgendwo hinterlegt? Viel wahrscheinlicher erscheint mir, dass Fritz eventuelle Briefe an sich genommen hat, weil sie an ihn adressiert waren.

Aber von alledem abgesehen: Warum ist ein Selbstmord eigentlich heldenhaft? Was ist bewunderungswürdig daran, sich das Leben zu nehmen und damit sein Kind zu Halbwaise zu machen? Mich erfüllt Claras Ende mit Mitgefühl, mit traurigem Verständnis, auch mit Zorn oder einer Art von Schrecken. Aber ich kann nichts Nachahmenswertes daran finden. Weiterzuleben erscheint mir allemal mutiger, wenn auch offenbar nicht immer möglich.

Clara Immerwahr war keine Heldin. Sie war eine verzweifelte Frau, die für sich keinen Ausweg mehr sah. Also hat sie sich das Leben genommen. Natürlich können und dürfen wir sie dafür nicht verurteilen. Wir sollten aber auch nicht ihr Leben und ihren Tod nachträglich für uns vereinnahmen. Wir sollten ihr nicht unser Bedürfnis nach weiblichen Helden überstülpen.

Clara war ein Opfer ihrer Zeit. Sie war Teil ihrer Zeit. Tatsächlich halte ich es für denkbar, dass die historische Clara den Pazifismus, den man ihr heute unterstellt, als Affront empfunden hätte, als Vorwurf des Vaterlandsverrats.

Und vielleicht liegt genau hier der wahre Grund für ihren Selbstmord. Vielleicht konnte sie es nicht mehr ertragen, sich emotional im Gegensatz zu den auch von ihr selbst akzeptierten Werten und Geboten ihrer Zeit und Schicht zu befinden. Gefolgstreue der Ehefrau gegenüber dem Mann, Mutterschaft als Opfer, unbedingter Patriotismus inklusive Kaisertreue und der Forderung nach dem Siegfrieden – viel deutet darauf hin, dass dies auch für Clara die unverrückbaren moralischen Fundamente waren, auf denen alles andere ruhte. Dagegen aber rebellierte ihr Gefühl. Und um sich über diesen Widerspruch zu erheben, war sie ihrer Zeit zu eng verhaftet.

Und Fritz Haber? Wie ging es mit ihm weiter, nach Claras Tod? Fritz Haber heiratete 1917 Charlotte Nathan, mit der er zwei weitere Kinder bekam. 1927 wurde diese Ehe geschieden. Für die Synthese von Ammoniak aus dessen Elementen erhielt Haber 1918 den Nobelpreis für Chemie. In den zwanziger Jahren bemühte er sich unter anderem lange und vergeblich darum, das im Meereswasser gelöste Gold verwertbar zu machen, um seinem geliebten Vaterland die Last der Kriegsreparationen zu erleichtern. 1933, nach der Machtübernahme der Nationalsozialisten, weigerte er sich, die »Nicht-

Arier« an seinem Institut zu entlassen, wie es das »Gesetz zu Wiederherstellung des Berufsbeamtentums« verlangte. Obgleich er selbst als Veteran des Weltkriegs zu diesem Zeitpunkt noch nicht bedroht war, reichte er seinen Rücktritt ein und legte alle seine Ämter nieder. Am 29. Januar 1934, auf dem Weg in Emigration, starb er in Basel an einer Herzerkrankung. Clara und Fritz liegen nebeneinander begraben, wie es Fritz sich gewünscht hat.

Claras Sohn Hermann heiratete Margarethe Stern, mit der er drei Töchter hatte. Er emigrierte mit seiner Familie nach Amerika, wo er sich 1946 das Leben nahm, also im selben Alter wie seine Mutter zum Zeitpunkt ihres Todes. Auch die älteste seiner Töchter hat sich später umgebracht, wie mir eine Urenkelin Claras berichtet hat.

Ohne die Kampfstoffentwicklung gutzuheißen oder Fritz Habers Beitrag daran beschönigen zu wollen, will es mir doch nicht gelingen, ihn so vollständig zu verabscheuen, wie es als politisch korrekt gilt. Tatsächlich erscheint mir Claras Verhältnis zu Fritz mehr und mehr wie Fritz Habers Verhältnis zu seinem geliebten Vaterland, als die Geschichte eines in jedem Sinne verfehlten Opfers. Sein Drama war seine jüdische Abstammung. Ihr Drama war die Tatsache, dass sie eine Frau war.

Wieviel an diesem Text entspricht der Wirklichkeit, wieviel habe ich erfunden?

Schwer zu sagen. Die Eckdaten von Claras Leben stimmen so wie sie in diesem Buch vermittelt werden im allgemeinen mit der Wirklichkeit überein. Es gibt auch wörtliche Zitate. Aber dies ist kein Sachbuch und keine Biografie, sondern eine Erzählung. In ihr erscheinen Menschen, die tatsächlich gelebt haben, aber nicht als Abbilder, sondern als fiktive Figuren einer erfundenen Geschichte.

Dank

Dieser Text ist wie schon erwähnt als Vorarbeit zu einem Theaterstück entstanden: »Immerwahr – Theaterstück für eine Schauspielerin in zwölf Rollen«. Gewidmet ist dieses Stück der Schauspielerin Anja Lenßen, mit der ich schon im Vorfeld einige wesentliche Grundzüge erarbeiten konnte und die dann auch bei der Uraufführung (und an den folgenden Abenden) in allen zwölf Rollen dieses Ein-Personen-Stücks brillierte. Ihr zuerst meinen allerherzlichsten Dank.

Ganz herzlich danken möchte ich auch den Mitarbeitern des Landestheaters Coburg, die ja nicht nur mitgemacht haben, sondern mich haben mitmachen lassen: dem Regisseur Sven Ruppert, dem Dramaturgen Christian Mayer, dem Regieassistenten Matthias Letsch (nicht nur für den vorzüglichen Käsekuchen) sowie natürlich Anja Quentin, Hildegard Gall und Recha LaDous. Es war eine großartige Erfahrung. Beglückend. Und ich habe sehr viel gelernt.

Meinen herzlichsten Dank außerdem der Chemikerin Frau Dr. Brachmann, der Schauspielerin und Schauspieldozentin Julia Jessen, der hilfsbereiten Uli Leis von der Landesbibliothek Coburg, Stephanie Sille, Carolin Heße sowie natürlich wie immer Joachim Jessen von der Agentur Thomas Schlück, der dieses wie alle meine Projekte mit Einsatz und Aufmerksamkeit begleitet hat.

Wesentliche Quellen

Von Leitner, Gerit: Der Fall Clara Immerwahr. Leben für eine humane Wissenschaft. – München 1993

Stoltzenberg, Dietrich: Fritz Haber. Chemiker, Nobelpreisträger, Deutscher, Jude. Eine Biographie. – Weinheim 1998

Szöllösi-Janze, Margit: Fritz Haber 1868–1934. Eine Biographie. – München 1998

Willstätter, Richard: Aus meinem Leben. – Weinheim 1949

Justus von Liebig: Chemische Briefe. Wohlfeile (5.) Ausgabe. – Leipzig, Heidelberg 1865

Renn, Jürgen; Schulmann, Robert (Hrsg.): Albert Einstein/Milena Maric: Am Sonntag küss ich dich mündlich. Die Liebesbriefe 1897–1903. – München 2005

Stern, Fritz: Freunde im Widerspruch. Haber und Einstein. In: Brocke, Bernhard vom und Vierhaus, Rudolf (Hrsg.): Forschung im Spannungsfeld von Politik und Gesellschaft. Geschichte und Struktur der Kaiser–Wilhelm-/Max-Planck-Gesellschaft. – Stuttgart 1990

Szöllösi-Janze, Margit: Berater, Agent, Interessent? Fritz Haber, die BASF und die staatliche Stickstoffpolitik im Ersten Weltkrieg, in: Berichte zur Wissenschaftsgeschichte, 19 (1996) Heft 2–3, S. 105–117

Cornelia Eichhorn: Im Dienste des Gemeinwohls. Frauenbewegung und Nationalstaat. 1998. – Im Archiv von www.nadir.org.